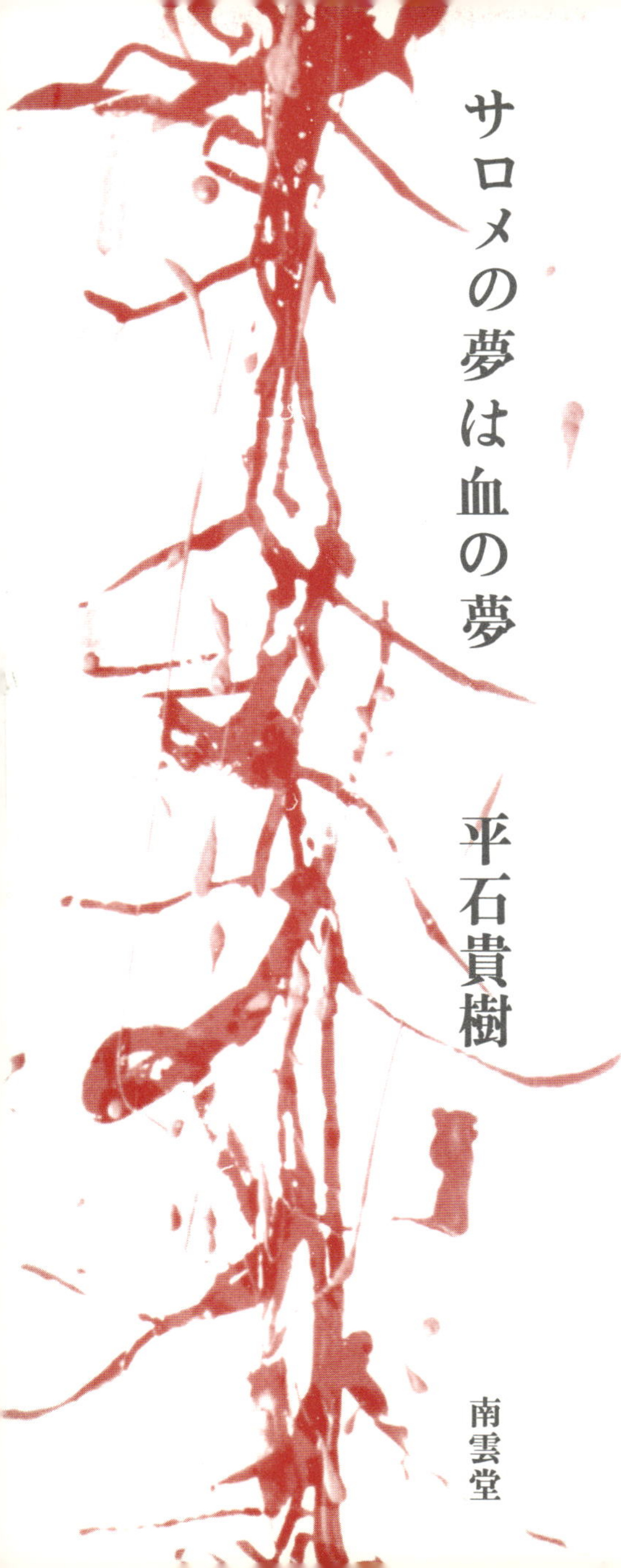

サロメの夢は血の夢

平石貴樹

南雲堂

（上）オーブリー・ヴィンセント・ビアズリー［踊り子の報酬］〈オスカー・ワイルド『サロメ』の挿絵〉（1894）　（下）ジョン・エヴァレット・ミレー［オフィリア］（1852）

目次

第1章「わたしは犯罪を愛する」 7
第2章「ああ、波が」 75
第3章「ただの推理ゲーム？」 151
第4章「最高にハッピーな日曜日だ」 253

サロメの夢は血の夢

おもな登場人物

●土居楯雄（64）『シールド・エンタプライズ』本社社長。
●美智子（—）宮島多佳子・里見淑郎の実姉。故人。
●和彦（25）『シールド』社員、画家。
●帆奈美（18）画家。
●宮島多佳子（50）土居楯雄の義妹。
●孝輔（54）京阪大学教授。
●咲（24）『シールド』本社秘書。
●里見淑郎（48）『シールド』横浜支社長。土居楯雄の義弟。
●島村詩野（24）料亭勤務。土居和彦の婚約者。
●香野（38）洋裁家。
●山田千佳吾（43）『シールド』運転手。
●小沢宏平（28）『シールド』横浜支社社員。
●マイク・マコーミック（32）元『シールド』契約社員。
●西山真太郎（36）『西山屋』画廊主。
●山崎千鶴（34）弁護士。
●竹下誠一郎・畑山久男・杉浦吉郎　警視庁捜査一課。

以下の物語ではいわゆる「内的独白」の方法を試みて、登場人物たち各人が見聞きしたり心に思ったりしたことを、適宜そのまま記している。この方法は珍しいものではないが、探偵小説ではあまり例を見かけない。その理由は簡単だ。心の中で嘘をつく人はいないから、人物たちは常にありのままを言葉にしてしまう。極端に言えば、犯人は心の中で、自分こそ真犯人であると、気兼ねなく呟きだすかもしれないのだ。探偵小説では人物たちの心の中をむやみに覗くことは危険なのである。今回、そうした危険を何とかやり過ごしながら、本格的な犯人推理の物語を提供することが、私にとってはいくらかひねくれた、興味ぶかい挑戦となった。

こうした方法意識にとらわれず、もっぱら手がかりと証言の組み合わせから犯人を捜そうとする読者に対して、以下の物語で私が挑戦していることもまた言うまでもない。事件は世紀末の気分が漂いはじめた一九九〇年の五月に起こり、後に私が知り合いになった人物が偶然、探偵役として関わることになった。この探偵は素人で生兵法が危なっかしいのだが、それでも頭脳をフル回転させて、第四章の中ごろまでには真犯人の発見にたどりつく。それまでにすべての手がかりは、探偵にも読者にも、公平に与えられているはずである。

作者敬白

第1章 「わたしは犯罪を愛する」

1　五月十七日（木曜日）　午前

午前九時　中野　山田千佳吾（シールド・エンタプライズ運転手）

冗談じゃあねえってんだよ。何だよ、この渋滞は。

「では九時のニュースです。まず、東西両ドイツが、日本時間のあすにも、経済統合を内容とする国家条約に調印し、統一へ向けて――」

もう九時か。困るんだよなあ。ちょっとばっか寝過ごした朝に限って、この通りは渋滞しやがるから。

しかし、ゆうべの話は本当かね。横浜の専務がまた動いてるって。もし本当なら、また会社、一悶着あるのかなあ。

「リトアニアの独立問題について、ソ連のゴルバチョフ大統領は――」

そりゃあ、社長が交代する分には、おれは構わねえんだよ。誰が社長でも、おれはその人の運転手やりゃあいいんだから。別に土居社長にいつまでも——くそっ。あぶねえ曲がり方しやがって。

「横綱千代の富士と北勝海、大関小錦と霧島は、きのう四日目も揃って勝ち——」

しかし、専務がこないだ横浜へ左遷されて、あれで終わりじゃなかったたってんだからなあ。おお、珍しい、前の車ボルボだよ。しかも運転はどうやら、女だぜ。——そう言や、こないだの社長の女、いい女だったねえ。茶色の髪で、スラッとしてさ。『あ、運転手さん、ご苦労様』かなんか言って、粒のでかい葡萄くれちゃったりしてね。ガウンの紐なんか面倒くさそうに、今にもほどけそうに結んでやがんだよなあ。くそっ。

だけど、ああいうとこへ迎えに行くのは悪くないよ。また行きてえよ。目の保養だもの。おれだって毎日毎日出っ歯のかかあじゃ、やりきれませんよ。

きょうだってきっとそうだよ。和彦さんはまだ福岡だもの。社長、きっと女を呼んで泊まらせてるよ。まあ、おおかた文緒さんだろうけどね。文緒さんもいいけど、なんたって歳だからさ。こないだの五反田の彼女、また黒のガウン着て、ひょっこり出て来てくんないかな。へへへ。

九時十五分か。これなら社長も怒らない範囲だ。おや、門が開いてるよ。珍しいなあ。社長、ゆうべ夢中になり過ぎて、閉めるの忘れたんだよ、きっと。嫌だねー。こっちは助かるけどさ。

「これで斉藤投手は、開幕から六連続完投勝ちを収め――」

ああ、いい天気だ。そろそろヒラメが釣れる頃あいだ。またみんなで行きてえな、海。

「ピンポーン」

さあ、どなたがお出ましになるか。ふう。それにしても、いつ見てもでかい家だよね。門から玄関まで、ベンツ二台並んで走れるよ。植え込みに隠れて往来が見えねえどころか、音だって聞こえねえってんだから。大したもんだよ。

おや、まだかな。今日は成田へ行くだけだから、社長も寝坊してるんだろうね。さぞかしお疲れなんだろうさ、へへへ。脇の女が『ほらほら、山田さんが見えたわよ』かなんか言ってるよ、きっと。

「ピンポーン」

おーい。社長ってばー。おかしいなあ。

「ピンポーン、ピンポーン」

ひょっとするとけさは社長一人なのかなあ。それで目覚まし掛け忘れて、まだぐっすり、なんてとこなのかなあ。どうしよう。まさかこの玄関、開かないよね。そんな不用心なこと――あら、開いちゃった。

「おはようございまーす。山田でございまーす」

何だありゃ？　わ、血じゃないのこれ、血だよ、社長喀血でも――こりゃ大変だぞ。

「失礼しまっす。社長っ。社長っ」
あ、あ、首、社長の首、ああ、これ本物？　だよね、あわわ、血踏んじゃった、警察、警察に電話だよ、お母ちゃーん！

午前九時三十分　横浜　里見淑郎（土居楯雄の義弟　シールド・エンタプライズ横浜支社長）
今まではすべて順調だった。きょうもまた大切な一日だ。――小沢君、きのうはご苦労だったが、これからもわれわれの団結はますます必要だ。
おや？　あんなところに飲み物が出しっぱなしだ。野村はゆうべ飲み物に手をつけないで、タバコばかり吸っていた。よほど緊張していたのだろう。緊張してたのはこっちだというのに。しかし、まだまだ気を弛めている場合ではないぞ。
「ちょっと、君、君――」

午前九時四十分　横浜　小沢宏平（シールド・エンタプライズ横浜支社社員）
『東京へ帰る自信はないの』と玲子は言った。
あいつとまたヨリを戻しそうだから？

あなたをこれ以上傷つけたくないの。

じゃあ、おれが福岡へ行くよ。転勤を申し込んで。

駄目よ。あなたは専務のそばで頑張らなくちゃ。

専務が社長になったら、おれだって言うことを聞いてもらえるんだぜ。

駄目よ。わかって。——やりきれない、堂々めぐりの会話。ダサい会話。そんな会話の轍にこのおれがはまり込むなんて、思ってもみなかった。

『鍵のかかった部屋』と玲子は言ってた。あれはいったい何だろう。

もう、忘れるしかないのか。おれだってあれから、おまえを忘れようとしてきたさ。——そう、あの人はその点で格別だった。先生。真っ白で柔らかい脚。自分からは動くこともなく、開けば閉じることもない脚はどこまでも柔らかくて、まるで贅沢な玩具のようで、おれは過去も未来もない不思議な時の中に漂っていった。これがおまえの望みなのだろうか、と考えながら、だんだん考えることも忘れていった。

「ルルルルル」

専務はすばやく受話器を取る。

「はい。——私だ。——何？」

専務は眉をひそめて立ち上がる。

「——本当か？　警察は？　——ええ？」

大声だ。全員が息をのむ。

「どういうことだ。変質者の犯行なのか？　よし、すぐそっちへ行く。――和彦君には知らせたか。――じゃあ、本当に間違いないんだな。よし、わかった。ともかくすぐ行く」

専務はぐっと天井を睨みつけてしばらく動かない。全員が専務を見つめ、仕事に戻るふりをする者はだれもいない。それから専務はゆっくり視線を下界へ戻すと、ちらりとおれを見る。変質者――あの玩具のような腿――変質者――おれは専務に良心を預けた――インドネシア――ひどい混乱だ。専務の金色のネクタイが喉を突き刺す剣のように見える。専務自身は冷静だ。

「諸君。……土居社長が亡くなられたという一報だ。自宅で殺されているのが発見されたそうだ」

女の子たちが悲鳴をあげる。おれは専務に駆け寄る。塩川課長ほか四、五人も集まってくる。

「賀茂川君、車頼む」

「は、はい」と賀茂川は飛び出して行く。

塩川課長たちは質問したいのだが言葉と順序が見つからず、青ざめた顔を見合わせている。

「小沢君。これから本社に行ってくる。きょうの予定は全部中止だ」

「は、はい」

「取りあえず適当に謝っといてくれ。もちろん事情は話して構わん。どうせニュースになるだろうからね」

「はい」

「それから宝塚の宮島の姉に、一報を入れておいてくれ。いや、きょうは軽井沢かもしれん。どちらにしろ番号はそこに入っているはずだ」

「あの、奥様には」と塩川課長。そう、専務夫人は今、ロサンゼルスの娘さんのところにいるはずだ。

「あとで私から知らせておくよ」

専務が指示を出しているあいだに、オフィスはようやく少しずつ我に返る。だが、何をすればいいのか分かっているわけではない。

朝の蛾のように、囁きだけがゆらゆらと舞い立つ。

「専務。天罰ですね」と塩川課長がにやけた顔で言うと、専務は初めて顔を紅潮させる。天罰。なるほど、いい言葉だ。

「……今はそんなことを言うべき時ではない」と専務は真顔で答え、改めて部屋を見渡す。

「諸君。突然の不幸だが、諸君はふだんどおり業務を続けて下さい。会社も支社も、今が本当に大事な時期だから、極力影響の出ないように努力します」

「かえっていい影響が出るかもね、へへへ」と課長。

賀茂川が走って戻ってくる。

「車用意できました」

「よし、じゃ、あとはよろしく頼む」と言ってから、専務は机の前に集まっていた数人に、円陣を組ませるように手を回して顔を寄せさせる。何か格別な檄を飛ばすのかと思っていると声をひそめて、

「諸君。社長はバラバラ死体で発見されたんだそうだ」

「ほ、ほんとですか」とおれ。

「なんでも首だけが残って、胴体はその場にはなかったと言っている。女の子たちには言わんでいいぞ」

塩川課長のポマードの匂いが、まるで血の匂いのように突然鼻につく。

「大事件じゃないですか」と課長。

「相当の騒ぎになるはずだ。マスコミの対応その他、くれぐれも慎重にな。それじゃ」と専務は出て行きかけるが、開いた自動ドアを通らずに引き返してきて、

「小沢君」

「はい」

「あの先生に電話をかけて、できれば今すぐ本社に来てくれるように言ってくれ。ほら、あの弁護士さん」

「……山崎さんですか」

「そうだ。山崎千鶴さんだ。大至急来てくれるように頼んでくれ」

あの柔らかい唇。真っ白な腿。玲子、おれには不思議な運があるらしい。やはりこれが、おまえの望みなのだろうか。それとももっと大きな何かに、おれは包まれてしまったのだろうか。昨夜は福岡に、確実に近づいたつもりだったのに、かえって遠ざかってしまったのだろうか。

午前十時　軽井沢　宮島多佳子（土居楯雄の義妹）

悲しい顔をしなくちゃいけない。泣かなくちゃいけないんだわ。私泣けるかしら。今泣かなくてもいいわね。じゃあまず、どうしたらいいの。そう、とにかく東京へ行くんだわ。東京へ。あ、お葬式の支度をして行かなくちゃ。あ、殺された時ってお葬式はしないのかしら。いいえ、するんだわ。殺されたからって死んだことに変わりはないもの。そうでしょ。そのはずよ。

テレビでやってるかしら。やっててもおかしくないわ。シールドの社長なんですもの。

「きのう亡くなった、サミー・デイヴィス・ジュニアさんの葬儀が――」まあ、偶然。でもちがうわ。

「ドラマに歌に最近人気急上昇中の今井美樹さん――」やっぱりこちらのテレビは駄目ねえ。

あ、かわいい鳥が庭に降りているわ。メジロかしら。珍しいわ。でも気味が悪い。お義兄さんの霊がメジロだなんてこと、あるかしら。ないわよね。お義兄さんだったらきっと禿げ鷹だわ。

「あなた、あなた、ちょっと起きてよ」

「な、なんやねん、もう。目覚ましまだ鳴っとらんがな」

「だって急用なのよ」

「わ、まだ十時やないか。もう、堪忍したってえな」

のんきな人だなあ。

「あなた、あたし急に、東京へ行かなくちゃならなくなったの」

「え？　またかいな。とにかくわし、起こさんといて」

「だって、急用なのよ。あのね。お義兄さんが、殺されたの」

そしたらこの人、頭からがばりと布団を剥いで、目をちょぼちょぼさせる。

「お前なあ。そういう嘘言うたらあかんよ。いくら憎い義兄さんかて、わざわざ殺さんでも、お前が東京行きたいんやったらなんぼでも行ったらええがな。そやろ」

「だって本当なんだもん」

「本当ってお前……ほんまにほんまなんか？」なんか泥棒みたいに声を小さくしてる。

「うん、ほんま」

「お前、冗談言うとったらわし怒るで。土居の義兄さんやろ。ほんまに殺されはったんか？」

「うん」

「うわあ、無茶やなあ……」と起き上がって、ウーン、と伸びをして、

「メガネ、メガネ」

「まだ新聞には出てないわよ」

「わかっとるがな」とメガネをかける。

「だからさ、これから東京行ってくるね」

「そらそうやな。わしも行かんでえんやろか。まあ、今行ってもなあ。そう急いで葬儀するもんやないやろし。連絡待つことにさしてもらうわ。それでええやろ」

「うん」

するとこの人はまた布団に倒れ込んだけど、目をつぶろうとはしないでぼさぼさの髪を掻いている。

「しかしほんまかいな。お前、『義兄さんぽっくりいかんか』言うて、『八幡さんに願かけよかあ』言うてたやないか。それがほんまに——誰やねん。誰に義兄さん殺されはったん」

「そんなのまだわかるはずないでしょ」

「わからんて……殺人事件かいな」

「でも殺人事件だからって、死んだことに変わりないのよ」

「当たり前やないか、そんなん。えらいこっちゃなあ。お前なあ、東京でまたいらんこと言うて、迷惑かけたらあかんよ。むこうは取り込み中なんやから」

「はーい。とにかく、今晩また電話するね」と私は居間に戻る。

咲に電話をかけて、最新情報を手に入れようかしら。

マイクに会えるかしら。今はまだ、連絡しないほうがいいだろうけど。


午前十時二十分　赤坂　宮島咲（シールド・エンタプライズ社長秘書）

警察の人たちは落ち着いていて、どちらかというと朗らかだ。お陰でざわざわした会社の雰囲気が何となく静まって、あたしもだいぶ落ち着いてきた。

美香が飛び込んでくる。

「聞いたー?」

「何を?」

「社長、首を切られてたんですって」

どきり。首。

「じつは首切り事件なんだって」

「……く、首って、社長を辞めさせられたってこと?」と、ようやく返事をする。

「馬鹿ね。ほんとに、首切り死体。あたしもう、生理止まりそー」

「……でも、なんでそんな、残酷なことするの？」あたしの応答はトンチンカンだろうか。

「知らないよー。とにかく庶務課長が、男の子たちにひそひそ教えてたの。女の子にはショックだから言わないんだってー」

「そうだったんだ」

あの首。また吐きそうになる。ブルーのミラージュ。

美香はほかの子に情報を流すために出ていってしまった。

駄目、思い出さないようにしなくちゃいけない。でも今はだいぶ楽だ。社長が死んで、みんな喜んでいるんだと思うようにしよう。女の子だって、泣いている人はだれもいない。

早苗がこっそりはいってくる。

「咲」

「あ、きのうはありがとうね」

「それはいいんだけどさ。……咲、おかしな男に狙われたとかしたの？」

「え、どうして？」

「だって……。咲、ゆうべ、なかなか眠れなかったんじゃない？」

「そお？」そう、朝刊の音がして、小鳥たちがさえずっても、あたしは凍えて肩をふるわせていた。自分がどんなに悪いことをしたか、その罰を一人で受けていた。

早苗は手のひらを挟んで壁に寄りかかって、なんだかあたしを観察する。

「どうしたの？」

「え、別に。ちょっと嫌なことがあっただけだもん」

「……ほんとに？　まあ、無理には訊かないけどさ。……でも、話せば楽になることだって、あるかもしれないじゃない？」

「早苗。あたし、だいじょうぶだから。それにほら、もうそれどころじゃなくなっちゃったし」とあたしが作り笑いするのを早苗は冷たくやり過ごしてから、

「それもそうだね。お葬式や何かで、当分忙しいだろうね、咲。じゃあ、しっかりして？」

「うん」

早苗はドアに手をかけて、

「私でよかったら、また声かけてね。どうせいつでも暇だから」

「うん。ありがとうね」と早苗を感謝の目で見つめようとするけど、目を合わせられない。社長の首。首も身体もすっかりお墓に入ってしまうまでは、あたしは誰とも目を合わせられない。

午前十時三十分　中野　島村詩野（土居楯雄の長男和彦の婚約者）
　電話が鳴っている。何時だろう。

「ああ、和彦さん、お世話になっておりまして――」

和彦さん？　何だろう。

「詩野、詩野。和彦さんから電話」

「何だって？」襖を開けると、姉さんは不安げな顔で、

「何だかとっても急いでいるみたい」

「もしもし」

「あ、詩野？　大変だよ。オヤジが殺されたんだそうだ」

「殺された？　お父様がですか？」姉さんに押されて私は壁に手をつく。

「昨夜のうちらしい。これからすぐ中野に帰るから、そっちで会うようにしよう」

「はい、でも、私……」

「何だかひどい殺され方らしいんだ」

「え？」

「とにかくきのうのこともあるしさ。そうだな、二時ごろ、家に来てくれる？」

「はい」

「じゃ」

電話が切れる――受話器を置くと、たった今の話が嘘か空想に戻ってしまうようだ。

「土居のお父様が、殺されたんですって」

「ほ、ほんとなの？」と姉さんは私にあらためてしがみつく。昨夜も、社長さえいなければ、とまで言ったかどうか、ともかくそんな話をして姉さんにたしなめられたところだ。

「何だか嫌だね。きのうのきょうだから」

「そんな、おまえ。それとこれとは――」

「うん、分かってるけどさ」

姉さんは見る見る涙ぐんでいる。

「姉さん」

姉さんは後ろを向いて、クリスティーナの世話に戻る。姉さんは、亡くなった人に格別優しい人だ。

「わかったよ。亡くなった以上は、もうあの人のこと悪く思わない。嬉しい気もするんだけど、悲しむことにする。ね？」

「……だっておまえ、和彦さんのお父さんだもの」

「わかってるって。だからもう恨まないから、それでいいでしょ？」

「うん」

姉さんが涙ぐんでいるせいか、新しい水をもらっても、クリスティーナはいつものように朝の歌を歌わない。社長の死。とにかくこれで肩の荷が下りたのは事実だ。和彦さんもそう感じているだろう。電話でもそれほど取り乱していなかった気がする。

「あああ」と姉さんが声を出す。

「どうしたの？」

「ううん……おまえの結婚式が、これでしばらく、延期になるだろうと思って……」

「え、それは……」そうだった。まさか来月挙式はできないだろう。

「ねえ、クリスティーナ。それぐらい思ってもいいよね、あああ」姉さんが話しかけるとクリスティーナはかえって驚いて、籠の中でばたばたと鮮やかな黄色の羽根を動かす。

午前十一時　赤坂　畑山久男警部

野村副社長がさっそく喋り出した会社の内紛ってのは、モノになる話なのか？　血縁が絡んでるとなりゃあ、可能性はおおいにあるわけだ。それなら早く片づいて助かる。しかし反社長派の専務本人が下手人ってことは、どのみちありえねえだろう。だれか鉄砲玉を雇ってやらせたって筋だろう。こういう会社は土地買収が絡むから、そっち方面との付き合いはあるのかもしれねえな。四課に訊いてみるか。

……あれがここの社長の息子が描いたって絵か。……上品な漫画って感じだけどな。こりゃ恋人同士かい。緑色の霧ん中で、くっついていながらそっぽを向いてるなんてよ。こういう絵が評判になるのかねえ。どっちにしてもけっこうな身分だぜ。こっちは絵え描くどころか、ガキの学芸会を見に行く暇もありゃしねえんだからな。

午前十一時　中野　竹下誠一郎警部

「指紋はどうだい」

「はい、いくつか出てます」

「玄関の鍵は開いてたんだよね」

「はい。鍵がキーホルダーごと下足箱の上においてありますが、家政婦によれば被害者の在宅中はたいていそこに置いてあったそうです」

「胴体は、運び去ったのかなあ。首だけ残して胴体を運び去るなんて話、聞いたことねえぞ」

「庭の池をさらってみますか、一応」

「そうだね。それから、おい、島谷。ここから通りへ出ると、左手前方にホテルが見えるだろ」

「はい、『中野国際ホテル』ですか」

「そいつだ。タクシー係がひょっとしてこの屋敷の車の出入りを見てなかったか、念のために訊いてきてくれ」

「わかりました」

あまりアテにはできまい。東京のど真ん中でも、これだけ建物が通りから引っ込んでいると、野中の一軒家と大差ない。目撃者探しには苦労しそうだ。

だが、猟奇事件は解決しやすいのが相場だ。指紋も出ている。しかも、畑山さんと杉さんがいてくれれば万全というものだ。

午前十一時十分　赤坂　宮島咲（社長秘書）

ふう。けっこういろいろ訊かれてしまった。

『会社、もめてるんだって？』なんて、野村副社長の前で平気で訊いてきたのは、あたしじゃなくて副社長の反応を見ていたのかしら。反社長派の筆頭が、元の専務で今横浜に左遷されている里見淑郎さん。この人もきみの伯父さんだな。社長と元専務と、どっちが人望があるの？——駆けつけたばかりにしては、刑事さんたち、ずいぶんいろいろなことを知っていた。

社長は奥さんが八年前に亡くなられて、息子さんと娘さんが一人ずついるんだよね。息子さんもこの会社で働いていて、今は福岡に出張中、と。息子さんはやっぱり社長派なんだろうね。いや、印象派かもわからんな、はっはっは。相当有名な画家なんだって？

秘書課の中は親しい女の子三人だけだ。ひと安心。

「どうだった？　どうだった？」

「嫌だもう」あたしは机に突っ伏す。結局、馬鹿な受け答えはしなかった。だいじょうぶだと思う。ああ、何だかこのまま眠ってしまいそう。まだぜんぜん安心じゃないのに、もう社長のことは警察に任せた気持ちになって、その部分の気が遠くなる。

「意外に普通だったじゃん。刑事さん」

「ねー。テレビと違うよねー」

「あんた、松田優作タイプ期待してたんでしょー」

「思いっ切りしてた」

「ね、ね、咲。アリバイとか訊かれた?」

そう言えば訊かれなかったけど、

「なんであたしが犯人扱いされなくちゃいけないんだよー。勘弁してよ、もう」

「咲、お母さんから電話あったよ」

「何だって?」

「電話かけてくれって。軽井沢のほうだって」

「えー。どうせ事件のこと聞いて興奮してるんだろうな。無視しようっと」

そこへなんと淑郎伯父さんが入ってくる。

「専務」

「ご苦労さん。咲ちゃん、いたか」

「は、はい」

「和彦君は今こちらへ向かっているそうだ。取りあえず東京にいる身内だけでも、中野に集まるべきだろうと思ってね。一緒に行こう」

「え、あたしはいいですよー」

「まあそう言うな」

「嫌ですよー、見たくないですよー」耳を両手で塞いで、必死で心の流れをせき止める。

「はっはっ、私だって嫌だけど、仕方があるまい。亡くなってしまえばあの人も仏だ」

「見といでよ、見といでよ」と馬鹿同僚がけしかける。

「えー」

「そうだな、三十分後に、支度して一階のロビーで待っててくれないか」と淑郎伯父さんは言って去っていく。

「そりゃあ身内だものねー」

「いいこともあれば、嫌なこともあるよね」と冷やかす馬鹿同僚。

「でも専務、張り切ってたね」

「社長が亡くなれば、ソク返り咲きだもんね」

「あれ、またパトカーだよ」と地下駐車場のカメラ画面を見ていた子が声をあげる。

「ほんとだ。ずいぶん来るねえ」

「警察の人って、車降りるとまずぐるっとあたりを見回す癖があると思わない」

「今、この会社の中に犯人いるのかなあ」

ぎょっ。

「あたしもう嫌だ、こんな会社」

「言えてるー。内紛騒ぎに殺人事件だもんね。婚期遠のいちゃうよー」

「あんたははじめから遠のいてる、っつーの」

「お目当ての和彦さんはさっさとどこかの美人と婚約しちゃうしね」

「そう、ようやくあのオールド・ミス、福岡に追いやったっていうのにねー」

こんな惨事のさなかでも、わいわいおちゃらけてしまうのがＯＬパワーなのだった。でも、こんなときにはずいぶん救われる。というかふだんから、みんなで協力しあって、あたしたちは一般職の惨めな現実を笑い飛ばそうとしているのだ。それが男たちにはわからない。

ともかくやっと笑顔が戻る。

午前十一時二十分　赤坂　畑山久男警部
渡された名刺の肩書きには『株式会社シールド・エンタプライズ横浜支社長　里見淑郎』とある。
「ただ、会社では今でも専務さんと、皆さん呼んでおられるようですが」

「はい。八年ほど専務を務めておりました。先月横浜支社に赴任したばかりだもので」

「そうですか。やや奇妙な人事かと思いますが、何かありましたか」

「簡単に言いますと、会社の海外投資をめぐって、社長と意見が対立しましてね。ビジネス上の問題なんですが、ご説明したほうがよろしいですか」

何だか用意してきたような喋り方じゃねえか？　いやにパリっとしたスーツを着ていやがるし、どうも虫が好かねえ。

「ありがたいな。ざっとお願いしたいんですが」

「はい。社長はとにかく拡張主義の人でしてね。ここ二年ほど展開しております、インドネシア周辺のリゾート開発、これがいろんな事情でうまくいってないんですよ。ところが社長はいっこうに撤退の気配がない。きょうだって、何事もなければインドネシアに出張の予定だったはずです。これには当初から心配の声が出てまして、私も役員会でずいぶん言った。それでも埒が明かないから、これは社長を交代させるしかないと、株主でそうおっしゃる方もいたんで、少しずつ水面下で動きだしたところが、その話が野村の耳に入ると、とたんに社長に筒抜けになりましてね。お陰で私は左遷、野村は今では副社長と、まあそういう結果になったわけです」

「そうすると、社長が亡くなったことによって、専務としては一安心なさったわけですか」と言ってみるが敵は平然と、

「そうそう、そこをお訊きになりたいんですよね」とにやりと笑う。

「はっきり言って、この事件は天の配剤だと思っています。だから、場合によると私も疑われることになるかもしれないと、そりゃとっさに思いましたよ、はははは」

「いや、その……」

「そればかりじゃない。じつは栖雄社長が今日を築いた基礎は、私らの父親の会社である里見商事を合併して、今のシールドを作ったことにあるんです。それがおよそ二十年前。私はむろん里見商事時代からの男です。商事は祖父の代から続いていた、繊維関係の堅実な会社でした。繊維だけでは駄目だというんで、父が弱気になりかけたところへ、姉の美智子と結婚した栖雄氏が登場したわけです。そしてたちまちのうちに、商事の資本と信用を利用してシールドを大きくしてしまった。ですから、シールドの本流には、商事の血と言いますか、里見家の血が流れているんです。会社が潰れては、里見家三代の苦労が水の泡になってしまうんですよ」

「そうなんですか」

「そうなんです。その意味では、ここはやはり、犯人に感謝ですな。はっはっは」

いけすかねえ。いけすかねえ野郎だ。上場企業だか何だか知らねえが、うちのガキには、こんな大人になってもらいたくはねえ。

午前十一時四十分　赤坂　宮島咲（社長秘書）

ロビーに淑郎伯父さんはまだいない。知らない制帽の警備の人がぶらぶらしている。ガラスの壁の向こうにはテレビ局の車がもう到着して、何人かが話し合ったり指でこちらを指したりしている。車のガラスがきらきら光って、プラタナスの葉がそよ風に揺れている。忘れてたけど、外はもう初夏の、すっきりした一日だ。

受付で車椅子の女の人が何か訊いている。ノーマ・カマリのパンツスーツに、ワンレンの少し茶色の髪がすてきな後ろ姿だ。

テレビ局のジャンパーを着た人が自動ドアからはいってくると、警備の人たちが近づいて話しかける。テレビ局がエレベーターのほうへ行こうとして、立ちふさがる感じで押し問答になる。

淑郎伯父さんが降りてきた。まず押し問答のグループに近づいて、何度も頭を下げながら何か説明して、テレビ局に引き取ってもらう。それから警備の人に何か言って、こちらへ来ようとすると、

「専務さあん」と車椅子の人の声。手を振っている。スイッチで車椅子を動かして伯父さんに近づいていく。

「やあ、来てくれましたね」と伯父さんも笑顔。

二人は小声で何やら相談しはじめるので、あたしはしばらくじっとしていたが、だんだん何

気に近づいて行くと、

「あ、咲ちゃん。ちょっと紹介しよう」と伯父さんは女性を車椅子ごと回して、

「この子は社長秘書をしてる宮島咲」

振り返ったのは笑顔あでやかな三十美人。挨拶を交わす。

「宝塚にいる私の姉の一人娘でね。私の姪ってわけ。こちらは弁護士の山崎先生」

へえ。弁護士。キャリアウーマンには見えたけど、アパレル関係かと思ったよ。

「きょうは私がお呼び立てして来てもらったんだ。先生は刑事事件にお強いとうかがったんでね」

「強いだなんて。興味が強いだけですよ」

そんな人、いちいちあたしに紹介すんなよ。でも、少しホッとする。弁護士ってもっと暗い感じの人かと思ってたけど、そんなんじゃないもんね。恋人はぜったいいいそう。それに車椅子だって、気の毒な雰囲気が全然ないというか。

「でも、考えてみたらこちらより、現場を見てもらったほうがいいと思うんだけど、どう、われわれはこれから中野へ行きますから、後ろからついて来てくれませんかね」

「はい。専務さんの仰せの通り」

「こないだ説明したでしょう、ぼくはもう専務じゃないんだって」と言ったが、伯父さんは上機嫌だ。

伯父さんが車椅子を押して出て行くと、テレビ局の向こうに停まっていたシルヴァーグレイのワゴンから、白手袋の老紳士が降りてきて、あたしたちに一礼すると、代々の執事か何かみたいに弁護士の車椅子を引き受ける。ワゴンの後ろにはリフト装置があって、車椅子をズズズーッとそのまま持ち上げて運び入れる。

伯父さんとあたしは地下駐車場へ降りる。すぐに黒のベンツが目の前にあらわれる。運転手のついた高級車は何回乗っても落ち着かない。第一静かすぎる感じ。

ビルの正面へ回って、山崎弁護士の車に合図して、二台の車が並んで中野へ向かう。

社長の首。嫌だ、行きたくない。でも恐怖心はもうなくなっている。本当に眠い。

午前十一時五十分　赤坂　里見淑郎（義弟　横浜支社長）

咲ちゃん。伯父さんは知っているんだよ。

でも、伯父さんが守ってあげるから、心配はいらない。

おやおや、うたた寝かい。ははは、こんな時に寝るなんて。でも、どのみち何も心配はいらないよ。見ててごらん。会社はもっともっと大きくなる。咲ちゃんにこれ以上余計な苦労をさせることもない。もっとも、今そのことを一番よく知っているのは咲ちゃん自身に違いないけどね。

正午　赤坂　山崎千鶴弁護士

　私は犯罪を愛している。どうやらこのことは本当らしい。私の宿命らしい。だから自分に素直になって、気の向くままに行動してみよう。男たちを愛するように、この事件を愛してみよう。地獄行きのジェットコースターに、乗ることができるかもしれない。そのまま生還しようとしまいと、私はそれ以外の愛しかたを知らない。

「礼さん。何だかあたし、元気が出てきたわ」

「それはそれは。ようござんした」と礼さんはバックミラーから笑顔を返してくれる。

　そうだ、今夜は小沢君を誘ってみよう。一月ぶりだ。もう会わないだろうと思っていたけど、何かの縁だと思うことにしよう。刑事の弁護士としてうまくスタートが切れるかどうかまだわからないけど、小沢君と前祝いするなら悪くない。ぜんぜん悪くないわ。

2　五月十七日（木曜日）　午後

午後〇時三十分　中野　山崎千鶴弁護士

土居邸はさすがに大きい。里見専務が停止ロープの警官に説明してくれて、敬礼付きで通してもらえる。カメラが陣を作っていてフラッシュが光る。ロープの奥は、車寄せ道がよく茂った植木のあいだを豊かなカーヴで伸びていく。駐車されているパトカーの列。

「ここまででいいわ。あとは誰かに助けてもらうから」

「では車でお待ちします」

「お願いね」

管轄は中野南署ということだ。知り合いはいないけど、まあなんとかなるだろう。支度をして外へ出ると、専務が刑事と交渉を終えて私を手招きしている。

「私自身の弁護士、ということで、先生を紹介しておきました」

「まあ。恋人でもよかったのに」

「ははは、それは警察には内緒ということで。中は青い敷物の上なら、車椅子で入ってもいいそうです」

「ありがたいわ」

「あ、専務、ご苦労様です」と白髪の男が腰を低くして近づいてくる。

「和彦君はまだだね？」

「はい、さっき電話がありまして、羽田に着いたそうです」

「じゃああと一時間だな。帆奈美ちゃんは」

「それがまだ……」

「そうか。わが社から今来てるのは誰だ？」

「小山常務が、テラスにいらっしゃいます。そのほか数名――」

「あの、運転手のあれはどうした」

「山田ですか。それがもう、へたばっちまって、二階の空き部屋で寝てるところです」

「へたばった」

「ええ、がたがた震えて、カミサン呼んでくれって言うんで、さっき来てもらいました」

「そのほうがいい。余計なお喋りは禁物だからな。そうだ、咲ちゃんもちょっとだけ仏さんに手合わせて、あとはテラスで待ってたらいい」

「はい」と咲さんは救われたような泣きそうな顔をする。陽射しの下で見ると、咲さんは綺麗な人だが、まぶたは腫れぼったいし、お化粧のノリが悪い。ゆうべよく寝てないのかしら。

車椅子が玄関のドアに近づくと、白手袋の刑事がノブを掴んで開けてくれる。そこにはすでに青いビニールシートの通路ができている。

「持ち上げますよ」

「すみません」

専務と刑事が二人がかりで、車椅子を床に載せてくれる。

するとすぐに血の跡が見え、私のからだの中が騒ぎはじめる。

アイボリーのリノリウムの床と、その先に見える黒のカーペットに、飛び散ったり地図のように広がったりしている血。首を切り落としたというので、血の海を予想していたが、それほど多量ではなさそうだ。

しかめっ面の咲さんが、走り出すように私とすれ違って出ていく。

奥へ進む。問題の首が見える。低いカップボードの上で、土居楯雄氏の目を閉じた首が、やや上向き加減で大きな皿の上に載っている。黒ずんだ血がこぼれている。

「うっ」と専務は絶句して、車椅子から手を離す。

自分で車椅子をゆっくり進めて、彫刻作品を眺めるように楯雄氏の横顔を眺める。今は全体にどす黒いが、生前は、つまりきのうまでは、恰幅のいい初老の人物で、血色も良かったのではないだろうか。鼻にメガネの痕がある。顎のすぐ下で切られた切り口はよく見えないが、わりあいすっぱり切ってあるようだ。

素晴らしい出来だ。私の血がいよいよ元気づき、からだの隅々へ鈴を鳴らして駆けめぐる。

部屋は二十畳ほどの、白と黒の洒落た部屋で、カーペットや家具はほとんど黒だ。牛革のソファのセットがゆったりと置かれ、がっしりした膝たけのテーブルを囲んでいる。テーブルの上にスコッチの瓶が一本、それにメガネ。壁ぎわには横長のカップボード。

三人の鑑識係が静かに指紋や遺留品を集めている。

車椅子を回して、玄関側の壁をふとふり返った時、

「あ」思わず声をあげる。

専務も係員もこちらを向くので、私は壁に向かって指をさす。

サロメ。ビアズリーのサロメの複製画だ。大判ノートぐらいの大きさに印刷された一枚が、ガムテープで壁に留めてある。

「これ、犯人がここに貼りつけてったんですか?」と私はだれにともなく問いかける。

「そうなんでしょうけど、何の悪戯ですかねえ」

専務は絵を見ないで、何かに耐えるように下を向いている。

血のしたたる皿の上のヨカナーンの首。狂おしくその髪を掴むサロメ。それは線画の黒と白で、この部屋の色調に調和するばかりではなく、楯雄氏の首にまるで最大の賛辞を、根拠を

付与するかのようだ。

サロメはあくまでもふてぶてしく、人間の首をあざわらっている。あなたの血をビスケットにかけて、食べてあげるわよと囁くかのように。

午後〇時四十分　中野　竹下誠一郎警部

「死亡推定時刻は」と湯本先生は腕時計を見ながら逆算する。

「きのうの正午から午後八時だな」

「十六日の十二時から二十時ね」

「それ以上はわからん。なにしろ胴体がないからな」と湯本先生。

「体温計突っ込もうにも、ケツがないんですものねえ」と杉さんは先生に手を振って去って行く。先生はオホン、と不服そうに咳払いをしながら杉さんを見送る。自分が言いたかったジョークを先に言われでもしたようだ。

「で、出刃包丁かなんかで、あの首を切り離すのは、一人の力でできますよね」

「できるとも。相手がじっとしててくれればな」

「そうすると、刺すかどうかしてまず殺す。それから首を切り離して、胴体を何かに詰める。所要三十分ぐらいですかね」

「ああ、マグロを捌くより簡単だ」

単独犯なら、胴体を持ち運ぶためにさらにバラバラに切り分けねばならなかったかもしれない。それにガラスその他の後片づけもある。全部で一時間はかかっただろう。

「あ、ご遺族の方ですか」と先生が声を上げる。手帳から顔を上げると、車椅子の女が近づいてきている。

相手は膝に載せていたバッグから名刺を出しながら、

「いいえ、東京弁護士会の山崎と申します。被害者の弟さんの関係で、ちょっとお邪魔させていただきまして」

「ああ、何かで拝見しましたよ。車椅子の弁護士さんが誕生したと」と先生。本当だろうか。

「恐れ入ります」

ただし問題は、被害者の弟が、どういうつもりで現場まで弁護士を連れてきたかだ。弟は、元本社専務で、反社長派の頭目のはずだ。

「それにしても、面白い殺しですねえ」と弁護士。

私は不意を突かれるが、先生は楽に調子を合わせて、

「そう、胴体を持ってっちまったのがねえ。頭だけ持っていく、首のない死体ってのは、これは推理小説によくある手なんだが」

「あれ、サロメの真似じゃありませんの？」弁護士が車椅子からこちらを見上げた拍子に、隠

れていたプラチナのイヤリングが髪から外れて跳ねるように揺れる。

「サロメ?」

「壁に絵が貼ってありましたでしょう」

「ああ、あの絵を描いた人がサロメっていうんですか」

「いえ、あの――」

湯本先生は胸の紐タイに指を絡めながら、

「いやいや、うっかりしてよく見ませんでしたが。竹下君、きみは気がついたか」と私を会話に引きずり込む。

「ええ。ビアズリーっていう世紀末の画家の、有名な絵ですよ」

「世紀末か」

「十九世紀のね。世紀末って言えばふつう十九――」

「おほん、それは分かっとる」

「あれを真似て、首を切ったんじゃありませんの?」

「何だって真似なきゃいけないんです?」と私が思わず苛だち混じりに言うと、

「好きなんじゃありません? サロメが」

弁護士と私は一瞬見つめあってしまう。無邪気なのか、無邪気と見せかけて私をからかっているのか、判然としない目がくりくりと覗き込んでくる。

午後一時　中野　宮島咲（社長秘書）

黒いゴムのオーバーオールを着た人たちが、池の中を歩き回っている。鯉が怒ってバシャバシャと跳ねる。あの中に何か捨てられているのだろうか。気味が悪いので、座り直して庭に背を向ける。会社の人たちが奥でテレビを見ている。あ、この家が映っている。ここから現場中継しているんだ。やっぱり怖い。ああ、早くお母さんでも帆奈美さんでもいいから来てくれないかしら。

午後一時十分　中野　竹下誠一郎警部

「で、専務さん、私どもとしましては、よく疑うとか、犯人扱いされるとか、誤解されるんですが、そうではなくて、あくまでも手順を踏んで調べていくために、どうしても皆さんの事件前後の行動を、念のために記録して――」

「はい、アリバイのことですね。きのうの午後、何時ごろまでのアリバイが必要ですか」

こいつは緊張させる男だ。私は何食わぬ顔で、

「事件は、ええと、遅くとも夜八時には発生したと思われるのですが」

「問題ありません」と言って、専務は金色のネクタイを揺さぶって喉に空気を入れる。

「私はゆうべ、九時まで会社におりました。もちろん横浜支社です。六時までは大勢の社員が

残っていました。六時からは支店長室におりましたが、一人きりではありません。本社の野村副社長と会談を持っていたのです」

「野村副社長はしかし、社長派の人物ではなかったですか」

「ですから私は、敵方の番頭と、たまたま事件が起こった時間に一対一で会談していたわけです、はっはっは。と言いますのもね、野村の目から見ても、社長の方針がだんだん不安に思えてきたらしくて、銀行からこっそり事情を聞いたりし始めた。銀行はどこも私の味方です。そこでこの際、もう一押しして野村を抱き込むことができないかと、私は勝負に出たわけなんです。もちろん隠し玉もあるにはあったんですがね」

「支店長室で、サシで話しておられたわけですね？」

「ええ。いや、それでも足りないなら申しますが、もう一人おりました。小沢という若い社員で、私がかわいがっていたのが仇になって、私と一緒に横浜に追い出されたのが、別室で資料を作ってくれていました。われわれはそれができあがるのを待って、それを見ながらまた少し話して、それから三人で近くの寿司屋で食事をして別れました。桜木町の『樹寿司』って行きつけの店です。それが十時過ぎのことです」

「なるほど。ありがとうございます」と私はメモを取る。この堂々たる話しぶり。

「さて、専務ご自身は、この事件にどういう背後関係があったのか、何かお考えをお持ちですか？　と言いますのも、ご覧のようにこれは、物取りや変質者の行きがかりの犯行とは思えないですから――」

「ええ、それも考えてはみましたが、どうも分かりませんねえ」

「奥様を亡くされて八年ですか、社長は独身だったようですが、女性関係は盛んな人だったんですか」

「ええ、何人か、水商売の女性には親しい人がいると聞いています」と言うとき、専務の目の逸らし方がふと気になる。まるで嘘を言い馴れてないやつが嘘をつく時の目だ。

「具体的には、何かご存知じゃありませんか」

「さあ、私は社長には煙たがられてましたし、美智子姉さん――亡くなった社長夫人の、私は実の弟なわけですからね。そういう方面のことは、蚊帳の外に置かれていました」と言うと、専務は改めて遺族としての気分に襲われたらしく、溜め息をつき、まるで西国を仰ぎみるように窓の外へ目をやる。問わず語りに何か漏らすかと待っていると、

「夫婦というのは、あの世へ行っても夫婦を続けるものなんですかねえ」

「……それをお望みですか?」

「いやいや、逆ですよ。美智子姉さん、義兄さんがあっちへ行って、また迷惑してるんだろうなあって、それが心配なんです」

午後一時三十分　中野　杉浦吉郎警部補

ああ、奥歯が病む。何か悪いものでも食ったんだろうか。

「島谷。手伝いの婆さんの検分、済んだかい」

「はい。現場の様子で特に異状は認められないそうです。あ、あの首は別として」

「当たり前だ。それから？」

「はい、遺失物は、出刃包丁一本」と島谷は手帳を読み上げる。

「それは凶器だな。シー」と、歯に空気を当てるように息を吸い込みながら、

「それから？」

「はい、台所用ゴム手袋一足。これは一足でいいのでしょうか」

「シー。右と左で一足だろうが」

「しかし『一足』というのは、足という字なので、手袋には若干抵抗があります」

「手袋にあったって、おまえにないんだったらそれでいいべよ。それから？」

「はい、それからグラス二個」

「床に砕けてたやつだろう。それから？」

「以上であります。なお、同家政婦は極めて協力的でありました」と島谷は敬礼する。

「協力的、か。そしたら今度から、殺しで駆けつけるのに、老人パス使ってバスで来るのは止めてけれと、そう言っとけ。シー」

「はい。あ、しかし、『今度から』と言いましても」

「杉さん」と奥の部屋から浅井が呼ぶから行くと、壁を一面ガラス張りにした明るい広い部屋だ。アトリエってやつだろうか。壁際や画架に、ところ狭しと絵が立てかけてある。十枚近くぎっしり重ねられた塊りも二つ、三つある。絵ってのも集まると邪魔なものだ。

浅井はいつものようにキザったらしく、テレビから出て来た刑事みたいに、まっすぐ伸ばした人差し指で本棚の一番下を差して、

「この美術全集、一冊だけ飛び出してるでしょ」

確かに三十巻くらい揃った特大版美術全集の中の一冊、『ヨーロッパ十九世紀下巻』ってのが、数センチ、列から出かかってる。十九世紀ってのは、ビアズリーの絵も入ってるんだべか。大きさも、応接間の壁の絵と同じくらいだ。手袋をはめながら、

「写真取ったか」

「はい。そりゃあ」と生意気に一拍おいて、

「指紋も調べましたが——チョッチョッチョ」と人差し指をワイパーみたいに振りやがる。

わりあい古い全集だ。問題の一冊を引き抜く。ずっしり重いぞ。ぱらぱらめくってくと、自然に開くページがある。こりゃ、たまげた。切り取ったページの細い残り部分が、栞の役目をはたして、まん中に挟まってるわけだ。前のページも後ろのページも、やっぱりビアズリーの絵でないか。

「これだ。これを切ったんだ」とおれが言うのを待ってたみたいに、

「ハサミはそこですね」確かに床に小型のハサミが放り出してある。

「なるほど。ほかの巻には触った跡もないね」

いつのまにかおれたちは、向かい合わせにしゃがみ込んで、床に置いた本を反対側から覗きあっている。

「ここは誰の部屋だい」

「息子の和彦ですよ、画家だとかいう。だけど、ヨーロッパ十九世紀の下巻にビアズリーがあることぐらい、誰だって見当がつきますからね」

「そんなに有名なのか、こいつ」

「常識ですよ」と浅井は平然と言う。しばらく奥歯が病むのを忘れてたのを、急に思い出した。ふん、奥歯も浅井が好きでねえんだべ。

「シー、シー」

前のほうをぱらぱらめくってくと、自然に開く場所がもう一ヶ所あるぞ。同じように、切り取られた残りの細い部分が挟まった塩梅になってる。

「おい、これは何だ」

「あれ」

前と後ろは若い女の絵だ。

「めんこい――可愛い娘でないの。で、この切り取った絵は何だったんだ?」

「さあ、そこまではちょっと」

「おまえの常識でも分かんないってか」

「目次を見たらどうです」

「そうだな」

切り取ったページ番号を前後から割りだして、目次を見る。切り取ったページは、ドラローシュっていう画家の『若き殉教者』と、裏がミレーっていう画家の『オフィリア』だ。

「わかるか」

「ドラローシュってのは、分かりません」

「ほう。シー」とおれは満足する。

「『若き殉教者』ってのは、おれみたいな男かなあ」と言うのを浅井は無視して、

「ミレーのほうは、オフィリアって娘が川に沈んでいくところを描いてますね」

「沈んでくって、娘の自殺かなんか描いてるのか?」なんて画家だ。

「そうとも言えますね」と浅井は平然と答えるが、不吉な予感がする。

念のために、ゆっくりと本をめくり直してみるが、破けたページはほかにはない。二枚だけだ。

「まさか犯人は、そっちのほうの絵も使って、犯行を重ねようってハラじゃないんだろうな」

「気に入った絵だからついでに貰ってってたんじゃないですか」浅井はせせら笑うように言う。だけどおれも、今のところなら悪い予感がするだけで、反論する根拠も何もない。黙ったまま絵の本を浅井に渡して、この件を竹下さんに報告するように言って玄関に向かう。とにかく、当面の問題は歯の病むのを止めることだ。どうせきょうも、千代の富士の相撲は見られないだろう。

――けっぱれや、ツヨノフズ。

午後二時　中野　山田千佳吾（運転手）

「そうすると、社長が一番親しく交際していた女性が、新橋のバー『田むら』のママの田村文緒。それから、時々誘っていたのが、新宿のバー『マチス』のホステス浅原愛と、それから本社総務課の派遣社員の佐々木徹子。そんなところだね？」

「は、はい」

なんか警察同士で耳打ちしてやがるな。お、一人立ち上がったよ。さっそく調べに行くんだな。文緒さんたちはともかく、あの派遣社員、おれが社長との関係しゃべったって知ったら、怒りやがるんじゃねえかなあ。へん、知ったこっちゃねえよ、こちとら発見者だい、いくら口が堅えったって、警察に協力するよりしょうがねえじゃねえか……くそっ、震えが止まらねえや。社長の首、くそっ。お、かかあがおれの手を叩きやがる。

「ほら、あんた、答えなさいよ、しっかりおし」

「へ？」

「ほかにもう、思い出せる相手はいないかね？」

「はい、いや……」そうだ、五反田の女のことを言わなくちゃ——黒のガウン——社長の首——おお、思い出そうとするだけで頭が痛え。おれが思い出したいもんが自由に思い出せなくて、二度と思い出したくないもんばっかり頭のまん中に浮かびあがってくるんじゃあ、いったいこいつは誰の頭なんだか、わかりゃしねえじゃねえか！

午後二時　中野　島村香野（洋裁家）

恐る恐るドアの覗き窓から覗くと、西山さんの顔がレンズのせいでますます丸顔になって待っている。事件のことはもう知っているのだろう。

「西山さん」

「いやあ、驚きました」西山さんは入ってきながら、あまり深刻に見えないまま、しきりに眉をひそめようとする。

「さっそくあちらの門の前まで行ってみたんだけど、すごい人だかりでね」

「でしょう？　今もテレビに映ってましたもの。押し合いへし合いで、すごい騒ぎ」

あれはすごい悲鳴だった。

「詩野、和彦さんに無事に会えたかしら」

「なんだ、詩野さん、もう行っちゃったのか。連れてってもらおうと思ったんだけどなあ」

「連れってってって、どこへ？」

「土居屋敷の中ですよ」と西山さんは自分の黒バッグをちらっと見る。それはいつものようにカメラの大きなレンズでふくらんでいる。私はポットにお紅茶の葉を入れる。

「警察が入れてくれないわよ、西山さんなんか」

「帆奈美さんがもう来てるころでしょう？　そばにいてあげたいんですよ。ゆうべ会えなかったしね」

そうだった。『西山さんの帆奈美さんに対する気持ちは、意外に本物かもしれないよ』って、詩野もゆうべ言ってたんだっけ。

「そりゃあ、もうとっくに着いてると思うけど」

「あの子、インタビューにうまく答えられるかなあ。もみくちゃにされちゃうんじゃないかなあ」

帆奈美さん――あの悲鳴は誰だったのだろう。たぶん、若い女の子だったけど。

「でも、帆奈美さんだって、オヤジさんが大嫌いだったから、意外にサバサバしてるだろうな」

「だめよ、そんなこと言っちゃ」

「でも、あんまりサバサバされても困るんだなあ。こうなったら悲劇のヒロインでいてほしいなあ」

「勝手なことばっかり。どうぞ、お茶」

「ねえ、お茶より、一緒に行きません？」

「え？」

「お姉さんと一緒なら、入れてもらえると思うな。和彦さんに頼んだっていい」と西山さんはバッグに手をやる。

「私なんて、駄目ですよ。関係ないもの」

「いやいや。被害者の、長男の、婚約者の、姉。立派な関係じゃないですか。ねえ」

「駄目ですよ」

また目眩いがしそうだ。

午後二時二十分　中野　竹下誠一郎警部
門のほうから杉さんが歩いてくる。
「おう、中にいたんじゃなかったのかい」

「いや、ちょっと買い物です。シー」

「マスコミはだいぶ来てるかい」

「しばらく振りの大事件ですからね。記者会見、やるんでしょ」

「ああ、四時から中野南署だ。ところで壁に貼ってあったあの絵、この家にある美術書の中から、ページを破いてあそこに貼りつけたんだって？」

「そうなんですよ。もう一枚破けてたって話も聞きました？　浅井から報告なかったっすか」

「聞いてないぞ。どうした」

「あの野郎。シー。いえ、同じ本の中に、破けたページがもう一つあったんですよ。しかもその絵には、自殺する若い女が描かれてるんだとかって」

思わず杉さんの顔を睨みつける。杉さんはふざけたような真面目なような、不思議な顔をしてこっちを見つめかえす。

「まさか犯人が今度はその絵を使って、若い女を殺そうとしてる、なんて想像してるんじゃあるまいね」

「……話としちゃあ、まず、面白すぎますものね」

「そりゃそうだよ」

「シー」

「取りあえず、壁の絵のことはマスコミに知らせるつもりだ。大騒ぎのいいネタだからな。そっちで騒いどいてもらったほうが、時間が稼げる」

「息子の和彦も、絵のほうでけっこう有名らしいから、どっちみちすごい騒ぎになりますよ。息子が画家だってことと壁の絵とは、結びつきますしね」

「結びつくって、どういう意味だい」

「いやあ、ただの連想ですよ。深まる謎、ってやつ。シー」

「きみ、歯でも痛むのかね」

「ちょっとここんとこね、シー」

「まあ、きょうは一日、セイロガンでも詰めておきたまえ」

「じつは今、薬屋行って、薬塗ってきたとこなんです」

「なんだ、効いてないみたいじゃないか。きみと同じで、虫歯も頑固なんだろう」

「はあ、シー」

二時二十分　横浜　小沢宏平（横浜支社社員）
「これで社長は文字通りクビってやつだ、へっへっへ」と、塩川課長は相変わらず呑気に冗談を言っている。
　とにかく電話をかけてみよう。今ごろは玲子だって、ニュースを見て驚いているかもしれない。専務が社長になることはもう確実だし、おれだって自由になるということを、今から言っておいたっていいはずだ。おれが本気だということを、分かってもらったっていいはずだ。

「はい、西日本国際ツーリストでございます」

「あのう、伊藤玲子さんをお願いしたいんですが」

「ええと、伊藤は休みを取っていまして、一週間ほど出社しませんが」

「一週間も？」

「はあ。有給だものですから、申し訳ありません」

「分かりました。どうも」有給休暇。入社して間もないのに、どうしたんだろう。——新しい恋人ができたんだろうか？

やっぱり忘れろと言うのかい。小さな希望も、持っちゃいけないと言うのか。玲子。

「小沢君。専務から電話だ」と塩川課長。

「あ、はい。——お電話代わりました」

「小沢君か。ゆうべの書類を持って、すぐ社長宅へ来てくれ」

「わかりました」

「こっちで小山さんたちとも話していたところなんだ。それから例の、インドネシア関係の書類も持ってきといてもらおうかな。鍵の開け方は分かるね」

「はい、分かります」

「何だか予想以上に慌ただしくてね。じゃあ頼むよ」

「はい、失礼します」

ちぇっ、中野か。もう行かなくてもすむと思ってたのに。しかもこっちはそれどころじゃないぞ。玲子。どこへ行ったんだ、玲子。今がおれの、大事な時なのに。いっそこのまま、おまえのところへ飛んでいきたいのに、たとえ行ったとしても、おまえはおれを迎えてさえくれないのか。

午後二時三十分　中野　竹下誠一郎警部

ガタガタとスーツケースを引きずりながら、若い男女が車寄せの坂道を昇って来る。さっそく会社の人間たちが出迎えて、スーツケースを預かる。長男の和彦だろう。ベージュのスーツ姿で髪を長めにしている。連れの女は紺のセーターにスラックス姿で、ハンカチを頬に当てて歩いてくる。

「警視庁の竹下ですが」

「土居和彦です」

「ご長男ですね。このたびはどうもご愁傷さまです」

「どうも。遺体はまだそのままですか」

「いや、会社の方々とご相談の上、さきほど科研へ運ばせていただきました。あとでご案内します」

「そうですか」と言ってから声をひそめて、

「首だけだったんですって?」

「はい。胴体はまだ……」

「ひどいですね。いくら父でも」

「………」この長男も父を憎んでいるわけか?

「この人はぼくの婚約者で、島村詩野といいます。きのうの午後、父に呼ばれてここを訪ねたので、一応ご報告しておいたほうがいいかと思いまして」

「ああ、そうですか。それは助かります」

詩野なる女性は和彦に促されておずおず一歩進み出る。十代の娘がよくやるように、手のひらにかかるほどセーターの袖を長くして着ているが、二十五、六だろう。

「ここへ来たのは、きのうの午後何時ごろのことですか」

「はい。社長に一時に来るように言われまして……」

「一時。社長は一人だったですか」

「はい」

「で、何時ごろまでこちらに?」

「二時ごろだったと思います」

「ちょうど一時間ほど、ここにいらしたわけですね。その間、訪問者も電話もなしですか」

「ああ、電話なら、ぼくが二時にかけました」と和彦が言う。

「どうせ詩野に嫌がらせを言ってるだろうと思って、気になったもので」

「嫌がらせ？」

「つまり、われわれの結婚に、オヤジは頑固に反対していましてね。きのうはぼくの留守を狙って、諦めさせるために詩野を呼びつけたらしいんですよ」

「ほう。そうだったんですか」

反対されるのが自分の落ち度ででもあるかのように、詩野は改めてうつむくが、見たところ品のいい、慎ましやかな女性だ。

「ただ、ぼくからだと分かると、すぐに切られてしまいましてね。詩野を電話にも出してもらえなかったんです」

私はうなずき、詩野に向かって、

「電話はそれだけですか。ほかに家の周囲でだれかを見かけたとか」

「さあ……」

詩野はセーターの色を映して青ざめている。和彦はなんとかいう歌手に似たヤサ男だ。そう言えば和彦自身、テレビに出ることがあるのだと誰かが言っていた。「あ」と詩野は目を上げ

るが、私よりもむしろ和彦に向かって、

「ここを出ましたら、姉が門のそばまで来てまして、ちょっと立ち話をしたんですけど、その時私たちとすれ違った外国人の方が、立ち止まって、こちらをじっと見ているように思ったんですけど……関係ないかもしれませんが」

「外国人ですか」

「マイクかな」と和彦が言って、詩野に、

「きみはマイクに会ったことはないんだっけ。体格のいい、金髪のイギリス人だけど」

「ええ。確かそんな感じの人でした」

「だとすると、社長に用でもあったのかなあ。でもすれ違ったって言ったよね」

「ええ。そのまま、通りすぎて行きました」

「マイクというのは？」

「最近まで『シールド』で、翻訳をやったり英語教室をやったりしていた男ですけどね。人違いかなあ」

となると、犯行は午後二時から八時か。「マイク・マコーミック」と聞いた名前をメモする。

気がつくと、杉さんはこちらに背を向けて、植え込みの陰で歯をいじっている。

午後二時五十分　中野　島村詩野（長男の婚約者）

玄関の青い敷物の道から会社の人が出てくる。和彦さんを見つけると小走りに近づいて、

「今、軽井沢の松木さんと連絡が取れました。帆奈美さんはいないんですが、車は車庫に入っていると言っています」

松木さんというのは確か、あの別荘の管理人のご夫婦だ。

「車がある？　じゃあ、あっちにいるんじゃない？　詩野、きのう帆奈美は東京へ来たんだよね」

「ええ、夕方……」

「当然車で来て車で帰ったはずなんだけどな」

「車で来たかどうか、姉さんに電話して確かめてみましょうか」と私が言うと、

「あ、あそこにいるじゃない、お姉さん」

見ると、神妙な顔の姉さんとにこにこ顔の西山さんが、半分植え込みに隠れるようにしながらこちらへ近づいてくるではないか。

「姉さん！　どうしたの？」和彦さんに叱られるかと思ったけど、

「ちょうどいい。お姉さん、きのう帆奈美がお宅にうかがったんでしたよね。衣装のことで」

「帆奈美さん……」突然の質問に姉さんはうろたえて、立ち止まってしまうので、私のほうから近づいていって、

「きのう彼女、車で来てた？」

「ええ。車だったけど？」

「やっぱり」

「帆奈美さんがどうかしました？　まだ来てないんですか」と西山さん。

「ええ。まだ連絡が取れないらしくて」

「きのうのうちに軽井沢に帰るって言ってたけど……」

「はっきりそう言ったの？」

「だって、軽井沢にお友達が見えるからって。それでお食事しないでお帰りになったんだもの」と姉さんは西山さんを振り返る。

「そう、一足違いだったんです。ぼくと」と西山さん。

専務さんがやって来る。咲さんも一緒だ。挨拶もそこそこに、専務さんは和彦さんに向かって、

「今、念のために宮島の別荘へも電話してみたんだけどね。帆奈美ちゃんはやっぱり来てないそうだ」

「そりゃあ、行くとなれば車で行くはずですものねえ」宮島というのは確か和彦さんの母方の伯父様で、大学の先生をなさっている方だ。

いつの間にか、殺された社長より、連絡がつかない帆奈美さんのほうを皆さんは心配して、

顔をくもらせている。

「ともかく、宮島先生が土居の家へ行ってみてくれるそうだから、そのうち連絡があるだろう。どうも、松木の婆さんの言うことはよくわからなくてね。帆奈美ちゃんはいないんだけど、帆奈美ちゃんの服からバッグまで、玄関ホールに投げ出してあるんだとか」

「玄関ホールに?」

「うん。それに婆さんが言うには、玄関のドアの内側に、絵が一枚、テープで貼ってあるそうなんだ」

刑事さんたちが顔を見合わせる。

「絵? 帆奈美の絵ですか?」

「わからんよ。ただ婆さんが一緒くたにしゃべるもんだから――」

「それ、オフィリアじゃなかったですか?」刑事の一人、さっきから歯をシーシー鳴らしていたオジサン刑事が意気込んで尋ねる。

「オフィリア?」

「ええ(と専務が進み出て)、そう言えば女の人が川に入った絵だと言ってましたから、ひょっとするとミレーのオフィリアかもしれませんが、それが何か?」

「その、軽井沢のお宅には、川か池かありません? その絵の景色に似通っているような」

「似通っているかどうかは知りませんが、川ならありますよ。敷地の端が人工の川になっていますから」と和彦さんが答える。

「そこだ！　ね、念のためです、その松木さんって人にもう一ぺん電話して、その川をちょっと見てもらってくれませんか」

「見るって、何を見るんです？」

「妹さんですよ。帆奈美さんですよ」

「サロメの絵とオフィリアの絵は、そこのアトリエの書棚の、同じ本から切り取られた可能性があるんです。同じ人物によって」

「え？　どういうこと？」

「わかりませんが、非常に心配です。殺人と絵。これが何だか結びついているみたいなんですよ、今回は」

咲さんは泣き出しそうな顔をしている。私もどういう顔をしていいのかわからない。

午後三時　中野　西山真太郎（画商）
帆奈美に何かあったと言っているのか？　おれがゆうべ見かけたと、言ったほうがいいのだろうか？　いや別に、今は必要ないだろう。警察ってのは余計なことを言うとかえって嫌な顔をするものだからな。なあ、オヤジ。――そう言えばもう、藤村先生のところへ行く時間だけど、とにかく帆奈美のことがはっきりするまで、もう少しねばってみよう。

行っちゃうの?

うん、ちょっとね。

急いでるの? ちょっとぐらい、いいじゃない。

あんなこと、言わなければよかったのにな。帆奈美。帆奈美。

しかし、ここに集まった刑事たち、オヤジの時に見た連中とずいぶん違うなあ。やっぱり自殺と殺人じゃ、担当する刑事の服も顔も違うんだ。ははは。——オヤジ、極楽でゆっくり寝てる場合じゃないぞ。土居の社長がそっちへ行ったぞ。どうするんだ? 『土居を恨んではいかんぞ』っていつも言ってただろ。今でも同じこと、言うつもりか?

土居を恨んではいかんぞ。ましてや和彦君は何の関係もない。

はい。

人を恨めば、絵を見る目が濁る。いいか、真太郎。

お、あのブルーの制服の連中は、鑑識係ってやつだろうか。こういうところも、写真に撮ったら面白いだろうに。叱られるかなあ。へへ、だけどおれはこれから、写真家が副業ってことになるかもしれないんだからなあ。——そう、まずは帆奈美、おまえの写真集だ。けな気であどけないおまえの姿を、永遠に保存してあげるからね。

午後三時十分　中野　竹下誠一郎警部

山崎弁護士が庭から戻ってくる。

「何かわかりましたか」

「庭の池からは何も出なかったそうですわ」

「そうですか」

「あら、あまり残念そうじゃないんですね」

「いちいち残念がってたら身が持ちません」

「それもそうか」弁護士は襟に指を差し入れてブラウスにはたはたと空気を入れる。

「ちょっと暑いですね、きょうは」

「ほかに何か気がつきました？　暑いことだけ？」

「まあ、ほほ、意地悪ね」

「とんでもない。質問コーナーを設けてあげてるんですよ」

「そうか！　じゃあ質問が一つあります」と弁護士は挙手をする。

「どうぞ」

「現場のテーブルにスコッチの壜が立ってたんですけど。バランタイン」

「それで？」

「でもグラスが見当たらなかったんですよ」

「床からガラスの細かい破片がたくさん見つかっています。恐らくグラスは割れたんでしょう。犯行の時、テーブルから落ちて」

「落ちただけで全部粉々になったんですか？」

「まさか。大きい破片は拾って片づけたんでしょう。犯人が」

「分かった。指紋を残さないためね？」

「そうでしょうね」

「そうか。考えたわね」

「それくらい誰でも考えますよ」とおれは皮肉をぶつけるが、本人は自分の思考に夢中になっているらしく、

「ということは、犯人はグラスさえ片づければ自分の指紋は残らないという自信があった。ということは、玄関あたりから発見されているいくつかの指紋は、犯人のものではない。そういうことになりますね？」

「どうかな。頭隠して尻隠さずってのが、犯人の通り相場ですからね」

「え、そんな犯人、嫌じゃありません？」と弁護士はまたピンクに爪を染めた指を襟もとに入れる。その時、

「きみ、きみ！」と杉さんが声をあげる。先程和彦や婚約者と一緒にいたはずの三十男がカメラを持っている。

「どこの人？　え？」と杉さんは男の腕を掴む。

「あの、『西山屋』画廊の西山真太郎です。あの、和彦さんとも帆奈美さんとも仕事をさせていただいてます」

「画廊？　マスコミじゃないの？　なしてカメラ持ってるの」

「あ、あの、趣味なもので」

「趣味はいいけど、ここは撮影禁止。わかった？」

するとと西山はいっぺんに額に汗を浮かべて、

「はい、いや、あの、実はあんまり慌てて、フィルム忘れて来ちゃって」


午後三時二十分　中野　宮島多佳子（土居楯雄の義妹）

あら、すごい人だかりだわ。テレビ局もたくさん来てる。やっぱりねえ。あ。ワイドショーをヴィデオに予約してくればよかったわ。

あら、入れないわ、このロープ。

「土居さんですか」あら、インタビューだわ。どうしましょう。

「はい、いいえ」

「ご親戚の方？　どういうご関係ですか」とロープ番のお巡りさん。

「はい。あの、社長の奥様の妹ですの」

「じゃあ中へどうぞ」

「ただ、その、奥様は、八年前に亡くなりましたの」

「それはかまいません」

「まあ。そんな、ひどい」

「いや、お通りください」

あら、ここをくぐるのね。何だかプロレスラーみたいだわ。

「ご親戚の方、楯雄さんはどういう方だったんですか」

「きゃっ」いやだ、この人私の袖を掴んでるわ。

「今のお気持ちを一言」

「とても、とても驚いていますわ」私上品にお話しているかしら。

「犯人に今おっしゃりたいことは何です?」

「ありがとう」あ、いけないいわ。

「その、ロープを持っていて下さって、ありがとう、という意味ですわ。あなたに言ったのよ」テレビの人たち、やっぱりすごいわ。気をつけていないと、知らないうちに犯人にされてしまうわ。

「お早くどうぞ」

あれ？　あれはマイクじゃないかしら。そうだわ。「マイク！」

「タカーコ」

「社長、デッド。ドゥー・ユー・ノウ？」

「Yes, that's xxxxxhere.」

「こちらの方は？　ホワット・アー・ユー？」

まあ、どうしてテレビの人がマイクの名前を知っているの？

「マイク、ホワット・アー・ユー？」

「この人も身内ですか？」

「ええ、あの——」

「じゃあ通って下さい」

「ありがとう。マイク、行きましょう」

「多佳子さん、日本中が今これだけの騒ぎになってるんですがね」

あら、今度は私の名前を呼んでいるわ。

「多佳子さん、土居和彦さんを呼んできてくれませんか」

何だかすごい混乱。

「きゃーっ」あ、お帽子が。

ふう。ようやく二人になれた。おまけにマイクが荷物を持ってくれて助かった。でも、安心している場合じゃないわ。

おや、向こうからみんな走ってくるわ、私を迎えに来たの？　あら、車もどんどん出ていくわ。あ、あれは和彦さんだ、それに淑郎もいる、咲もいるわ。

「咲」

「お母さん。大変よ。帆奈美さんが死んでるのが見つかったんですって」

「え？　亡くなったのはお義兄さんじゃないの？」

「二人ともなのよ。帆奈美さんも、連絡が取れないと思ってたら、死んでたんですって」

「本当？」

「本当よ、今お父さんから電話があったの」

「お父さんから？」

「Is she dead?　Honami, is she dead?」マイクががなりたてる。

「これからみんなで行くところです。姉さんも行きましょう」

「どこへ？」

「だから軽井沢ですよ」

「だって私、あっちから今来たところなのよ」

「そんなことを言っている場合じゃないんです」

マイクが私を掴んで何か尋ねかけてくるけれど、私には何もわからない。英語なんて聞いている場合じゃないわ。
「姉さん。早く！」と淑郎が私の腕を引っ張る。
あ、お帽子が。お帽子が。

第2章　「ああ、波が」

1　五月十七日（木曜日）夜

午後六時　軽井沢　竹下誠一郎警部

今から思えば、サロメの絵の場合、それに対応して実際に起きた事件は生首一つだけで、それに向かって手を伸ばす悪徳の女が傍らにいたわけではなかった。だが今度のオフィリアの場合、仮装は念入りだ。草むらのあいだをゆるやかに流れる川、水死する若い女。女はベージュのドレスを着て、胸のあたりには赤白の花を浮かべていた。

もちろん絵との相違がないわけではない。帆奈美は安らかではなく、やや苦しそうに目を閉じ、両手を下へほぼまっすぐに伸ばしていた。おまけに、流れがほとんどないとは言っても、発見されるまでのあいだに花の大部分は足元から先へ、敷地の端にしつらえられた水門へと流れ着いてしまっていた。入水の瞬間を静止させて描いたミレーの構図に、現実は従いえなかったというわけだ。――だからこそ、絵は美しいのだろう。そして現実はわびしく、警察を必要とするのだろう。

帆奈美はみずからの死を思い定めながら、父親の首に包丁を振り下ろした。そしてここへ帰ってくると、着替えを済ませて水に沈んだ。だがいったい何のために？　彼女の仮装は、まるで仮装それ自体が目的であったかのようにさえ見える。和彦も伯父の里見淑郎も、帆奈美の動機については言葉を濁したままだ。

今は池の端の舗装面に毛布にくるまれて、ぐっしょりと濡れて横たわる帆奈美の小さな体。花も拾われて、胸元に手向けられている。おれに分かるのはサクラソウぐらいだが、この高地にはちょうど春の花が咲き揃って、可憐な娘が死ぬのにはいい季節だった。――いや、死ぬのにいい季節などあるはずはない。人は生きなければならない。沙弥子。人は生きなければならないはずだ。沙弥子。

部下たちが一人二人と私の脇に寄ってきてたたずむ。

「中軽井沢署の動きはどうだい」

「てきぱきしてますよ。張り切っていると言ってもいいな」

「これは全国的な大事件ですからね」

「夜のニュースはどこも特番らしいですよ」

「ふうん」たしかに、中野と同じぐらいの数のテレビ局の車が、この屋敷を遠巻きにしている。まだ薄暮が残っているのに、連中はさっきから大きなライトを何本も点けて屋敷や木立を明るませ、斜向かいのゴルフ場よりも明るいくらいだ。四時からの記者会見は中止できたが、リセットされた九時からの会見は中止できまい。

「で、やっぱり自殺なんだね？」

「ええ。溺死で、外傷はないそうです。相手は子供じゃないんだから、こんな浅い川に沈めるとなれば、殴るか刺すか、外傷なしには済まないでしょう」睡眠薬。麻酔。それらについては解剖の結果待ちだが、恐らくそこまで考える必要はないだろう。

「どうも、拍子抜けするなあ」と杉さん。だが、殺人事件が犯人の直後の自殺で決着することが、珍しいわけではない。

「ここから最寄りの隣り近所ってのは、どこにあるんだい？」

「その林と沼を越えて、直線距離にして百メートルほど離れたところが、楯雄の義理の妹、宮島多佳子の別荘です。道はありませんから、行くとなると車で大回りしなけりゃなりませんが」

「宮島多佳子か、あのでかい帽子をかぶったオバサンだな」

「はい。なんでも会社でこのあたりを買い占めて、親類で分けたんだそうで、宮島の別荘の奥には専務の里見の別荘もあります」

「で、宮島夫婦はゆうべ別荘に泊まったと」

「はい。亭主の宮島孝輔、大阪の京阪大学の英文学の先生ですが、ここ一週間ほど、大学が休みでこちらに滞在していたそうです。カミサンの多佳子はゆうべ六時に東京からこちらへ戻ったと言っています」

「二人は不審な物音らしきものは何も聞いてないんだね？」

「気がつかなかったようですね。直線距離百メートルですから、夜の静けさを考えると、騒ぎでもあれば何か聞こえるはずなんですが」

「まあ鉦や太鼓で自殺するやつもないものね」と杉さん。

「管理人の松木夫婦は、ふだんは楢雄の会社の寮に住んでまして、これは車で十分ほど、浅間の裾野を登っていったあたりにあります。週に二度ここへやって来て、家事その他を手伝っていたそうです」

そういえば浅間山を眺めるゆとりもないままだった。ここからはもう、林の陰に隠れて見えない。

「あの西山って男は何者だい」と、遺族でもないのにこちらまでついて来ている姿を私が見とがめると、

「西山真太郎、『西山屋』画廊の二代目社長で、和彦・帆奈美の画家兄妹と関わりがあるようですね」と杉さんが答える。

「ああ、杉さんはやつの車に同乗してこっちへ来たんだっけ」

「ええ、二人の展覧会を開くとかって、最近帆奈美には頻繁に会ってました。最後に話をした

のはこの月曜日だそうですが、その時は変わった様子はやっぱりなかったと」

「やつは和彦の婚約者の島村詩野とも親しいわけか」

「はい、道々島村姉妹からもなんぼか聞きました。車は島村姉妹のものだったんですな。姉妹の父親は、生前、高校の美術の先生しながら絵を描いていたそうで、それをたまたま和彦が見て、気に入って、西山画商に紹介したらしいんですわ。そしたら、いずれその父親の個展も開く、って話になって、姉妹はすっかりこの、宿願成就」と杉さんは合掌する。

「それで?」

「はい、和彦がその個展に出す絵を選ぶ役になって、こないだ姉妹と西山で手分けして、父親の絵をまとめて何十枚だか、和彦の部屋に運び込んだんだそうです」

「ふむ」

「もっとも姉妹も、帆奈美の父親殺しという成り行きには、まるきり心当たりがないそうですけど、ま、も少し話聞いてきますわ」と杉さんは屋敷のほうへ去っていく。

入れ代わりに浅井が近づいてくる。途中から急ぎ足になるのでおのずと耳を容易して身構える。

「ミラージュのトランクから大量の血痕が出ています。恐らく楯雄のものでしょう」

「そうか」

「やっぱり」

「遺書はまだ見つかってないね？」

「まだです。といっても、もう屋敷内はあらかた探し終えたところです」

「まあ、あの絵のバツ印が遺書の代わりということかな」

「そうですね」

淡いブルーの真ん中あたりを色とりどりの細い魚の群れが泳いでいる縦長の絵。そんな罪のない場面にステンレスのペインティングナイフで大きなバツ印がいく度もなぞるように書かれ、カンヴァスは破れかけていた。あれが帆奈美の最後の自己表現だったのか。和彦もその絵を載せた画架の前にがっくりと膝まずいた。

「魚の列のあいだに、何か字が書いてあったよね。あれ、英語かい」

「he何とかって、英語なんじゃないの」

「絵の模様のつもりだったんでしょう。よくあるじゃない、このごろ」

「警部」と川の中から声がする。中軽井沢署の連中だ。その後ろには、川から引き上げた黒いビニール袋を抱えてこちらへやって来る二人がいる。

「はい」

「この中に、中野の凶器と思われる包丁、手袋、そのほかまとめて入ってます」

「そいつはありがたい」と、私より先に部下たちが応じている。

「ついでに楯雄の胴体も入ってませんかね」

「いや、それはなさそうですが」

「そりゃあ、死体と一緒に死ぬのはぞっとしないですよ。心中じゃないんだから」

「胴体はきっと碓井峠の崖の下ですよ」

「ってことは、群馬県警に依頼だな」

「われわれのほうは、あとは動機だけということか」

アア、と誰かがあくびをする。私にも伝染しそうだ。こちらが二、三日で片付けば、また本庁の汚職事件を手伝わされるのだろう。こちらで少し、時間稼ぎをしたい気もするし、沙弥子の誕生日には帰ってやりたい気もする。

すっかり髪の毛が抜けてしまった沙弥子。

「そろそろ冷えてきますね」

「そうだな」まだ蚊の出る季節ではないのがせめてもの救いなのだろう。浅井が煙草に火を点けると、火の周りに闇が集まるようだ。

午後六時十分　横浜　小沢宏平（横浜支社社員）
急がなくちゃ。七時にこちらを出れば、十時までに軽井沢に着けるはずだ。先生。
ええと、これは冷蔵庫に戻さなくちゃ。まったく、こんなことまでやらされるとは——これもシュレッダーにかけよう――だけどこんなことをしているうちに、おれは玲子と先生と、結局両方とも失ってしまうんじゃないだろうな？　まだどちらも、手に入れたとさえ言えないというのに。こちらからあちらへ、あちらからこちらへ綱渡りすることの危険は分かっているつもりだけど……ゆうべ綱渡りが済んだと思ったら、きょうは思ってもみない別の綱渡りだ。……それにしても、帆奈美さんの騒ぎで中野はもぬけの殻で、助かった。もう書類どころじゃなかったものな。ひどい混乱だけど、しばらくは運に任せるほかなさそうだ。ええと、鍵はかけたはずだな。よし。

ふう。小沢宏平。小沢宏平よ。おまえは小さな蝶のように、自分で舞っているつもりで、実際には突風に流されている。――と、気づいてみても今はもう遅いのか。

午後六時二十分　軽井沢　宮島咲（社長秘書）

ブルーのミラージュ。あれは帆奈美さんの車だったんだ。でも、あれを見たと言うわけにはいかない。

でも帆奈美さん、どうして社長を殺したりしたの？

帆奈美さん、あたしはどうしたらいいの？　でもぜったい言うわけにはいかないのよ。

午後六時二十分　軽井沢　島村詩野（長男の婚約者）

キッチンでは相変わらず、咲さんがテーブルにうつぶせになって、多佳子伯母様が心配そうに付き添っている。伯母様は大きな帽子をかぶったままなので、時々帽子の縁で咲さんを突くような具合だ。

「詩野さんのお姉様も来て下さったの？」

「はい。姉は帆奈美さんのお洋服のことでこちらへ――」仮縫いのときなんかにうかがっているものですから、と言おうとした言葉を思わず呑みこむ。姉さんが一生懸命作った洋服こそ、縁起でもない、帆奈美さんの最後の衣装になったのだから、今そんなことを言い出しても叱られるだけだ。でも、

「ありがとう。私たち動けないから、助かるわ」と、幸い伯母様は無頓着だ。疲れてらっしゃるから無理もない。でも疲れは私たちだって同じだ。伯母様はまるで手伝いの女中が来たみたいに私たちのことを受け止めているのだろう。

どこからか強いライトが窓に当たっている。

帆奈美さん。もうお父様も帆奈美さんもいない。そう思うと、不思議に無力な気持ちが広がっていく。

姉さんがのろのろとお盆を運んでくる。こちらへ着く前から気分が悪そうにしているけど、だいじょうぶかしら。車の中でも苦しそうに、私の名前を呼んだりしていた。

「もうおうちに帰ったら、おかしいかしら」と伯母様は言う。

さあ、私には……と言おうとして振り返ると、ふいに咲さんが顔をあげる。泣きはらした目で隣りの母親を睨みつけて、

「そばにいなきゃ駄目よ」

「そばって、帆奈美さんの？」

「だって——だって、帆奈美さんはあたしの、身代わりになってくれたのかもしれないのよ」

「え？　……」伯母様は絶句して咲さんの背中から手を引っ込め、ようやくもぞもぞと帽子を脱ぐ。姉さんは咲さんをじっと見つめながら、また涙を浮かべている。

午後六時三十分　軽井沢　杉浦吉郎警部補

「いやあ、ショックですよ」と西山画商はそればかり繰り返している。

「ぼくなんか、これから当分は彼女でメシ食っていこうと思ってたんです。いや、ほんと。だってお兄さんが売れっ子な上に、自分でもあれだけ描けて、顔だってけっこうかわいいでしょう？」と訊かれても、おれが見たのは死に顔だけだからな。

「ぼくの売り出し作戦はね、彼女の写真を撮って、それを個展の時、絵と同じぐらいにアピールしたらどうかなってことだったんです」

「そこでカメラが登場するわけだ」

「えへへ、すいません。最近始めたもので」西山画商はセルロイドの縁のメガネをかけて、商人らしい、愛想のいい丸顔をしている。おデコはもうずいぶん上がっているけど、三十前にしか見えない。もちろん今は興奮気味だが、その結果口が滑らかなのはありがたい。おれも歯の痛みが治まって、ようやく少し元気が出てきた。

「ところで彼女さ、絵にバッテンつけてたでしょ。絵の方で行き詰まって悩んでいたとか、そういうことはあったの？」

「どうかなあ。まだ行き詰まる歳じゃないけど」

「なんぼ――いくつになりましたか」

「十八です。だからどうしても、気まぐれでね。描ける時はどんどん描けるんだけど、気が向かないとほったらかし、みたいなね。個展までもう二か月でしたから、こっちも冷や冷やしながら見てたんですけど」

「あのバッテンの絵は――」

「あのＰ版は、最近の自信作だったんですけどね」

「Ｐ版」

「カンヴァスの形ですよ。ずいぶん縦長でしょ、あれ」

「ふむ。あの暗号みたいな字は、最初から描いてあったの？」

「いや、なかったと思うけど。ともかく、自分でいろいろ実験してましたから。途中で止めちゃう絵だってたくさんあったしね。だからこっちも気にしないし、それほど行き詰まってる感じじゃなかったんですけどねえ。さすがに有名なお兄さんと一緒に出品するというんで、『お兄ちゃんと似た絵は描きたくない』というようなことも言ってましたから、そういう悩みもあったのかなあ」

「お兄さんとの仲は、よかったんでしょ」

「そりゃあもう。特に父親を嫌う点で共通してましたからね」

「そうらしいねえ。ずいぶん喧嘩だの何だの、あったわけ、親子で」

「うん、お父さんはお父さんで、言い出したら聞かない人だから」

「だからこっちに住んでたのかな。聞いたところでは、帆奈美さんは喘息があるとかって——」

「それはそうですね。こっちへ来てからは、確かにだいぶ楽だって言ってましたよ。でも、薬を取りに行ったりで東京に帰っても、中野には寄りつかない感じでしたからね」

そしたら、やっぱりオヤジと娘の確執ということになるわけか。

「帆奈美さんがああやって、オフィリアの絵の真似をした理由、何だったんですかね。それから、お父さんのサロメ。どう思います？」

「えー」と、西山は苦笑いみたいな、尻に敷いて潰したアンパンみたいな顔をして、

「そうですねえ。やっぱり『オフィリア』は、川に沈んで自殺します、っていう意味なんでし

ようかねえ。オフィリアは、ハムレットに捨てられて気が狂って、身投げ同然の死に方をしたわけですから」

「はい」と知っているふりをする。

「『サロメ』のほうも、ヨカナーンという預言者を、若い娘のサロメが王に頼んで殺させるわけです。だから、事実上は若い娘がヨカナーンを殺した、いうことになりますよね。だからこれも、犯人は若い娘だ、いうことを、表しているのかなあと思うんですが」

「だけど、なして――どうして、そういう絵解きみたいなこと、しなけりゃならなかったんですかね」

「さあ。世紀末だからたまたま思いついたのかな」と西山。

「世紀末って」

「ほら、今も、そろそろ世紀末だとかって、言うでしょ。絵のほうで世紀末ってのは、もちろん百年前の、十九世紀の末なんですけど、『サロメ』は完全にその時期の作品だし、『オフィリア』はもう少し前だけど、流れとしてはだいたい同じですよね」

「世紀末か」メモの取りようがないのでほったらかして、

「そのほか、あの二枚の絵には、何か特別に、共通の特徴みたいなものはなかった？」

「さあ、知らないなあ。ビアズリーの絵はみんなあんなもんですし、サロメの絵も何枚か描いてますよね。ビアズリーのサロメのモデルは、はっきりしてなかったと思いますが、あの人はお姉さんと近親相姦のあいだ柄だった、っていう評判ですから、お姉さんがモデルだったと言われる場合もありますよね。オフィリアのほうは、そうねえ、あの絵のモデルをした人が、長いあいだ水風呂につかってたんで風邪をひいちゃって、『割増料金をよこせ』って裁判になったとか、まあ、そんなしょうもない逸話は残ってますけど」

さすがに画商だけあって詳しいわけだが――世紀末の割増料金……どうしたもんだべ。

午後六時四十分　三鷹　マイク・マコーミック（元シールド・エンタプライズ契約社員）

これはアジア的な犯罪だ。なるほどサロメやオフィリアはイギリスから来たかもしれないが、それらを百年後に利用するこのやり方は、明らかにアジア的で、陰鬱で執念深い。日本人たちめ。どうしようもない日本人たちめ。おまえたちは確かに、ほどほどにみんな善人だ。それなのになぜか、住めば住むほど日本が嫌いになり、馴染めば馴染むほど自己嫌悪に襲われる。

「いやあ、こういう事件が起こりますと、いよいよ世紀末という感じがして参ります。ではいったんコマーシャル」

世紀末？　くそ食らえ！　日本の文化はいつも世紀末だったではないか。浮世絵の巨匠は春画を描き、文学の巨匠は近親相姦を描き、大衆は過剰な笑いと性の洪水に神経を麻痺させてきたではないか。そうやってこの国の人間どもは五百年も千年も変りもせず、微温的な世紀末の雰囲気にのうのうと包まれてきた。そんな日本にとって、これはあつらえ向きの怪事件だというわけだ。騒ぐがいい。日本人たちめ。そしてすべてを呑み込んでまた忘れ、千年の闇の夢をむさぼり続けるがいい。その中でおれもまた堕落して、道徳と野心を失っていくのだ。

午後六時五十分　軽井沢　杉浦吉郎警部補

「帆奈美のベージュのドレスな、あれは帆奈美が注文して、島村香野がこしらえたと。色もデザインも、だいたい帆奈美の希望の通りだったそうだ。帆奈美の兄の和彦と、香野の妹の詩野が、婚約したのが去年の十月。結婚式は六月の二日の予定だ。あと二週間だべ。父親の許可が出ないから、取りあえず式だけ挙げる段取りだったんだそうだ。帆奈美のドレスは、その時のためだったわけさ。おまえ、メモ取らなくてもいいのか」と親心で注意してやると、浅井はコツコツと指で頭の脇を叩き、

「ここにしてますよ」

そういう生意気言ってるから、警部に報告するのも忘れるんだべ、と言ってやりたいけど先を急ぐので、ため息だけ一つついて、

「ともかくドレスが完成して、この月曜日に香野が電話をかけると、水曜日の午後五時に行きたいと帆奈美のほうから言って、実際その時刻に帆奈美は香野のマンションに現れた。第一現場から徒歩五分のとこだ。車で来てたことは間違いないそうだ」

「五時。ってことは、帆奈美はすでに父親殺しを終えて、首を切って残りの死体を恐らくはトランクに積み込んで、それから島村香野を訪ねたってわけですかね。死に装束を受け取るために」

「恐らくな。香野は、帆奈美のそぶりに不審な点はなかったと言ってるけどもな。ドレスを試着して、帆奈美は大喜びだったそうだ。それをまた脱いで、箱に納めたのが午後六時前と。一方、帆奈美が東京に来ると聞いた画商の西山真太郎、この者は、食事を一緒にしたいと言って、香野のマンション近くのレストラン『キリコ』に、三人分予約を入れておいたんだが、その話を聞いても、帆奈美は『急ぐから』と香野に言って、西山を待たないでそのまま帰っていったそうだ。『軽井沢の家に、友だちが訪ねて来るから』と香野に説明してな」

「死体を積んで、食事を楽しむ心境ではなかったんでしょう」

「確かに、ドレスさえ受け取ってしまえば、道具はみんな揃うな。ところで西山は、たまたま香野の話の目撃者になった。六時十分前ごろ、香野と帆奈美はマンションの部屋を出て、エレベーターに乗って地下の駐車場に降りた。そのエレベーターがガラス張りだったので、ちょうどマンションに向かって歩いてた西山は、エレベーターに乗って降りて行く二人の姿を目撃したと。ちょうど入れ違いだったわけさ」

「六時に中野を出て関越道に乗れば、八時過ぎには軽井沢に着くか」

「その通り。死亡推定時刻に悠々間に合う。以上。質問あるか?」

「まあ、今のところは——」

「よし、そしたら、そっちの情報出せ」

「こっちの情報?」

「ツヨノフズだべよ」とおれはわざと横綱とおれの、松前郡の訛りを出して言ってやる。

「おめえ、ラズオ聞いてたんだべ」

「——勝ったらしいすよ、きょうも」

「よしっ」とおれは二の腕に力を込める。

おお、千代の富士よ。おれにまた元気をくれた。——そう、冬の北海道の真っ白な世界の中へ、走り出すあの気合い、あの創成の気合いは、横綱のものでもあり、おれのものでもある。それさえあれば、軽井沢の小娘の死体ぐらい何でもない。上手を取って投げ飛ばすだけだ。

可哀相に、浅井は苦笑いを浮かべることしかできないでいる。

午後七時　軽井沢　竹下誠一郎警部

「帆奈美さんの遺体の下から、中野の事件で使ったと思われる凶器等が発見されました」

和彦の眉がぴくりと動く。

「……ということは？」

「やはり、帆奈美さんはお父さんを殺して、ここへ帰ってきて自殺なさった、と推定するしかないようですね」

「しかし、だれか別の犯人が、オヤジも帆奈美も両方殺して、その罪を帆奈美にかぶせようとしたかもしれないじゃないですか」

私たちは見つめあう。こいつは何を言っているのだ？　私の目がちらっとバツ印の絵を見やると、

「ふん、こんな小細工、誰にだってできる。第一これは、こないだ見た時には床に降ろしてあったんですよ」

「これは最近の作ではないんですか」

「それはそうだけど……同時にいくつか描いてたはずですからね」

「ともかく、調べが進む中で、いろいろな可能性を検討していくつもりです。だが、だからこそ、そのうちの一つの有力な可能性として、帆奈美さんがお父さんを殺害する理由があったとすればそれが何なのか、その点を詰めさせていただきたいんです」

「それはさんざんお話しましたよ。理由なんてないです」

「しかし、親子は必ずしも円満ではなかったと」

「だからといって、殺すとなれば別問題でしょう。馬鹿らしい」

「ですから、別問題かどうかということを、まず確認しましょうよ」

「ふん、口がうまいな」と和彦は言い捨てると、立ってアトリエを出ていく。このまま戻ってこないつもりなのだとしても、今は和彦を責めるわけにもいくまい。少し待ってみよう。

おのずと目が行くのは、いまや部屋の中心を占めているかのような、帆奈美の最後の絵だ。縦長のカンヴァス、空なのか海なのかよくわからない明るいブルーの空間の真ん中を、二列になって泳ぐ赤や黄、青や緑の細身の小さな魚たちの群れが、お互いを目だけで振り返ったり、ひれを心もち広げて指示したりしながら、大家族なのか学校の遠足なのか、どことなく仲よさそうに、カンヴァスもアトリエも脱け出して、今は折りよくブルーに暮れなずんだ窓辺から、月の導く空の果てへと、どこまでもゆっくり泳いでいきそうな不思議な気配と色づかいの絵だ。そして魚たちの列のあいだ、ちょうど絵の中心あたりに、少しだけ濃いブルーの小さなアルファベットの列、コンピュータ文字のようにやや角ばった小文字ばかりのhepuns hddey。まだ何か描き加える予定だったのだろう、魚たちの上下には広いスペースがざっとブルーに塗られているのだが、最後に描き加えられたものは魚たちにとって悪魔の爪のような、カンヴァスを破きながらの念入りで大きなバツ印だった。

魚たちの尻尾の側、カンヴァスの左側に大きな書棚があり、サイズの大きな本や美術全集が並んでいる。

中野で見たのと同じ、あの二ページが切り取られた全集の一巻もそこにはある。

鏡台の上には十四日月曜日製剤の薬の袋が置いてある。喘息用だろう。軽井沢でも中野でもなく、御茶の水の病院に帆奈美は通っていたらしい。白い薬袋は、いくら見慣れても好きになれない。——沙弥子。ガラスの向こうにぐったり横たわる沙弥子。だが今は電話をかけるわけにもいかない。

足音が聞こえて、和彦が詩野を連れて戻ってくる。和彦はもとの椅子にどさっと座り込むと、

「帆奈美がオヤジを殺す理由、警部さんが知りたいんだってさ」

婚約者は和彦と私を見比べるようにしてから、

「……そんな、私には……」

「ともかくどんなことがあったのか、思い出してみてくれませんか」と私はあえて和彦の目を覗き込む。

「そうするとまず、見合いの件かな。ははっ、見合いが嫌で親を殺す娘がいるとは思えませんが、最近では見合いの問題です。これはぼくと帆奈美が共同戦線を張ってたんですけどね」

「帆奈美さんにも、結婚の話が出ていたんですね？」

「オヤジは千葉の県会議員を狙ってたんですよ。そのためにぼくや帆奈美に、一種の政略結婚

をさせようって魂胆だったんです。きのうもおまえに、そういう話が出ただろう?」

詩野はためらいがちに、

「……ええ」

「まったく、話にならない。とにかく、そういう男だったんです。オヤジは」

「帆奈美さんにも、特定の交際相手がいたのですか」

「いや、いなかったと思うけど、はっきりとは知りません。最近では西山さんも、ボーイフレンドの中に入るんでしょうね。それからマイク・マコーミック」

「ええと、きのうの二時に詩野さんとすれ違ったらしい人ですね」

「そうです。帆奈美とマイクとは大した付き合いじゃなかったはずですが、ただ、マイクがオヤジの通訳ってことでインドネシアに行ったとき、妙な話を聞いてきましてね。あちらにオヤジの隠し子がいるっていうんですよ」

「隠し子」

「ええ。それが三月のことで、帰ってきたら帆奈美に電話をよこして、『大事な話がある。ぜひ聞いてくれ』って言って、会ってみたらその隠し子の話だった。帆奈美は驚いて、早速ぼくも話を聞かされたんですが、真偽のほどがもう一つわからないし、どのみちオヤジのやったことなんだから、ぼくは放っておけばいいと言ったんですよ」

「なぜマイクは帆奈美さんに話したのかな」

「さあね。ぼくは『気にするな』って、『そんな兄弟、捜せば何人いるか知れやしない』って言ってやったんですよ。そうこうするうちに、帆奈美の見合いの話が来たわけです。もちろん帆奈美はその話をきっぱり断ったんですが、『おまえは和彦と違って、勝手に決めた相手がいるわけでもないだろう』ってオヤジに言われて、帆奈美は頭にきて、取りあえずマイクの名前を出しちゃったらしいんですよ。そうしたらオヤジの逆鱗に触れて、マイクはいっぺんに会社をクビになっちゃった」

「へえ、いつのことですか、それは」

「クビになったのはつい先週ぐらいのことですね」

帆奈美がマイクの名を出したのは、恋愛感情を伴ってのことだったのだろうか。それとも何らかの理由で、西山あるいはさらに別の意中の男の名を伏せるために、マイクをカモフラージュに使ったのか。その点を和彦に尋ねたものかどうか迷っていると、和彦は詩野を振り向いて、

「帆奈美が本当に自殺したんなら、こんな話、いくらしてもしょうがないんだけどね」

詩野はセーターの袖を引っ張ってつつましく微笑む。

「まあともかく、それが最近の、帆奈美とオヤジのあいだの事件といえば事件でしたけどね」

「そういう時、お父様は、お子さんたちに手を上げるようなことは……」

「お子さんたちだろうが誰だろうが、それはがんがん行くほうでしたね。根が東北のイナカ者

ですからね。最近帆奈美が叩かれたかどうか、それは聞いていませんけど、ぼくはつい最近、コップを投げつけられましたよ。結婚の話でね。まあ、家の恥をさらすようですけど、子供のころから、ぼくも帆奈美も、叩かれるのは慣れっこです。母親が叩かれるのもずいぶん見てますしね」と和彦はふいにこちらを睨みつける。充血した目だ。

「もともと帆奈美がこっちに住むようになったのは、喘息のこともちろんある。ところがオヤジはオヤジで、自分勝手をしたいものだから、帆奈美が出ていくのは願ったりかなったりで、心配の素振りも見せないでしょ。そのくせ結婚は言うとおりにしろ、ですからね。帆奈美が怒るのは当たり前ですよ。そうなれば、ぼくだって詩野とのことがあるし、『オヤジなんて気にしないで好きなようにやればいいんだよ』って、電話で話したところだったんですよ」

「なるほど。そういうお父さんに対して、共同戦線を組むことは昔からあったわけですね、ご兄妹で」

「だから」と言うと、和彦の胸に急にこみあげるものがあったらしく、口をいったん固く結び、うつむいて生唾を呑み込んでから、

「……母さんが死んだとき、ぼくは十七、帆奈美は十ですよ。だから、詳しいことがわからなかった。だけど、あとで、伯父さんたちに聞いたら……」とまた和彦は絶句する。詩野が和彦の腕に手をあてる。私はとっさに話を広げるための台詞を考える。

「お母さんは、お気の毒な亡くなり方をなさったんですか？」

はたして和彦は少年のように、早くも腕で涙をぬぐいながらうなずく。

「オヤジは母さんをそっちのけにして……」

私は一種職業的な意識に身構える。事件との関係はともかく、和彦はこの際、母親の話がしたいのだ。人は重大事件に関わると、その衝撃のせいなのか、しばしば自分にとって重大な過去の記憶を遡らざるをえなくなる。上手にそうさせてやることが、今も昔も刑事の務めだ。

午後七時二十分　軽井沢　宮島咲（社長秘書）

でも社長さんだって、あたしにはやさしかったわ。『美智子を思い出すんだよ』ってよく言っていた。

美智子とはこうやって、よくいろんな話をしたものさ。

えー、あのおしとやかな伯母さんが？

そうさ。思い出すよ。咲はからだ付きまで美智子の若い頃にそっくりだからな。

どんな話をしたの？

うん？　いろんな話さ。会社を大きくする話。ゴルフ場を造る話。

あんまりロマンチックじゃないのね。

ははは。そうだ。おれみたいな成り上がりには、ロマンチックな話なんか似合わないからな。

会社を大きくすることが、里見の家に対抗する唯一の手段だったんだ。今でもそうさ。別に対抗しなくたっていいじゃない。仲良くやれば。

はははは。そうは行かないさ。向こうがおれを、怪しんで見ているんだからな。おまえの母さんやその弟は、大事なお姫様を籠絡したならず者みたいに、初めから、おれを見てたのさ。

ロウラクって？

あ？　籠絡っていうのは、こうすることとさ。

ああん。

『おれは負けない。おれは負けない』って、いつもそう言ってたものさ。いいか。こうやって、美智子のからだに言ってやったのさ――

いけない。ごめんなさい、帆奈美さん。あなたの死を悲しむ余裕なんてないわ。だってもともと、あなたに合わせる顔がなかったんですもの。今もないわ。もう、どうしたらいいんだろう！

午後七時二十分　軽井沢　宮島孝輔（京阪大学教授）

警察言うたら、もっとちゃっちゃとしとるもんや思うとったけど、意外にドンくさいものなんやな。帆奈美はんを、いつまであそこに寝かせとくつもりなんや。

専務はさすがにくたびれたんかぼんやり気味や。当たり前やがな、横浜から東京回りでここまで来て、そのあいだに身内の死体、二つも見せられとるわけやからな。それも一つは死体とも言われへん、気色悪い死に首だけなんやから。

もうだいぶ暗うなってきた。テレビ局やらなんやら、門の外はえらい騒ぎや。

専務と誘い合うたわけでもないけど、何とのう、帆奈美はんの遺体のそばにおる刑事たちに、二人でぶらぶら近づいてみる。

「どうもご苦労様です」

「あ、どうも」

「帆奈美はんの伯母の、宮島多佳子の亭主です。宮島孝輔いいます」

「発見者の方ですね」さすがの情報収集力やな。

「こちらは伯父の里見淑郎さんです」

「専務は中野でお見かけしました。警視庁の浅井です。このたびはご愁傷さまです」

ほう、丁寧に挨拶するねんな。しかし丁寧なのはええけど、この男やけにキザやで。眉根に皺寄せて、親指と人差し指でタバコ挟んどる。

「なんぞ新しい情報が入りましたやろか、思うて来てみたんですが」

「情報ですか」とキザ刑事は胡散臭いような流し目をしよる。

「さっき、帆奈美さんの死亡時刻が、昨日午後四時から十時までと一応推定されました」

「ほう、さよか」

「数字は合ってますね」と専務。

「数字て？」

「夕方帆奈美ちゃんは詩野さんのお姉さんのところへ行ってるんです」

「ええ。恐らく社長殺しは昼間のうちでしょう。五時に島村宅へ行く。六時に同所を出て、八時にはここへ戻って来られる計算ですね」とキザ刑事。

専務は刑事に向き直って、

「いずれにしてもこれで、帆奈美ちゃんがやったことだと、はっきりしたようですから、あとのことはあまり詮索してもらっても、遺族の立場もありますし」

「詮索だなんてとんでもない。最低限の書類を作りたいだけですよ」とキザ刑事はアメリカ人がようやるみたいに、両手をひょいっと跳ね上げて言う。

「はあ」と専務は不承不承や。よっぽど会社で、調べに入られたらあかんようなことをしとるんやろな。

見えるんは碧いシルエットばかりになった庭の中道を、車椅子に乗って誰ぞ来よる。オナゴや。電動のジーっという音が先ぶれしよるから、みんなしてその人を迎える格好になっとる。

「山崎先生だ」と里見専務。

「先生？」

「私がお願いした弁護士の先生です」

近づいてよう見たら、目鼻立ちのすっきりした別嬪さんや。この人がほんまに弁護士かいな。しかも車椅子を、言うたらさっそうと乗り回しとるやないの。

「遅くなりました」

「わざわざどうもありがとうございます。こちらは私の姉のご亭主で、京阪大学教授の宮島先生です」

「山崎です。よろしくお願いいたします」車椅子のホイールへ下ろしとった両手を、きちんと引っ込めて一礼しはる。

「あ、どうも、よろしうに」

「取りあえず帆奈美を見てやって下さいますか。もうじき真っ暗になりますし」

「そうですわね、それじゃ、また後で。失礼いたします」と言うと、またジーっと行ってしもた。池の端までは舗装された道やから、先生が行くのは歩くより早いくらいや。

先生が声の届かんところまで行ってもうてから、

「あの、不躾やけど、弁護士さんにお願いせんならんようなことがあるんですか」

「あ、いやいや」と専務はすまし顔で、わしの耳に顔を近づけて、

「警察に変に疑われた時の用心ですよ」小声やったが、それでもキザ刑事のやつ、ここぞとばかりにこちらを流し目で睨みよる。その勢いで、

「ところで専務、宮島先生。書類を作るのに、一番大事な項目が、まだ抜けてるんですがね。帆奈美さんがお父さんを殺さなきゃならなかった、動機なんですが」

「それは何べんもお答えしましたよ。見当がつきません、てね」と専務が冷たく言い放つ。あかんなあ。

「ではお父さんと娘さんと、親子の仲は日ごろ良かったと、こういうことですか？」とキザ男。昔石原裕次郎の警察に、ちょうどこんなんがおったわ。そう思うたら、なんやわしもテレビのドラマに出とるような気分になってくる。帆奈美はんの名誉のためにも、取りあえずここは社長に悪者になってもらわんとあかんところや。そやろ、帆奈美はん？　きれいなきれいな姿であそこに浮かんだ帆奈美はんが、なんや急に不憫でかなわん。

「良かったどころやあらへんがな。帆奈美さんがここに住んどるんも、お父さんが邪魔者扱いするからでっせ」とわしは言う。専務が案の定、怪訝そうにわしを見よる。そらそうや、一家の恥さらすんやからな。せやけど、今はそんなこと言うてる場合やない。帆奈美はん、これはせめてもの、あんたの供養のためやで。

「邪魔者扱い、ですか」

「ええですか。帆奈美はんは、お母さんが亡くなりはったんは、お父さんが初めからサジ投げとったからや、思うて、小さい頃からお父さんを恨んどりますのやで」

「先生」と専務がたしなめよるけど、もう遅い。

「義姉さんが入りはった病院かて、治療もせんと放ったらかしにしといたわけやない思うけど、義姉さんの縁の者からは、そう見えんこともなかったわけや。社長はロクに見舞いにも来いへんし、中野の町病院やったしね。社長の力や、適当に手え抜いて、義姉さんがはよう成仏しはるように、医者にうまいこと頼むぐらいのことは、しよう思うたらなんぼでもできる。そう思うとったからね、里見の家のほうは。猜疑心いうもんは、そないなもんですやろ」

「いやあ、そこまでは……」とさすがに専務が割って入りおったから、

「まあ、ほんまにそこまでしとったら、そら裁判沙汰やったやろけどね」とわしもオチをつけてホコを納める。

「その猜疑心を、帆奈美さんは里見家から聞かされたと」と、今度は別の刑事も食いついてきよる。

「いや」と専務が何ぞ言おうとするのんを、わしも乗りかかった船やから『わしに任せ』いう手振りで抑えて、

「聞かされいでも、娘やったら見とったらわかりますがな。美智子義姉さんは、胃ガンで亡くなっとります。死因は確かに胃ガンかもわからんけど、もとを質したら社長のわがまま、女遊び、短気に暴力、そういうもんがみんな、きっちり美智子義姉さんのストレスになっとったんですわ。義姉さんかて若いころは、うちの嫁と同じ、健康優良児みたいな人やったそうやないですか。ねえ専務」と言うと、専務は今度はえらい神妙にうなずいて、なんぞ思い出

したみたいに横を向いてはる。

とにかくこれで、仮に社長を殺して自殺したかて、里見家にとって帆奈美はんは、最後まで正義の味方、ジャンヌ・ダルクみたいなお人やった、いうことは、警察にもあんじょうわかったやろ。

弁護士は帆奈美はんと川の端のあいだに車椅子を止めて、首を伸ばしてあちこち調べとるらしい。

「お母さんを亡くされた時、帆奈美さんは何歳でした?」とキザ刑事が妙なところを押さえてきよる。

「ええと、八年前や、十やないですか」

「でしたらそうした両親の事情を、自分ですべて察知するというのも難しかったでしょうね」

「そら、何ちゅうても和彦さんがいてはるからね。たまにはウチの嫁やら何やら、周りから耳にすることもありますやろ。そうなったら帆奈美はんは、後からでもピンと来たはずや。和彦はんは、それが帆奈美はんの喘息の理由や、言うてはりますで。社長が美智子義姉さんを胃ガンにして、次に帆奈美はん喘息にしたんやったら、そら恨みは深いがな」

刑事らは何も言わんと、黙って顔を見合わせる。第三者の前ではなるべく喋らんようにしとるんやろな。

「義兄さん、まるで帆奈美ちゃんが、昔からの恨みで社長を殺したみたいにおっしゃるけど」

と専務が改めて口をとがらせるけど、ここは仲間割れしとる場合やないから、

「そんなこと、言うてませんがな。原因はさっぱりわからんけれども、よしんばそういう恨みがあったとしても、私らは社長より、帆奈美はんの味方でっせ、いうことですがな。そやないですか？」

そこへ弁護士がジーっと戻ってきて、

「お参りさせていただきました。ほんとに綺麗なお嬢さんで」と殊勝に挨拶しよるが、すぐ朗らかな口調になって、

「確かにミレーのオフィリアに似た感じでしたね。どうしてそんなことにこだわったんでしょうねえ」

「うん、そこはねえ」

「タブロー・ヴィヴァンやのうて、言うたらタブロー・モールですな」と、興奮ついでにわしは教養をひけらかす。

「タブロー……？」

「先生のご専門はフランス文学ですの？」

「いや、イギリス文学ですねんけど、そのぐらいはもう英語に入ってきてます。むかしの上流階級の遊びで、若い娘さんが名画の中のヒロインの扮装して、一座の余興にしとったんですわ。それが生きとる絵、いうことでタブロー・ヴィヴァン呼ばれとるんですが、帆奈美さん

の場合は、死んどるわけやから……」なんや説明しとるうちに不謹慎になってしもた。

専務がアホか、いう顔でこっちを見てから、

「最初は和彦さんの結婚式に着るような話だったらしいですよ、あのドレスは」

「結婚式のドレスか。確かに、それだと辻褄が合いますね。帆奈美さんがただオフィリアの格好をしたいだけであのドレスを作らせたんなら、もう少しそっくりに作ってもよかったんじゃないかと思ったんですけど。あれ、胸元のデザインとか、絵とは違いますものね」

「先生、きょうはうちへお泊り下さい。ここからすぐ上がったところですから」

「あ、ありがとうございます。でも、手回しよく旧軽にホテルを予約しましたの」

「キャンセルなさったらいい」

「でもほら、いろいろご迷惑になりますし」と弁護士はさりげのう車椅子に専務の注意を向ける。

また一人刑事が来よる。

「管理人の松木夫婦の点検が終わりました」

「何か見つかったかい」

「いいえ、玄関に衣類と靴が置いてあった以外は、特にふだんと変わらない様子だそうです。ただ、冷蔵庫に入れておいたウーロン茶の二リットル入りボトルが、二本なくなっているんだそうです」

「ウーロン茶？」

われわれ一同が眉をひそめよるところ、弁護士だけは遠慮のうクスクス笑う。

「はい。きのうの朝、ホトケさんが東京に出発する前に、松木管理人はウーロン茶そのほか飲料を、冷蔵庫に補給したのだそうですが、そのうちウーロン茶が二本だけ、今なくなっているのだそうです」

「帆奈美はんは何時にここを発ったんです？」

「管理人は十一時半にこの家を出ましたが、そのとき彼女はまだ在宅だったそうです」

「いずれにしても、自分一人で四リットル飲むはずはないから、そのボトルは持って出たんでしょうね」

「パーティでもする予定だったんですかね」

「父親殺しの前にウーロン茶パーティですか？　なんやぞっとせんなあ」

「まさかここを出発する時まで、帆奈美さんには事件を起こす気がなかった、っていうんじゃないでしょうね」と弁護士先生、どぎまぎ顔の一同を見渡す。

午後七時四十分　軽井沢　里見淑郎（義弟　横浜支社長）
宮島の義兄さんはどうしてこうお喋りなんだろう。これも関西人のサーヴィス精神というやつなのだろうか。

義兄さん、私が心配しているのは、自分の身の安全なんかじゃありませんよ。警察にあまり立ち入ってもらいたくないのは、何かの拍子に咲ちゃんのことが、あんたの娘さんのことが、明るみに出ては困るからなんですよ。

しかしそれも、義兄さんに打ち明けられる話ではない。代わりに、

「あのオフィリアの絵は、私もどこかで見た記憶があるな」などと言ってみる。

「そうですやろ。なんせ有名な絵ですからね。夏目漱石かてあの絵見た、いう話やから」

「あれはシェイクスピアの挿し絵ではないんですか」

「ちゃいます。十九世紀の中ごろに描かれたんですわ。そのころオフィリアが、えらい流行してましてね」

「へえ。なんでまた」

「さあ、薄幸の美少女いうイメージが、そのころはやっとったんですなあ。いわゆる、世紀末の女性像いうやつの始まりでね」

「そうですか。帆奈美ちゃん、ほんとに薄幸の美少女でしたね」

「ほんまにねえ」

「さっき、彼女のために力説してもらって、嬉しいようなところもありましたよ。義兄さんも、私らと同じように受け止めてくれていたんだな、ということが分かったし」

「そら、私のは嫁の受け売りですがな」

「でももう、どう足掻いてみたところで、帆奈美ちゃんは帰ってこないし……」とため息をつくと、

「専務さん、わし、足掻いたわけやあらへんよ」

「え？　いや、失敬失敬」

「トンチンカンだったかも分からんけど、帆奈美はんのためや思うて、無性に言いとうなりましてん」

「ええ。義兄さんはこちらに来ていることが多かったから、帆奈美ちゃんと会う機会も多かったですしね」

「それなんや。ついこないだかて、『伯父さん、またお花取らして下さい』言うて、うちの庭からゴムボート出して、コウホネの花のあいだでちょうちょみたいに遊んどるのを、わしはしばらく眺めとったんやからね」

「そういえばうちでも、日曜日に一輪いただきました。あれが帆奈美ちゃんの形見とはねえ」

屋敷の入り口まで来た。ドアを開けると、内側にはまだオフィリアの絵がガムテープで貼りつけてある。

「もうすっかり夜やね」と、思い出したように義兄さんは空を見る。今夜は星も少ない。

「……夜が更けたら、わしらも少しは落ち着くんやろか。今晩は、義兄さんと帆奈美はんを送

らんならん晩やからねえ」

「そうでした。何だかそれを忘れてましたね」

「ねえ。せやけど、ああしてテレビ局のライトはちらちらしよるし、第一、帆奈美はんの御霊が、わしらに何か言いとうて、まだこのあたりにふわふわ浮かんどるようやものねえ」

「はあ」

それから義兄さんはしばらくじっとして、夜空を見上げ、庭の向こうの人影やヘッドライトを見やっていたが、やがて口元に手を添えて、

「帆奈美はん。帆奈美はん。聞こえるか？」

義兄さんはメガネの奥で急に涙ぐんでいるようだ。

午後八時　軽井沢　竹下誠一郎警部
「どうもご苦労様」弁護士は車椅子の上で、いまだに疲労の色も見せないのは驚くほかない。

「大変な展開になっちゃいましたね」

「でもまあ、これも解決の一つの形だから」

「帆奈美さんがお父様を殺して自殺した。何だか動機がもう一つじゃありません？」

「それはこれからですよ。あの父親には最近、隠し子問題が持ち上がっていたらしい。その子

の年齢はまだはっきりしないけど、例えば六、七歳であるかもしれない。とすれば、帆奈美の母親が死の床に伏せっていたあいだ、父親は愛人と隠し子作りに励んでいたことになる。それを帆奈美が知って、逆上した可能性はある」

「隠し子ですか」

「それと母親の問題ね。あの兄妹は母親の死をめぐって相当父親を恨んでいるフシがある」

「そのようですね」

「ほう、どこかで聞きつけましたか。ともかく、まだ調べは残ってるけど、だいたいそんな線でしょう」

「うーん」と弁護士は不満げだ。暑いくらいの東京の昼間から夜の軽井沢に移動した今、さすがに襟に手を入れたりはしないで、もどかしそうに上体を揺さぶっている。

「そうだ、あの暗号でも解いてもらえたら、動機の解明に役立つかもしれないな」と冗談半分に言ってみる。と、

「暗号？　何の暗号です？」みるみる弁護士は元気を回復する。私は手帳のメモを見せながら、

「この文字が、帆奈美の最後の絵の上に書いてあったんですよ。大した意味はないかもしれないけど、この絵にバツをつけて死んだわけだからね。これ、英語かね」

「さあ。英文学の宮島先生に訊いてみましょうよ。でも、私にもそれ、見せてもらいたいなあ。

お屋敷の中は遠慮しようと思ってたんだけど」

「そうだね」急に迷惑がるわけにもいかず、あたりを見渡してみると、専務と宮島先生が玄関の石段に立っている。

「専務。先生」と声をかけながら近づいて、

「ちょうどよかった。彼女が帆奈美さんの例の絵を見たいそうなんで、ちょっと運んでもらえませんかね」

「何だか暗号が書いてあるという話なんで」

「ああ、あれね」

「先生、あれ、英語ですか？　どういう意味なんです？」

「さあねえ。最初はhe punsと読めば、英語やとも思うけど」

「punsって？」

「たいていは『語呂合わせする』いう意味ですな。『駄洒落を言う』とかね」

「『語呂合わせ』か」

「後半はさっぱりでんな。hd……何でしたっけ」

「hddey」

「そんな単語あらしませんものねえ。まさか『ひでー』と読むわけやないやろし」

「じゃあ何語なんでしょう」

「帆奈美ちゃんが書いたんだったら、あの子、英語ちょっと齧ってるぐらいのもんだと思うけどねえ」と専務。

「hdは彼女のイニシアルですよね」と弁護士。

「あ、そやそや。h.d.いうイニシアルだけの詩人が昔おって、『あんたと同じや』いうて、帆奈美はんに教えたったことがありますわ」

なるほどこの弁護士、なかなか鋭い。

「そうするとこれ、『h.ドイ』って読めます？」

「ddeyでドイですか？　苦しいん違うかなあ。どっちみち『かれは語呂合わせする。h.ドイ』、何のこっちゃ分からしませんよ」

「ふうん」と行き詰まりながら、弁護士はかえって嬉しそうだ。

「ともかくいっぺんご覧になったらいいですよ」

「そやけどあれ、入ってすぐのとこやもん。車椅子ごとこの石段上がるより、専務はんが先生背負うて行かはったほうが、なんぼか早いん違う？」

「え、……はあ」専務は俄然照れる。

「どないです？」

「私はどちらでも。でも私、四十キロはありますよ」

「軽い、軽い。専務、どないです？　わしよりなんぼか頑丈やないですか」

「はあ。それじゃ」

と専務は恐る恐る後ろ向きにしゃがみ込み、私と先生は両側から手を貸して、弁護士の香水を嗅ぎながら専務の背中に抱きつかせてやる。

「すみません」下肢に力が入らないせいか、弁護士のからだは軟体動物のように柔らかく専務にもたれかかる。

「よっこらしょ」

「どうです。立てますか」

「ええ、何とか」と言いながら、専務はすくっと立って階段を昇っていく。

「きゃ、お尻に手を回して下さらないと、落ちちゃう」と弁護士。

「はあ」と専務は言われたとおりにする。

「ええですなあ」と宮島先生が私にだけ聞こえるように囁く。

「専務は喜ぶ。わしらは力出さんで済む。一石二鳥やがな」

午後八時十分　軽井沢　宮島多佳子（義妹）

うちの人はどこへ行ったのかしら。連れて帰ってほしいのに。もう八時過ぎだわ。こんな雰囲気の中で晩ご飯を食べるんじゃ、何も喉を通りやしない。

マイクに電話したいんだけど、やっぱり無理ね。だって私、遺族ですもの。こうしてじっと悲しんでいる立場なんですもの。

咲はさすがにぐったりしているわ。無理もない。伯父さんに続いて、仲のよかった帆奈美さんがこんなになってしまったんですものね。——あら？　咲、エルメスの時計なんかして。高いのよ、それ。誰の贈り物かしら。知らないあいだにいい人でもできたのかしら。

「咲、咲、ちょっと」

「うん？」

「あなた、その時計、どうしたの？」

「え？　……いいじゃない、今そんなことは」

「………」それもそうね。第一、いい時計をしているって、いいことなんですもの。

帆奈美さんもすばらしい服や小物をたくさん持っていたわ。あれ全部、どこへ行っちゃうのかしら。こんなこと考えたらいけないかしら。でももういけなくてもいいの。くたびれちゃったんですもの。

午後八時十分　軽井沢　山崎千鶴弁護士
hepuns hddey。ブルーの地にブルーの文字なので分かりにくいけど、少し角ばった字で、確かにそう書いてある。この意味が解けたら、帆奈美さんの死の意味もわかるのだろうか。

2　五月十七日（木曜日）　深夜

午後九時　軽井沢　杉浦吉郎警部補

「中野の指紋はまだ割れないのか」

「明日になるだろうって話です」

浅井はまた平然とタバコをくゆらす。ええい、また奥歯がウズウズ来はじめやがった。さっきの山菜弁当が悪かったんだべ。水でゆるかした木っ端みたいなタケノコ、食っちまったのが失敗だったさ。

「まさかこれで、帆奈美の指紋が出ないなんてことはないんだろうなあ。シー」

「そりゃあ、何とも言えないでしょうね」

「なしてよ。シー。犯行の直後に自殺して、凶器まで見つかるように、そばに置いといてくれた帆奈美だよ？　なし——どうして指紋を隠す必要があるの」

すると浅井は答える前に一拍置く。これが評判の悪い一拍だ。ジロッと相手を睨んだり、プファーッと相手を馬鹿にした調子でタバコの煙を吐き出したりしやがる。今はプファーのほうだ、この野郎。こったら狭い車の中で、他人の迷惑も考えねえで。窓を開けて、こっちは迷惑なんだってことを教えてやるべ。

「しかし、ゴム手袋が池から出てきた。あれは犯行時はめてたんでしょう」

「指紋を隠すためにか？」

「プファー。死体に触るのが、気持ち悪かっただけかもしれない」

「死体ちょす——触るのが嫌で、親の首が切り落とせるか」とたしなめてみるけど、相手はこっちを無視して、

「さっき警視が面白いことを教えてくれたんですよ。ページを切り抜いたヨーロッパ十九世紀の画集ね。中野のやつと同じものが、こっちにもあったんですって」

「シー。それで？」

「分かりません？」

「分かんねえよ」

「プファー」

「シー」

「もし帆奈美がここを出る時からオヤジを殺すつもりで、そしてその後自殺するつもりだったのなら、自分の本から絵を抜き出したはずだ」なんだ、そったらことか。

「そうとも限らないだろう。殺してから、ついでに首も切っとくか、って思いついたかもわからねえじゃねえか。そういうもんだぞ? 犯罪って。理不尽なもんなんだ」今度は浅井はじろりと睨むだけじゃなく、ドアから灰皿を引き出してタバコをゆっくりもみ消してやがる。

「だけど帆奈美は、例のベージュのドレスだけは、きのうの出来上がりを待っていた。それを着て死ぬためにね。だから頭の中では、サロメとオフィリアの絵が予定に入っていたと思われるのに、彼女はそれを、こっちにいるあいだは準備しなかった。これは矛盾ですよ」

「おまえ、何を言いたいんだ? この際だからドレスでも着ようかって、酔狂で思いついたかもわからねえじゃねえか。何だ、頭の中だの、予定だのって。おれたちは犯人の行動を追っかけるんだべ、予定を追っかけるんでねえべや」と言うと、浅井より先に、運転席の地元の巡査がクスクス笑いだしやがった。ちぇっ。シツケのなってねえ巡査が多すぎるでよ。シー。

――汗で光るオヤジの顔。

ヨス郎。警察のス事はいろいろあるけどもよ。まず、いツばん大事なのは、悪いやつば捕イることだ。

おれは当時生意気な中学生で、オヤジが村の駐在巡査であることを、なぜだか恥ずかしがっていた。

悪いやつなら、警察の中にもいるべさ。

ああ、いるいる。どこでもいるど。なあに、見つけたら、なんぼでも捕まイればいいべさ。

ほれ、こうやって雪降るたんびに、雪下ろしするべ。これと同じだべよ、はっはっは。なあ、
世の中、やらねばなんねえことが、なんぼでもあるべさ。ほれ、手止まってるど、ヨス郎。

輝く雪、投げられて輝きながら飛び散る白い雪。

シー。


午後九時二十分　軽井沢　島村詩野（婚約者）

和彦さんはまたアトリエに籠ったまま、出てこようとしない。どうしたらいいんだろう。

今まで考えてみなかったけれど、和彦さんはこれで天涯孤独の身の上になってしまったのだ。

警部さんとお母様の話をしているうちに、そのことに思い当たって、和彦さんはただ呆然と
してしまったんじゃないだろうか。

お母さんは、さぞ優しい方だったんでしょうね。

ええ。でも母親って、人それぞれだけど、みんな同じでしょう?

同じですか。

つまり、誰にとっても、かけがえのない人だ。優しい母親、残酷な母親、元気な母親、死ん

だ母親。みんな、かけがえがないという点では同じですよ……。

和彦さんはそういう一般的な言い方をしたけれど、そのせいでかえって、和彦さんがお母様のことを何度も何度も考えぬいてきたことを、物語ってしまうようだった。私は自分の母親を知らないけれど、心の中の優しさは、お母さんからもらったのだと思っている。姉さんも、亡くなったお父さんも、いつもそう教えてくれたから。でも、だからといって和彦さんに悔しさがこみあげても、私には何も言ってあげることができない。お父さんが亡くなって、私たち姉妹も孤独になってしまったけれど、でも私には姉さんがいたし、姉さんには私がいた。姉さんが私の母親代わりにもなってくれた。私の世話とお父さんの世話、それからお父さんの看病をしているうちに姉さんは婚期を逸してしまったから、私は申し訳ない気がするけど、その分和彦さんと一生懸命幸せになりたい。和彦さんに対して、私は姉さんのような人になれればいいと思うんだけど、なれるだろうか。それにしても、お父様と妹さんを同時になくしたばかりの今、そんなことを望むのは傲慢なのではないかという気がする。和彦さんを大切に思うからこそ、天涯孤独という和彦さんの今の立場を、簡単に埋められるもの、慰められるものとは、見なしたくない気持ちがする。それに、今私がことさら和彦さんに擦りよることは、無神経な出しゃばりのように、土居家の人たちに誤解されてしまうかもしれない。でも、だからといって和彦さんのそばにいなければ、私はここではただの他人にすぎない。婚約といっても結局二人だけの約束にすぎないのだから。悲しみの遺族の中で、私には居場所がない。

咲さんはさっきから多佳子伯母様にもたれかかって動かない。眠っているのかと思うと、一つぶ涙が頬を伝う。涙は咲さんの小さな顎の先に、少し溜まってからぽつんと落ちる。

多佳子伯母様はいつもの笑みを浮かべ、上機嫌のようにさえ見える。淑郎伯父様は会社の人たちとひそひそ話し込んでいる。孝輔伯父様はぶらぶらしたり、時々床から何か拾い上げては丹念に調べている。

屋敷の外も内も、警察の人たちがてきぱきと仕事をしている。姉さんと私はこの食器洗いが済んだら、どうしたらいいのだろう。今夜はここに泊まるのだろうか。

「和彦さんは、どちらにおられますか」と刑事さんがやって来て尋ねる。地元の刑事さんだ。

「あ、アトリエのほうに」

「アトリエ」

「呼んでまいりますわ」と私は手を拭いて流しを離れる。

玄関に帆奈美さんの脱ぎ捨てた服が、ようやく片づけられている。何だかほっとする。

ノックすると、しばらく返事がなかった後で、ドアが開いて和彦さんの顔が覗く。怖い目が私だと分かって少し和らぐ。

「きみか」

「あの、警察の人が何か用だって……」

「またおれに？　まあ、少し待たせておくさ」と上ずった声で言って中へうながす。

私が入ってドアが閉まると、和彦さんはいきなりキスを求めてくる。私はびっくりしたまま、和彦さんの唇がむさぼるように強く動く。離れると、たがいにため息をついている。

私は和彦さんの手を取り、顔を覗き込む。何も読み取れない。一瞬その目がこちらを向いて光り、

「次に殺されるのはおれかもしれないぞ」

「え？」

「考えてもみろよ。オヤジ、帆奈美。土居であと残ってるのはおれ一人だ」

「……どういうこと？」

「どういうことって、そういうことさ」和彦さんの目はどんどん光ってくる。思わず和彦さんの腕にしがみつく。

「だって、帆奈美さんは……」

「帆奈美は自殺だと思うのかい？　オヤジを殺して自殺したと思うのかい？　なんでそんなことしなきゃいけない？」

「………」

「もしあいつが何か考えてたんなら、おれに相談しないはずがないじゃないか。そうだろう？」

「……和彦さん」

「まあいいさ。おれの妄想かもしれない。妄想なら妄想でいいんだ。こんな状態で、妄想の一つや二つ、抱かないほうがどうかしてるんだからね」和彦さんはがっくりと丸椅子に座り込む。

「おれの妄想は、いざとなったら詩野が食い止めてくれればいいさ。なあ」

「和彦さん」握りかえしてきた和彦さんの手に、痛いほど力が籠っている。

私はどうしようもなく悲しいだけだ。コウホネの一輪挿しが棚の上に置かれている。帆奈美さんが好きだった花。帆奈美さんが笑顔で私たちを見ているようでいたたまれない。

「おい」

「うん？」

「きみはきのう、ぼくがオヤジに電話をした直後に中野の家を出たんだね？　間違いない？」

「ええ、どうして？」

「だれか証人いる？」

「だから……あそこを出てすぐ、姉さんに会って」

「そうそう。その時、マイクらしい外国人にすれ違ったんだった。それから、きみはどこへ行った？　アリバイ、ある？」

信じられない質問をしながら、目だけはやさしそうに私を覗き込む。

「どうしたの？」

「決まってるじゃないか。安心したいんだよ。心から安心したいんだよ」と私を揺すぶるので、私の涙は目の中に凍りつくようだ。

「さ、安心させてくれ」

和彦さんを安心させるためではなく、自分自身の恐怖から逃れたいために、私は話し出す。

「……私、中村のママと待ち合わせがありましたから……地下鉄に乗って、銀座に出ました」

「あ、きみは和服で行ったんだ」

「ええ」

「いいよ。で、ママに会ったのは？　三時？」

「四時です。……でも、三時前にはいつものお花屋さんに寄って、お店の人と話してました」

「四時からはママとずっと一緒で、ふだん通り夜はお店に出た。十二時まで。それから帰宅。お姉さんが待っていた。そうだね？　警察が調べてもだいじょうぶだね？」

「ええ」

和彦さんはうなずくと、私を抱きしめ、ぐったりした私の背中じゅうに、手の跡をつけるように片手を動かす。

「ありがとう。詩野。狂っているぼくに協力してくれてありがとう。でもこれで安心だ。オヤジも帆奈美も、きみには殺すことはできない」

すると涙が急に熱くなって流れる。泣き声が胸から、思わぬ荒々しさで出る。

「ごめん。疑ったわけじゃないんだよ。ただ、何もかも分からなくなって、すごく不安なんだよ。すごく不安なんだ」和彦さんも涙ぐんでいる。

「詩野だけでもそばにいてほしいんだよ」

「いるわよ、もちろん」

「そうだよね。いてくれるよね」それから和彦さんは我に返って私を見つめ直し、微笑んで、

「でも、やっぱりこうなったら、一年ぐらいは結婚を延ばさなくちゃならないかなあ」

「そんなこと、どっちだっていい」私は和彦さんを逃れて、顔にティッシュを使う。

和彦さんはめったに吸わないタバコに火を点けて、

「だけど、帆奈美はおれたちの結婚をすごく楽しみにしてただろう。それが残念なんだよ」と私の肩をたたく。振り向くと、

「知らなかっただろう、あれ」

「うん?」アトリエの奥の、こちらからは裏向きに見える帆奈美さんの絵の一枚を、和彦さんは指さしている。

「何?」

「帆奈美の、きみへの結婚プレゼントさ」

「私に? あの絵?」

彼女が私に絵のプレゼントを?

「見てごらん」

何かよく分からない動揺の湧くままに、ぼんやり立ち上がって絵に近づき、表を返す。

「これ……」

「よく描けてるだろ」私の肖像画。

和彦さんも私のそばに立つ。

「帆奈美が言うから、今まで秘密にしてきたんだけどさ。きみの写真、ぼくが何枚か貸して、こっそりこれを描いていたんだよ。結婚式までには出来上がる予定でね。ほら、きみ、帆奈美に会うチャンスがあんまりなかったから」

絵の中の私は、帆奈美さんの好きな淡いブルーに包まれて、なんと穏やかに見えることだろう。涙が止まらず、私は和彦さんの腕に後ろから包まれるけど、何の涙なのか、もう考える気力もない。これは本当なのか。すべてが夢なのではないのか。私はコウホネの花に思わず指を触れている。

午後九時五十分　軽井沢　西山真太郎（画商）
相変わらずナイター照明で、ここいらのゴルフ場は賑わってるなあ。おれはゴルフが嫌いだ。オヤジはゴルフ好きが仇になったからな。馬鹿な投資をして、騙されたも同然なのに、怒るにはプライドが高すぎて、何も言わずにビルを売って、そのまま衰えて死んでいった。『土居を恨んじゃいかんぞ』って、言い残して。

土居を恨んじゃいかんぞ。

はい。

人を恨むと、絵を見る目がかならず濁る。

はい。

私は少しも恨んではおらん。まして和彦君は無関係だ。おまえと和彦君と、お互いにこれからが、切磋琢磨の時だ。邪念を抱いている場合ではないぞ。

はい。何だか妙な気持ちがして、おれはオヤジの横顔をじっと見てたっけ。

オヤジの背中。一番思い出すのはどういうわけかあの背中だな。おれが五歳の時の展覧会の会場だ。たまたまおれをおぶって歩いていたオヤジの背中が、一枚の絵の前で急に止まって、固くこわばって、おれはまるでオヤジが石になったみたいで恐かった。オヤジの肩の向こう側に、恐る恐る覗いたその絵は、そう、気味の悪い茶色の痩せた男で、シャツ姿でこちらを睨みつけて、髪の毛は乱れて、まるでジャンケンを挑むみたいに、チョキの形に長い指を開いて胸の高さで見せつけていた。まったく変なポーズだった。あの絵の印象は、あの瞬間に固まったようなものだ。おれがその絵の男を、見たくもないまま見ているのにオヤジは気づくと、背中を曲げて、もっとよく見えるようにおれの尻を上へ押し出すと、片手でその絵を指差した。今まで絵の説明などしたことのないオヤジ、それからも絵の話など、一度もおれに聞かせたことのないオヤジが、その時だけは気が向いたのか、肩越しにおれのほうへちょっと首を回して、突然、『エゴンシーレ』と言った。何だかうめくような声だった。エゴンシーレ。それは魔法の言葉みたいで、人の名前とも思えないし、おれはその男が恐くて、オヤジも恐くなって、ほとんど泣きたい気持ちだった。オヤジはそれ以上何も言わないで、またその絵をじっと見つめて、そんなふうに見ていると何だか男の恐怖がオヤジに伝染するようで、おれは怯えながら目を閉じたけど、オヤジはおれの尻を支えた両手に力を込めて、しばらくその場を動かないでいた。五歳の子供にエゴン・シーレを見せてどうしようとしたんだろう。それ以後こちらから質問しても、『自分で勉強しろ』と言って絵の話をしたがらなかったあのオヤジが、いったいどういう風の吹き回しだったんだろう。おれは当然その出来事を忘れた。それからある日突然あの絵に、おとなになってから何度も見ていたはずのあの自画像に、不意に記憶を呼び覚まされたわけだ。展覧会の記録を調べて、あれはおれが五歳の時の、上野の展覧会だということがわかった。その頃オヤジが初めて吐血したということもわかってきた。だけど、そういったことを、おれはオヤジに言わないまま、オヤジは急に死んでしまった。おれとオヤジのあいだには、エゴン・シーレの自画像が何かの秘密みたいに残った。それからまた吐血をくり返して——。

——オヤジ。こんなことをして、おれは間違っているだろうか。でも、今オヤジが生きていたとしても、おれは何も相談しなかっただろうな。できなかっただろう。どのみち自分で気のすむように、おれはするほかなかっただろう。ただ、絵というものがきれいなだけのものじゃないこと、それ以上の何かだということを、初めておれに吹き込んだのは、あのエゴン・シーレの自画像だったんじゃないだろうか。

きれいなだけじゃないこと……。

何か山の匂いがするな。あ、こないだ助手席にこぼしたコウホネの水が、まだどこかに残っているんだろうか。その匂いだろうか。あの時は帆奈美がくれるから持って帰ったけど、水をこぼして大変だった。東京もこのところ暑いから、コウホネもすぐ萎れちまったし。帆奈美はブルーが好きなのに、花だと黄色が好きだったな。

エアブラシ持って。そのままこっちを振り返ってくれる?

え。こう?

そう。名前呼ぶから、そしたらパッと振り返って。もっと前かがみかな。

えー。恥ずかしいよー。

何言ってるんだい。ふだんの帆奈美が出るように撮らなくちゃ。

ちゃんと考えてくれてるの? 私のこと。

当たり前じゃないか。そのために写真の勉強までしてるんだぜ。

うん。

ほら、早く後ろ向いて。

こんな感じ？

もうちょっと前へかがんで。

おれはだんだん写真に夢中になってきた。帆奈美はよく協力してくれた。可哀想な帆奈美。帆奈美が最後におれのことを怒ったまま死んだと思うとやりきれない。何という運命の悪戯なんだろう。

急いでるの？　ちょっとぐらい、いいじゃない。

駄目なの。ちょっと。

帆奈美。帆奈美。だけど、こんなことにくよくよしても始まらない。帆奈美はおれのことをわかってくれてたって、信じるしかないじゃないか。ともかく、兄妹展を成功させなくちゃ。ここまで苦労したんだしな。そう、あそこにいたテレビの連中を、全部飯田橋に掻き集めてやるさ。おれがテレビのインタビューに答えて、帆奈美の宣伝をしてやろう。夭折した、美貌の天才少女画家。しかもポップで可憐な絵を描くとなれば、どこを取っても話題性十分だ。それをせめて、おまえの供養にしてあげるからね、帆奈美。二人展の次は画集だ。いや、画集と写真集と同時発売だ。――そうだ！　ミレーの『オフィリア』のコピーを会場に飾ろう！　だって帆奈美は本当にオフィリアになったんだからな！

「リクルート事件で起訴された前の会長――」

ともかく、会社から車を届けさせて正解だった。これならまだ何日かねばれるからな。あしたもあそこへ行ってねばらなくちゃ。そうだ、あしたは和彦に頼み込んで、帆奈美の出品作を選ばせてもらおう。絶対成功させるぞ。オヤジ、もうしばらく、黙って見ててくれよな。——そうか。これで和彦さんも、おれも、父親がいないってことになるわけだ。変なもんだな。おや、今タクシーに乗りこんだ若い男、どこかで見覚えがあるな。おおかた中野で見かけた『シールド』の社員が、現場へ駆けつけるところなんだろう。ありゃ、反対の方向へ行っちゃった。人違いだったのかな。

午後十時　軽井沢　里見淑郎（義弟　横浜支社長）

窓の向こうでバスの長いクラクションの音がする。さっきも聞こえていたな。ゴルフ場を出ようとする東京行きのバスが、こちらの門の前にぎっしり駐車したテレビ局や新聞社の車のせいで、出発できなくて抗議しているらしい。

「ああ、塩川君かい。そっちの様子はどうだね」

「どうもこうも、警察は来るわ、帆奈美お嬢様の知らせは入るわ」

「警察は何を調べていった？」

「ええと、本社の情勢を一通り訊かれましたけどね。インドネシアの出資の件とか、向こうもけっこう知ってましたよ。しかし固有名詞は出ませんでしたし、もちろんこっちも出しませんでした」

「野村副社長にはけさ私が直接会って、余計なことを言うなと念を押しておいたからね」

「お、そう来なくちゃね」

「アブドゥールからは、何か言ってきたかい」

「いや、何も。やっこさん、自分からは何もできない男ですからね」

「社長の隠し子の件は、和彦も帆奈美も知っていたらしいぞ。マコーミックのやつ、あちこちでネタを売ってたらしい」

「あいつ、ほんとにコショーみたいな野郎ですな」

『きみ、その台詞は三度目だよ』と指摘しようかとも思ったが面倒なので、

「ほかはどう、ふだん通り営業できたかい」

「ふだん通りというわけにはいきませんが、特に問題ありません。そうそう、横浜のテレビ局が取材に来ましたんで、私、念願のテレビ出演を果たしました」

「はっはっ。ところで、小沢はどうした、さっきデスクへ電話したが、もう帰ったのか」

「ええ、七時半までこちらにいましたがね。おおかたくたびれて、どこかで飲んでるんでしょう」

「そうか」

「あしたは小沢は、ほかの社員と午後から本社へ手伝いに行く予定ですが、なんだったらそちらへ行かせましょうか」

「いや、いいよ。ありがとう」ともかく帆奈美ちゃんの死が捜査の方向を決定づけることは間違いなさそうだ。心配せねばならないことは確実に減ってきている。そしてついには、社長であり義兄である人の惨殺を、晴れて喜ぶことができる時が来る。

午後十時十分　軽井沢　小沢宏平（横浜支社社員）

あの人が悪いんじゃないの、私が悪いの。

玲子。静かにおまえを思い出していても、決まっていつも乱入してくるのは最後の場面だ。

あの人が悪いんじゃないの、私が悪いの。

だってあいつ、何の権利があって、きみのキャリアまでめちゃめちゃに――泣いていたおれ。

もうやめて。それは私が納得していることなんだから。これ以上私をみじめにしないで。泣いていた玲子。

あの時からおれはおかしくなっている。望んでいるのかいないのか、自分でもわからない運に引きずられている。

鍵のかかった部屋。

♪きょう人類が　木星に着いたよー
先生はどうしておれを誘ってくれるのだろう。最初の時も今も、それはわからない。玲子がほかの男を好きになることによって、おれを捨てただけならまだよかった。でも実際にはそれだけではなかった。その男とも結ばれないで、結局捨てられたのに、おれのところへ戻るよりは思い出を抱いて郷里へ帰ることによって、おれは二重に捨てられたことになる。今はそんなふうに、ようやく冷静に、自分の惨めな立場を分析できる。冷静であることがどんなに空しいことかも、今おれにはわかる。

♪ピテカントロプスになる日も　近づいたんだよ
まったくだ。このナンセンスの時代、おちゃらけの時代に、小さな心一つ、生命一つが、こんなに重く沈み込んで人を支配するなんて、笑止の沙汰じゃないか。

「はっはっは」

「は？」

「いや、何でもない」

「……ホテル、もうじきですから」

十時過ぎだ。専務との連絡はどうしたらいいだろう。ひどい混乱だな、この気分。おれを守ってくれる人が、まるで専務ではなくて先生であるかのようじゃないか。もしまだ先生がチエックインしてなければ、部屋から別荘のほうへ電話して専務と話すことができるかもしれない。いや、駄目だ。長電話になっても困るし、『明日以降のことについて相談があるから、これからこっちへ来てくれ』なんて言われたらもっと困る。

「へい、着きました。お待ちどおさま」

「どうも。じゃ、これで」珍しくチップをはずむ。

玲子。今こんなことをするのも、おまえを、おれの中のおまえを、守るためだと思えてならないよ。

「いらっしゃいませ」とボーイがドアを開けてくれる。ロビーも華やかで広い。先生は、日本中のこうしたホテルに精通しているのだろう。

「いらっしゃいませ」

「あの、山崎千鶴の名前で予約がはいっていると思いますが」

「はい。ええ、山崎様はご到着になっておられます。五階の五〇一号室でございます。右手奥のエレベーターをご利用下さい」

「どうも」

五階というのは最上階だ。先生。白いやわらかい腿。

適当に動かして？　だいじょうぶよ、簡単に壊れたりしないから、とささやく唇。

こないだは茅ヶ崎の訴訟騒ぎがうまく取り下げになったから、そのお祝いに一回だけ付き合ってくれたのかな、と思ってもみたけど。ひょっとしておれに本気で？　はは、まさか。あの人はそういう人じゃない。話していても、笑っていてもあの瞳は暗く沈んだままなんだ。

ノック。

ドアが開く。

「遅くなっちゃってすいません」

先生の笑顔。ブラウスのボタンを二つ外してある。

「ううん、ありがとう、こんなところまで来てくれて」

部屋は広い。ドアが閉まるとすぐ先生は両手を伸ばしてくる。そのまま引き寄せられてキス。強い麝香の香りがする。先生のからだの中で腕だけは力強いけど、唇と舌は、からだすべての柔らかさの予告のように柔らかい。

「どこだって来ますよ、呼んでくれれば」

「うれしい」

長いキスが終わっても先生はおれの首に回した腕を離さず、

「ね、絵の本買って来てくれた？」

「あ、買ってきましたよ。世紀末に一番詳しそうなやつ。今出しましょうか？」

「ううん。あとでいい。まず……シャワーに入れて？」

「オーケイ」先生の脚の下に手を差し入れて、からだを車椅子から抱き上げる。痩せているわけではないのになぜだか軽い。女のからだはよくそんな感じがするが、先生は特にそうだ。ベッドの上にそろりと先生を降ろす。

この人がこれから、ぼくの思いどおりになる。逃げられない人形になる。玲子、これはおまえの望みだね？

ベッドの脇にひざまずき、ブラウスのボタンを外しながら、落ち着いているからではなく、自分を落ち着かせるために、これ以上玲子を思い出さないために、とっさに話題を探して、

「で、どうでした、事件のほうは」

「うん。あはっ、専務におんぶされちゃった」

「なんで？」

「中に入れてもらうのに、おんぶのほうが簡単だからって」

「へえ。専務、緊張してたでしょ」

「私だって緊張したわよ」

「嘘ばっかり」

「ほんとだもん」

白い肌。黒いブラジャーに包まれた胸。思わず喉元にキスする。

「どうせなら、和彦さんにおんぶしてもらいたかったな」

おれは顔を上げる。

「そうでしょうね、先生なら」

「どうしたの？　和彦さんの話をしちゃ駄目なの？」

あの人が悪いんじゃないの。あたしが悪いの。

おれは生唾を呑むようにしてから、

「そんなことないですよ。当然こっちへ来てるはずだもの。ずいぶんショック受けてたでしょうね」

「そうみたい。それに朝福岡を発って、東京へ来たと思ったら今度は軽井沢だから――」

「福岡？　和彦は福岡に行ってたんですか？」玲子の有給。玲子の有給。

「そうらしいけど？　……あなた和彦さんと何かあったのね？　女の取り合いでもしたの？」

「いや、別にそんな――」だがおれは平然とはしていられない。慌てて先生のブラジャーを外そうとすると、先生はおれの手を止めて、

「いいから、喋っちゃいなさいよ。そのほうが面白いじゃない」と笑う。まるで罠にはまったようじゃないか。これがおれの運なのか、玲子。いや、おまえに答える権利があるのか？　ゆうべおれが苦労しているあいだに和彦と会っていたに違いないおまえなんかに？　いや、違うと言ってくれ玲子。おれの早合点だと。

「ねえ」

「――別に、そんなんじゃないですよ。それにおれ、今は先生以外のことなんか考えられない

し」とようやく言うと、先生はさらに笑い、それからおれを何だか慰めるように抱き寄せる。

顔が間近になると、キスするのではなく、

「ねえ。あれ、連続殺人事件だといいね」

「え？　どうして？」おれはポカンと口を開ける。きちんと反応する感性はもう麻痺してしまっている。

「だってそのほうがやる気が出るじゃない」

「捜査が、ですか」

「それに帆奈美さんが犯人だって、まだ納得できないの」

おれは今どんな顔をしているのだろう。

「社長を殺すのはいいとして、中野であれだけ凝った状況を作って殺したのに、自分もすぐ後で死んじゃうんじゃ、意味ないっていうか、もったいないじゃない。そう思わない？」

「……そうっすか」

アハハ、と先生は笑いだして、

「まあ、いいわ。しばらくそんな話、忘れさせて？」とプラチナのイヤリングを外しにかかる。

午後十時三十分　軽井沢　竹下誠一郎警部

「マイク・マコーミックの居所は突き止めたかい」

「はい、あした英語のできるのを調達して、自分が会いに行くことになっています。昼にはご連絡できると思います」

「そうか。医者の件はどうなった。畑山さんに伝えてくれたかな」

「はい、すでに畑山さんから折り返し報告が入っています。中野南病院で土居美智子の担当医だった松本俊英、この者は五年前から、武蔵野医大付属病院に配置替えになっておりまして、さっそく連絡を取りまして、やはりあしたの午前中、同病院で面談する予定になっております」

「それはありがたい。よし、ご苦労さん。きょうはここまでにしよう」

「はい、失礼します」

電話を切ると浅井がくわえタバコでこっちを見ている。帆奈美の殺人と自殺という捜査本部の判断に、浅井はまだ納得していない。

茶がぬるい。だがもうこの時刻だ。葉を替える必要もないだろう。

「ねえ、警部」と浅井は黙っておれないいつもの癖で、

「帆奈美の一連の行動計画、これに仲がよかったはずの兄、和彦は、本当にまったく感づいていなかったんでしょうかね」

「いくら仲がよくても、そこまで思い詰めていたとは知らなかった、ということもあるさ」

「そうですかねえ」

「帰る前に浅間温泉に、ちびっとでも浸かりたいけどねえ。シー」と杉さん。浅井を刺激するためにわざと呑気なことを言ったのかもしれない。

「まあ、一つ一つだよ」と私は浅井に言う。犯人捜索よりともすると謎めいた、そして志気の上がらないことおびただしい、動機の解明という仕事が、壁のように立ちふさがる事態には、これまで何度も直面してきた。当然だ。人の心の闇は夜空より深い。それに比べれば事件など、明るい星のようなものだ。

私は腕時計を見て立ち上がる。沙弥子はきょうはどうだっただろうか。

「警部」と杉さんが声をかける。

「そこの電話、使ったらいいんでないですか。お宅へ電話するんでしょ」

「うん？　いや、私用だから」

「こんな時間まで働かされて、私用もへチマもありますか、警部」と杉さんは苦笑する。

「いや、いや」と私も苦笑し、手を振って廊下へ出る。署の外の公衆電話をわざと使うのは、公私の区別だけが理由なのではない。美津や俊一から話を聞いて、きょうも一日発熱に苦しみながら寝転んでいただろう沙弥子のことを思うと、会いたくてその場にうずくまってしまうことが、このごろ時々起こるからだ。そんなあり様は、いかに杉さんでも見せるわけにははいかないではないか。

午後十一時三十分　軽井沢　島村香野（洋裁家）

お父さん。どうぞ、私たち二人をお守り下さい。いいえ、私はお父さんと詩野の世話をして、それだけでもう十分に幸せでした。せめて詩野だけはお守り下さい。結婚式がいくら延びても、詩野だけは幸せにならなければいけません。

……お姉ちゃん。お母さんって、どんな人だったの？

あのね、とっても優しい人だったよ。いつも優しくて、歌を歌ったり、お人形を作ってくれたりしたよ。

詩野、お母さんが作ってくれたお人形持ってる。

あれはね、お母さんが亡くなる前に、詩野がもう少し大きくなったらあげてちょうだいって、ベッドの中で一生懸命作ったのを、お姉ちゃんが預かってたものなんだよ。

お母さん、詩野が大きくなるまで、亡くなるのを止めればよかったのにね。

ほんとにそうだね。でも、お母さん、いつでもお空の上から、詩野とお父さんとお姉ちゃんを、ちゃんと見ててくれているよ。

お空に？　本当？

本当だよ。お姉ちゃんはちゃんと知ってるんだから。……

幼いころから、詩野が時々空を見上げる癖があるのは、そんな悲しい作り話をしたせいなのだろうか。

その空に、お父さんも行ってしまって、もう八年になる。詩野のおかげで、私もなんとか頑張って来られた。

お父さんの個展。できなければできないで仕方がない。もともと和彦さんは、詩野と私を喜ばせるために、お父さんの絵を過大評価してくれたのだと思うし、西山さんも和彦さんに言われて、たぶんしぶしぶ話を進めてくれていただけなのだ。お父さんだって、詩野の幸せと引き換えになら、きっと許してくれるだろう。

「姉さん、もう寝た?」と詩野が囁きかける。

「ううん。あなたも?」

私は詩野ほうへ向き直って、顔を近づける。

詩野。空のお父さんと一緒にお母さんも、あなたを守りたいのよ。お母さんはあなたのためならどんなことでもしたのよ。

「さっき刑事さんに何か訊かれてた?」

「うん。きのう、帆奈美さんがうちへ見えた時、何か変った様子はなかったか、って。でも、いくら思い出してみても、姉さん、どうしても何も思い出せないんだよ」

「仕方ないわよ、それは」

「……ひょっとして、詩野と姉さんが、疑われることになるかしら」

「どうしてよ」と詩野は息だけの声を高くする。

「だってまだ、あれは帆奈美さんがやったことだと決まったわけじゃないんでしょ。私たちがあそこの門のところで会ってから、その後社長さんを見た人はいないっていうじゃないの」

「たとえいなくたって、関係ないものは関係ないわ。姉さんだって、和彦さんの電話がなかったら、わざわざあそこへ行くことはなかったはずでしょう?」

「うん……」

電話。お父さん。私にはわかりません。あの時あの人が電話をかけなければ、いったいどうなっていたというのか……。

「何だか怖くて……」

「だいじょうぶよ。姉さんは気が小さいだけ。第一、何で私たちが疑われなくちゃならないの? どこの世界に、結婚に反対されたからって相手の親を殺しに行く人がいるのよ」いつもよりも強く詩野は私を叱る。

「……でも、私たち、運がないから」

「やめて」

詩野は昔から、私より強かった。お父さんが亡くなった時も、励まし役はむしろ詩野のほうだった。

フッと声が漏れたので見やると、詩野は上を向いて唇を噛んでいる。

「どうかした？」

「……姉さん。和彦さんと同じなんだもの」

「……同じって？」

詩野は私に悲しそうな顔を傾ける。涙が目からこぼれ落ちる。私たちは二つのお布団のあいだで鼻をくっつけそうになる。

「和彦さん、帆奈美さんは殺されたんだって言うのよ。社長を殺した人に」

「え？　……だれのこと？」

「………」詩野はただ首を振る。可哀想な詩野。そう、苦しんでいるのは私なんかじゃなく詩野のほうだ。詩野の布団に手を伸ばすと、それが合図だったみたいに詩野はしゃくりあげはじめる。

「詩野」

「……和彦さん、自分でも少しおかしいって、認めてるんだけどね。でも、もし帆奈美さんだったら、自分に相談もしないで、いきなりこんなことをするはずは絶対ない、って言うの」

廊下の向こうの部屋で、気の毒に、和彦さんも眠れないでいるのだろうか。

「ごめんね、詩野。和彦さんは、おまえが慰めて、励ましてあげて。ね？　和彦さんがおまえをいちばん必要としている時は、きっと今なんだから。ね？」

私はいつの間にか、添い寝のように詩野のお布団に入って手を取っている。むかし私が中学生や高校生で詩野が赤ちゃんだったころのようだ。詩野がお母さんはどんな人だったか聞きたがって、私が話してあげていたころのようだ。

「慰めようとしてるわ。でも、社長が亡くなって、私が内心では喜んでいるんじゃないかって、ここの家の人は考えているわ」

「そんなことないでしょう」

「ううん。わかるの。それに、和彦さんだって、そう考えるかもしれない。今ちょっと、おかしくなっているから」

「まさか……」どうしたらいいのだろう。詩野は今、和彦さんだけが頼りなのに。

お父さん。お父さんだったら、こんな時何て言うの？

「……おまえ」お母さん……こんな時……何て言ったらいいの？

「……詩野」

「え？」

「……おまえ、今から和彦さんの部屋に行って休んでもいいんだよ」

「……姉さん」

私たちは、闇に包まれて、泣きながら手を結びあっている。

午後十二時　軽井沢　山崎千鶴弁護士

ああ、波が。波が。腿から脚、つま先までもしびれて、私は女の体に戻って波を打つ。

第3章　「ただの推理ゲーム？」

1　五月十八日（金曜日）　午前

午前九時　三鷹　畑山久男警部

「そう、土居さんは、入院した時点で、胃ガンが肝臓に転移していましたね」

「もう難しい状態だったわけですね？」

「ええ。思い出しましたよ。我慢強い患者さんでした。最後まで痛みを訴えることもなくてね」と医師はブラインドの向こうの窓の若葉に目をやる。

警察官と会うとなると、わざわざ日ごろなれ親しんだ職場や服装を選んで身構える手合いも多い。この松本医師もその一人らしい。こちらは患者用の椅子に座らされて、下手すると聴診器を当てられかねねえ塩梅だ。

「その間、土居社長の様子はどうでしたか。奥さんのことはあっさり諦めたでしょうか」治療に手抜きするように頼まれたか、とは訊けないし、訊いてもまともに答えるはずはなかろう。

だが、医師はこちらの言い分を察したようにくすくす笑い出しながら、

「まあ、ずいぶんあっさりしているな、と思った記憶はありますね。ただし念のために言いますが、奥さんをその、早く死なせてくれと、こちらが頼まれたわけじゃありませんよ。頼まれたところで聞くわけでもありませんし」

「もちろんそうだろうと思いますが、その——」

「島村詩野さんから、何か聞かされてきたんですか?」

「は? 島村詩野というと——」

「土居和彦さんと婚約したんでしょう? 彼女のお父さんもあの時期、この病院に入院していましたんでね。私は土居さんのご家族よりも、どちらかと言うと詩野ちゃんのほうと仲が良かったんですよ。当時は詩野ちゃんと呼んでね」

「そうですか。じゃあこの病院がふたりのなれそめだったわけですね」

「まあ、そう言えるのかなあ、和彦さんのほうが彼女の顔を見覚えていて、どこかの画廊でばったり再会した時に声をかけて、それで付き合いが始まった、というような話でしたね」

「ほう。詳しいですね」

「じつは私も、結婚式の招待状をもらったんですよ。突然なので、驚いて和彦さんに電話したら、そういう話だったんです」

「そうだったんですか」ということは、少なくとも和彦は、松本医師を信頼していたのだろう。

それがわかれば、来訪の目的はだいたい達せられたことになる。

「で、今先生、土居美智子のことで、詩野さんが何か言ったのだろうと――」

「ああ、いえいえ、それは私が彼女に言ったかも知れないということでね。彼女のお父さんの入院中、いろんな相談をされるうちに、たとえばほかの患者さんはこういう状態だと、説明したこともあっただろうな、と」

「では、和彦さんも帆奈美さんも、この八年間、土居美智子の死亡に関して、先生に問い合わせをしたことはなかったんですね？」

「そりゃ、ありませんよ。今言った電話の時だって、和彦君としばらく喋りましたけど、『あの時はお世話になりました』って言うぐらいのものでね。お母さんがどうこうなんて話は出ませんでしたよ。ただ、そう」と、医師はまたブラインドの奥の日差しに目を向けて、「和彦君が猛烈に絵を描きはじめた瞬間に、私は立ち会ったと言ってもいいな。前から絵が好きで、時々画集を眺めていることは、私も気がついていたんですがね。それが、お母さんが余命いくばくもないと知ると、どういうわけか和彦君は、お母さんを写生しはじめたんですよ。病室でね」

「ほう」

「スケッチブックを何冊も持ってきて、ほとんど一日中、鉛筆で描いたり、炭素棒ようなもので描いたりね。まあ、いずれかれがもっと有名になったら、出演料をもらって取材に応じてもいい話でしょうな、これは。はっはっはっは」

最近心臓の周辺がピリピリ痛むので、いい医者を紹介してもらいたいと、頼もうと思っているんだがどうも切り出しにくい。

午前九時二十分　軽井沢　里見淑郎（義弟　横浜支社長）

「おはようございまーす」

見ると、シルヴァーグレイのワゴンに乗った山崎先生が後ろの窓から顔をのぞかせている。運転手は例の老紳士だ。

「やあ、お早いですね」

「だって解剖報告その他、もう出てますでしょ」肩をいからせたパンツスーツに変わりはないが、きのうとは打って変わって明るいグリーンだ。

「ここでお待ちになりますか。それとも——」昨夜背中に感じた先生の胸のふくらみを思い出して顔が赤らむ。

「よろしければ、ここでお待ちしますわ。二階となると面倒ですし」と抜けるような青空の下、中軽井沢署のモルタル二階建て建物を先生は見上げる。

「じゃあ私が行って取ってきますから、しばらくお待ち下さい」と会釈して私は入り口へ向かう。両足開きの警官に敬礼を受ける。

中へ入ると、何も言わないうちから、

「あ、二階の右手奥の部屋へどうぞ」と声がかかる。きのう土居の家へ来た警官だろう。

階段をきしらせて二階へ上がっていく。目の前の中山道バイパスを何度も通って、この建物はよく知っているのだが、中へ入る羽目になろうとは夢にも思わなかった。だが、きょうでだいたいの決着がつくはずだ。葬儀の段取りも決めねばならない。もう少しの辛抱だ。

ガラス戸をノック。

「はい」

開けるとタバコの煙の立ちこめる中、竹下警部が机に腰かけ、書類を見やりながら茶を飲んでいる。ほかに刑事が二人。

「ああ、専務。おはようございます」

「おはようございます。あの、帆奈美の遺体は――」

「もうじき戻ります。ただ行政解剖の結果はここに出ています」と見ていた書類を持ち上げ、

「溺死に間違いありません。念のために現場の川の水を採取して、ご遺体が肺に飲み込んだ水と比較しましたが、一致しているとの報告です」

「そうですか」

「その他外傷は特にありません。衣服は何ヶ所か切れていたようですが、これは沈む時などに

川の底に擦れたものと考えられる程度です。それから、胃の内容物はほぼ皆無で、死亡時に空腹だったことを示しています。これも島村さんのところでの夕食を断って、急いでこちらへ帰ってきたという推測に合致しています。薬物の痕跡もありません」

「あの、外に山崎先生が来てまして、その報告書をちょっと見せてもらえたら、と言っているのですが」

「ふむ」と警部はほかの刑事の顔を見やってから、

「では私がお持ちしましょう」と書類を封筒へ収めはじめる。

「恐れ入ります」

廊下へ出ると警部は、

「帆奈美さんは、自分名義の『シールド・エンタプライズ』の株を、だいぶ持っておられたようですね」と呟くように尋ねてくる。

「はあ、もともと一族会社から出発したようなものですから、亡くなった里見の父親の配慮で、二、三万ずつ、それぞれ持つようにしたかと思いますが、それが何か」

「それを売却しようとしていたという話があるのですが、ご存じでしたか」

「売却?」驚いた。

「はい。けさになって東京から、そういう情報が入ったのですが。先週、新宿の証券会社を急に訪れて、そんな話を持ちかけた、と」

「知りませんでしたよ。何だってそんなことを考えたんでしょう」

「では伯父さんにも、相談はなかった」

「ありませんでした。カネに困っていたなんて話も聞いてないですね」

「まだ実行には移されてなかったようなんですがね」と警部が言ううちに裏口を出て、両足開きの警官は私一人の時よりあきらかにかしこまった敬礼をよこし、われわれは山崎先生のワゴンに近づいていく。

「おはようございます」

「ほんとに早いですね」と警部は多少皮肉のつもりで言ったのかもしれないが、

「さわやかですもの。五月の軽井沢」

「仕事がなければね。はい、どうぞ」と警部は封筒を窓越しに手渡す。

「ありがとうございます。これが楽しみだったんです」と言いながら、先生は引き取った封筒の中身を自分の膝の上にあける。何十枚もの写真をゴムで留めた束が出てくる。

笛の音が響いた。遠くで制服警官が交通整理を行っている。報道関係者や車両、カメラや脚立が、国道脇の駐車場には目白押しだ。そう言えばけさのワイドショーの報道はすさまじかった。まるで「呪われた一族」と言わんばかりの扱いだった。もちろん主人公は「呪われた薄幸の画家」にされた和彦君だ。

私は今しがたの話が気になって、

「あの、株の売却の話は、和彦君も知らなかったんですか?」

「ええ。それを今電話で聞いたところなんですが、知らないという返事でしたね。ただ、証券会社の電話番号と話の概要を書いたメモが、本人の写真のあいだから何枚か出てきたそうです」

「写真」

「ええ。西山画商が最近、ずいぶん帆奈美さんの写真を撮っている。その一部を本人にも渡してたんですね」

「ふむ」今の相場で、三万株なら二千四百万だ。やはりインドネシアの隠し子の件で帆奈美ちゃんまでが動きはじめていたのだろうか。

その時、

「あれ」と先生が小声をあげる。それから写真の束のゴムを外して一枚ずつ点検しはじめる。

「どうかしましたか」

「ここ、帆奈美さんの口の中に、花弁様の黄色の小片が入っていたことが報告されているんですけど」

「それで?」

「この略図からすると、わりあい大きな花びらの一部という感じですよね」

見ると書類の該当項目には挿し絵が描かれている。花びらの一部と思えないこともないぎざぎざの小片だ。

「きのうあの川の中に、黄色い花なんてあったかしら。ダイコンソウならありましたけど、あれは小さいし、こんな形にはならないでしょう？　暗いから分からなかったのかしら」

先生は花に詳しいらしい。書類を覗き込むと、先生の香水を嗅ぐ具合になって、昨夜の照れ臭さをまた思い出させられる。

「最大幅七ミリですか。これくらいなら、風に運ばれて飛んでくることもあるんじゃないですか」

「それが偶然口の中に入ったのかなあ」

先生は写真を繰りつづける。

そこへ刑事が一人、警察署の裏口から走って出てくる。

「警部、東京からお電話です」

午前九時三十分　軽井沢　宮島多佳子（義妹）

これは世紀末の事件だってテレビは言っているわ。

あ、あれ、私だわ！　私がテレビに映ってるわ！　すごいわ。あら、もう消えちゃった。やっぱり和彦さんが圧倒的に多いわ。和彦さんの絵もだいぶ紹介された。こんな事件をきっかけに、和彦さんの絵がまた売れたりすることもあるのかしら。すごいわ。

うちの人はきのうみたいな日も、ここへ帰ると本を読んでいた。ほんとに鬱陶しい人。咲もまだ寝ているわ。あの人に今のうちに電話をしたいけど、話し声が聞こえるかしら。でもとってても心配なんですもの。ファックスを出そうかしら。『ぜったい何も話しては駄目よ』って。

午前九時四十分　軽井沢　竹下誠一郎警部

「竹下です」

「あ、島谷です。中野の現場の指紋の検査結果が出ております。現場に残された指紋は四種類。一つは被害者の土居楯雄。それから発見者の山田千佳吾、これは玄関のドア周辺です。それから島村詩野。玄関から現場の応接間にかけてです。で、最後の一人ですが、帆奈美じゃないんです。帆奈美の指紋は出てないんです」

「誰だ」

「社長秘書の宮島咲なんですよ」

「宮島咲か」と、私のやりとりに耳を澄ませている部下たちを意識して名前を鸚鵡返しにする。

「彼女が当日中野へ行ったという話は、聴取されてなかったと思いますが」

「その通りだ。さっそく呼んで訊いてみるよ」と受話器を置くなり、

「宮島咲を呼んでくれ。中野の家から指紋が出たそうだ」と言って、気がつくとドアが開いて専務が顔面蒼白で立っている。

「咲の、指紋ですか」

「ええ。もちろん、指紋が出たからといって犯人だとは限りませんよ」と専務をなだめるつもりで一言付け加えると、

「違うんですよ！」と専務はがっくり膝に手をついて立ったまま苦悩する。

午前十時　調布　畑山久男警部

「担当の松本先生、この人は、評判のいい先生だったんですか？」

「そうよ。どうして？」

「いや、帆奈美の母親がこの病院で亡くなったのが、遺族のあいだで多少不満だったらしいんだけど」

「それは先生のせいじゃないわよ。土居さんの場合には亡くなる前から、患者さんの実家の方たちが、いろいろ言っていたらしいわ。患者さんがご臨終って時にも、まだ何だかんだ言い

争ってたとか、後で聞いたわ」

「すごいね」

「よくあることよ。親族が亡くなれば、誰だってふつうの神経じゃいられないでしょ？　入院してまもなくしたころ、あれは実家の弟さんだったかなあ、ご主人に怒鳴られて、はたかれるのを私見たもの」

「病室で？」

「ううん。それはエレベーターホール。時々あるのよ、そういうこと。あ、その時、帆奈美ちゃんもそれを見てたのかもしんないな。なにしろじっとしてらんない子で、あちこち動き回ってたから、どこにでもいたのよね。あの子」

「じゃあ、そういう親と親戚の争いは、和彦にも帆奈美にもうすうす伝わってたわけか」

「そりゃそうでしょう。いくら子供だって」

「松本先生はそこまで覚えてないみたいだったけどなあ」

「そりゃあ先生と看護婦じゃあ、見る目が違うわよ。それに」とこの太った看護婦はわざとらしく言い淀んで、

「何だい？」

「松本先生、あの頃はそれどころじゃなかったんじゃない？　ふふふ、ふふふ」と好みの話題に入った合図をする。

「島村詩野さんかい?」

「そう。よく知ってんのねえ。ね、きのうテレビで知ったんだけど、土居さんの息子さん、詩野さんと結婚するんだって?」

「そうらしいけど、それって変かい?」

「全然変じゃないわよ。両方とも親思いのいい子だったもの。毎日のように病院来てたしさ。亡くなった方々が縁を結んでくれたのかな、と思ったわよ、あたしなんか」

「で、松本先生がそれどころじゃなかったって話は?」

「そりゃあさ。詩野さんが『先生、先生』って付きまとうし、先生も悪い気はしないでしょ」

「へえ。詩野さんが先生に恋をした、ってわけ? 当時は高校生だろう?」

「でも、そういうのって割とあるのよ。先生と仲良くなれば、お父さんの面倒見てもらうのにもいいし」

「計算が働くわけか」

「計算だなんて言ってやしないわよ。たまたまそうなるのよ」

「とにかく松本先生は、ざっくばらんに彼女のことを看護婦さんたちに話してたんだね?」

「全部かどうかは知らないけどね、ふふふ。屋上でキスしたとかさ、ふふふふふ」

「キスねえ。それから?」

「ま、あんたいやらしいねえ、ふふふふふ」と物を投げる手つきをするから、こっちも負けず

め、

「そう言えば一度なんか、土居さんのところへ回診しなきゃならないのに、詩野さんが引き止めるものだからちょっと遅刻して、屋上から降りてきたら、帆奈美さんが先生を探してるのに出くわしちゃって、先生さすがに真っ赤になったっんですって、ふふふ。悪いことをした罰だって、みんなで大笑い、ふふふふふふふ」とおばさんは忍び笑いが止まらなくなる。松本先生が言いそびれたことはこんなことだったわけか。

おれが手帳を胸にしまって帰り支度を始めると、

「そうそう。土居の社長さん、サロメって絵の格好で殺されてたんだって？　私、絵のことよく知らないんだけどさ、その頃病室で和彦さんがサロメの絵、確か見てたと思うのよ。あれ、確かサロメだった。だってきのうからテレビでやってるもの」

「へえ」しかし画家を志す少年がビアズリーの画集を持っていることはいっこうに不思議ではない。

「テレビって言えば、奥様が亡くなるころに一度、若い人が血相変えて訪ねてきたことがあったんだけどね。社長とエレベーターホールで話していて、社長が『帰れ、帰れ』って怒鳴ってたのよ。その人が、今さっきテレビに出てインタビューされてた人によく似てるの。たぶん間違いないわ」

「その人、何て名前の人だい？　土居の一族かい？」

「じゃないの？　絵の話をしてたもの。名前は気をつけてなかったけど、三十ぐらいの太った人よ」

「ふうん」あんたぐらい太った人かい？　と訊こうとして止めておく。誰だろう。土居の身内で三十前後と言えば、和彦ぐらいしかいないはずだが。

「それで、帆奈美ちゃんもそのころから、絵には興味を持ってたのかい？」

「どうかな。お兄ちゃんが絵を描くのをじっと見てたのは覚えてるけど。わりと走り回る子だったと思うなあ」

「二人ともお母さん子だったわけだ」

「そうね。亡くなった時は大変だったわよ、二人してわんわん泣いて。ナース室でもめずらしくもらい泣きしてたわ」

「おばさんもかい？」

「え、何よその言い方、失礼ねえ。私だって泣く時は泣くわよ。情にもろいんだから」

おれはまた心臓の痛みを訴えるタイミングを失ったらしい。

午前十時　軽井沢　小沢宏平（横浜支社社員）

専務は警察に行っているらしくて、助かった。専務には何となく見つかりたくないと思っていた。もちろん、おれは今さら何かしようとしているわけじゃない。ただ不安なだけだ。和彦といえども、今さらおれをこんな不安の中にさ迷わせる権利はないのだ。

ノック。おれはひどく緊張しているはずだけど、緊張が続きすぎて、神経がヤケを起こしているみたいだ。

ドアが開く。憂鬱そうな和彦の顔が、おれを見てこわばる。

「……小沢君」

「久しぶりだね」おれはまず中へ入ってドアを閉める。

「ど、どうしたんだい」

単刀直入に質問しようと振り向いたおれの目に、異様なバツ印の絵が飛び込んでくると、胸の底にしびれのようなものがわだかまって、うまく言葉が出てこない。

「大変なことになったけど」と言ってしまい、和彦は一瞬のうちにおれを観察する目つきになる。

「……でも、そんなことを言いに来たんじゃないよね」

「ああ。……あんた、きのうは福岡へ行ってたんだって？」今度は単刀直入過ぎたのかもしれない。和彦はおれの気持ちをもう読みおえてしまったように、おれを見つめ、それから少し笑みを浮かべる。だがどっちみち、おれの訊きたいことは一つしかない。

「ああ、行ってた。だけど、ただ支社で仕事をしてただけだよ」

「嘘をつけ」

「本当さ。誰にでも聞いてみるといいよ。韓国からの輸入ルートの調整に行ってたんだ」本当だったらどんなにいいだろう、と一瞬思う。だが、それは嘘なのだ。

「あいつは、火曜から有給を取って会社を休んでいるんだぜ」と言いながら、おれはどうしても目を上げられず、和彦の表情を読み取ることができない。

「あいつって、伊藤さんのことかい」としらばくれて、おれが黙っていると、

「そう。知らなかったけど、どっちみちぼくには関係ないよ」

「……じゃあ、偶然の一致だって言うのかい」

「何がさ」

「だから、あんたの福岡行きと、彼女の有給とがさ」

「そりゃあ、そういうことになるだろうね。きみは彼女と連絡を取っているんじゃないの?」

と和彦はおれの弱みを的確に突く。連絡も取れていない相手の行動を、いちいち穿鑿する権利はおれにはないわけだ。ほかに何と言えばいいだろう。何も浮かばない。和彦の言うことが本当であればいいと願っているから、それを突き崩すような問いを、あえて思いつく気力が湧かないのだろうか。

「とにかく、ぼくにはもう婚約者がいる。きみが何を考えているのか知らないけど、伊藤さんのことを知りたいんだったら、本人に直接訊いたらいいだろ。そんなことでぼくの邪魔をしないでくれよ。ぼくが今、どういう状況にあると思っているんだい」和彦はわざと怒りをあらわにしはじめる。

「それは分かってるよ」

「だったら」と和彦は勢いよくドアを開ける。

「帰ってくれ。福岡の話なんかいつでもできる」

おれは動けない。『福岡の話なんか』だと？　おれがそのためにどれだけ苦しんでいるか知っているのか。だけど、ここでおれが暴れたら、間違いなくおれはクビだろう。クビになっても、玲子が戻ってくる保証はまったくない。おとついの夜玲子を抱いたかもしれないこのやさ男を前にして、おれは惨めに、そもそも何をしに来たのか分からない気分で、すごすご東京へ帰らなければならない。情けないけど、そうするよりほかない。これじゃ何をしに来たのかわからないけど、初めから目的なんかわからなかった。不安だった。今も不安だ。不安がためらいも何もかも摩耗させる。人を恥知らずにする。そうやって運命の蟻地獄に引きずり込むのだ。——ええい、なんて不出来な生き物なんだろう、人間なんて。バタン、と和彦がドアを閉める。

午前十時二十分　三鷹　マイク・マコーミック（元契約社員）

「あの木曜日、三時に、おれは帆奈美に会ったよ」とおれは言う。通訳が刑事に翻訳する。興味を持った顔になって、

「スリー・オックロック？」と刑事は直接おれに訊く。

「そうだよ。中野の『国際ホテル』のティールームでね」

「それはビジネスだったの、それとも……楽しい時をすごしただけ？」と通訳は笑顔で訊いてくる。

「両方さ。おれは彼女が大好きだったけど、それは一種のビジネスでもあったんだ。それはこういうことさ。三月の終わりに、おれはドイ社長と一緒に、インドネシアのセレベス島の小さな町に行った。そこにビーチ付きのホテルを建設するために、ドイが広大な土地を買ったんだ」

「待って」と通訳がおれを止めて刑事に向かって訳しはじめる。この少女は有能で流暢なアメリカ英語を話すが、同時通訳の経験はないらしい。すると刑事が笑顔になって、

「アイ・ノウ」と言う。何がI knowだ、馬鹿やろう。

「あんたが知らないことを話してやるんだから、黙って聞きなよ。おっと、今のは訳さなくていいからね」

すると少女は、

「I know」と言ってウィンクするのでおれたちは大笑いする。刑事だけ事情を知らないままに取り残されるが、やがて日本人がいつもやるように、付き合って笑い出す。

「さて、その町のオフィスで、ドイのところへ、男の子を連れた一人の女が訪ねてきた。インドネシア人に見えたけど肌の色はちょうど日本人みたいで、ほんの少し日本語と、もう少し多い英語を話していた。その女とドイは、二人で長いあいだ話していたけど、その内容はおれは知らない。翌日、シールド・シンガポールの社長、日系人で、モリータという名前だけど、この男とドイが会った時、例の男の子を連れた女もそこに現れて、彼女をモリータが雇って、年額百万ルピアか何かの給料を支払う、という条件を契約書に書き加えるように、ドイはモリータに要求したんだ」おれはすらすら話す。なにしろ先月帆奈美に話し、それから里見専務にも話したことなので、間違えっこない。

「ちょっと待って」

「いいよ」とおれは少女が刑事に話を伝えるのを待つ。

もちろん少女と刑事が話す日本語は、おれにもだいたい分かる。初めから日本語でインタビューされてもよかっただろう。だけどおれはそんなことはしない。警察に対しては慎重になるべきだからというだけではなく、日本で中途半端に日本語を話すより、話さないでいたほうが、たいてい尊敬されるし、得になることが多いということを知っているからだ。日本に住むすべての英語系外国人が知っていることだ。日本人は恐らく自分の国にコンプレックスを持っているのだろう。それでいて不思議なことに、自己満足も持っているから、かれらはいつまでも何も変わらないのだろう。

ところでこの通訳の少女、可愛い顔ときれいな脚をしているな。おれに興味を持たないかな?

「いいわ。続けて?」

「もちろんさ。モリータは明らかに面食らっていたけど、結局は、東京の社長がボスだ。かれは『オーケイ』と言わざるをえなかった。それで、その女が別の契約書にサインして、残りの話し合いも順調に進んでいった」

「その子供がドイの子供だったのね?」

「その通り。契約の途中で、おれは男の子を指差して、ドイに、『あなたの子供?』って日本語で訊いたけど、ドイは返事をしなかった。だから後で、みんなで食事をしている時、女のほうに、『その男の子はドイの子?』って英語で訊いたんだ。彼女は率直に答えたよ。『そうなの。私が日本にいたとき、私とドイは愛しあっていたの』ってね。男の子はじっと母親の顔を不安そうに見つめていた。って言うか、おれにはアジア人の子供はみんな不安げに見えるんだよね。ちょっと眉をひそめたあの表情がさ。わかるだろ。だからおれはかれに微笑みかけて『きみの名前は何だい』って訊いたら、母親が『タディー』とか『タドゥー』とかって。おれがまた『いくつ?』って訊くと、また母親が『七歳よ』ってさ。その時ドイが戻ってきたから、それ以上彼女と話すことはできなかった。彼女がかれの父親のことをどう思っているか、もっと訊きたかったんだけどね」

「わかったわ。ちょっと待ってね」と少女は言う。今度の通訳は長くかかり、途中で刑事がいろいろ質問を差し挟む。おれは「男の子」とか「社長」とかいう単語を断片的に耳にしながら、少女のスカートからのぞいた脚を観賞する。やっぱりおれはほっそりした若い少女が好きだ。帆奈美。死んでしまった。でも、帆奈美が死んだから、おれの目の前に今度はこの子が現れたのだろうか。

「とても興味深い話をありがとう」と少女は振り向いて言う。

「そう言うだろうと思ったよ」

「で、今の話全部が、あなたが帆奈美に会った理由と関係があるのね?」

「もちろんさ。今度はその話だ。おれは帆奈美にその話をしたんだ。彼女はひどく興味をもって、その男の子にカネを送りたいとか、会いたいとか、いろいろ言い出したんだ。ところが今のところは、彼女の名前も住所もまだ分からない。そこでおれはシンガポールのモリータに手紙を書いて、彼女たちについて知らせてくれるように頼んだ。ミスター・ドイの娘が特別な興味を持っているって言ってね。そしたらモリータの返事が届いたので、おれは帆奈美に電話をかけて、水曜日に中野で会うことにしたのさ」

「あなたはどうしてそれについて、ほかの人じゃなくて帆奈美に話したの?」

「そうだな、正直に言うと——正直に言うのは好きかい？」

「もちろん」

「オーケイ。おれは帆奈美に会う理由が欲しかったのさ、わかるだろ。彼女は魅力的だったんだよ、ちょうどきみみたいにさ」

すると彼女はにっこり笑ったけど、

「あなたが中野で三時に会うことは、彼女が指定したことなのね？」と、話を逸らそうとしない。

「そうだ。彼女はその後中野で用事があると言っていた」

「ちょっと待って」

少女は通訳に取りかかる。少女が指示なしにおれに質問すると、刑事は不安げになる。おれはまた彼女の脚を観賞する。彼女と親しくするにはどうしたらいいだろう？

「で、帆奈美さんと何を話したの？」

「モリータの手紙を見せて、母子の住所を知らせたのさ。彼女はさっそく手紙を書きたいって言ってたよ」

「帆奈美さんも、彼女のお兄さんも、その子のことはそれ以前に何も知らなかったのね？」

「まるきりさ。日本語で言う、茂みの中の蛇さ。その女がその男の子を出産したのは、帆奈美の母親が死んだ数ヶ月後だった。帆奈美はそう言ってたよ」

「彼女はとても怒っていた。そうね？」

「その通り。ただし、その日のうちに父親を殺して自殺するように見えたかどうか、おれには自信がないけどね」

「アハン。あなたは何時まで彼女と一緒にいたの？」

「そうだね、五時より前に、彼女は用事があるって言って帰ったよ」

「五時より前。それ、もう少し正確にできる？　重要なポイントだから」

「いいよ。そうだね、四時四十分ぐらいかな」

「四時四十分ね」それから少女が通訳すると、横の刑事は顔をひそめる。少女に何か叱りつけるような口調で言ってから、

「トゥルー？　フォー・フォティー？」

「四時四十五分の少し前だったことは間違いないよ。おれは帆奈美が出ていってから、時計を見ながら電話をかけたからね」

少女と刑事はまたしばらく話しあう。

「それで、帆奈美と別れてから、あなたはどうしたの？」

「おれはあの日、あのホテルにチェックインしていたんだ。部屋に戻ってテレビを見てたよ」

タカーコのことは言うわけにはいかない。タカーコを助けるためだけじゃなくて、目の前のこの少女を失望させたくないからね。

「どうしてあそこに泊まったの？　あなたは三鷹に自分の部屋を持っているのに」

「そうだね、もしかしたら、帆奈美との話が、ほら、長くなるかもしれないと思ったからさ」

それは本当だ。帆奈美が付き合ってくれたなら、おれはタカーコを呼ぶ必要はなかったのだから。そのほうが帆奈美にとっても幸せだっただろう。父親を殺して自殺なんかするよりは、ずっと幸せだったはずだ。

「それから、あなたは中野に行く前にはどこにいて、中野には何時に来たの？」

おれは驚きの口笛を吹く。日本の警察は、たまたま出会った人間全員のアリバイを尋ねるのだろうか。

「でも最初に言わせてくれ、おれはこの事件に何の関係もないよ。何にもだ。いい？　それを勘違いすると、きみは忙しくぼくにつきまとって、ボーイフレンドと会う暇もなくなっちゃうぜ。ボーイフレンド、いるんだろ？」

「チュッ、チュッ」と少女は手のひらを広げておれを遮って、

「質問しているのは私のほうよ」

「ああ、今のところはそうだ。いいよ、うん、おれは火曜日の夜、カナーコって女の子のところに泊まったよ。彼女の部屋も三鷹にある。水曜日の朝十時に彼女と別れて、彼女は仕事があった。おれはなかった。『シールド』がよく分からない理由でおれをクビにしたからね。それでおれは駅の近くで映画を観た。『ローズ家の戦争』さ。いい映画だったよ。きみも観た？

観ない？——それからええと、マクドナルドで昼飯を食べた。それから電車に乗って中野に来たけど、とても近かったので、二時にホテルに着いた。だからホテルの前を通り過ぎて、いくらか散歩して残りの時間を潰したよ。天気のいい日だったからね」と言うと、思い出したことがある。

「それで思い出したよ、土居の家の前を通った時、おれは門の中からキモノを着た若い女が出て来るのを見たよ。彼女が出て来たら、外にいた別の女が近づいていって、二人はしばらく立ち話をしていたな。彼女は髪に触りながら、腕時計を見たり、相手に見せたりしていたよ」

そこで少女は訳して聞かせるが、刑事はあまり驚かない様子だ。刑事はシノとかカノとか言い、鞄から封筒を取り出して、その中から二枚の写真を選び出す。

「ジス・ウーマン？」とおれに見せる。

見ると、間違いなくおれが見かけた人物たちだ。

「その通りだよ」

「彼女は帆奈美のお兄さんのフィアンセで、もう一人は彼女のお姉さん。彼女たちが二時にあの家の前で出会ったことはわかっているの」

「じゃあおれが二時にそこを通ったことは証明されたわけだ。おれが正直で、きみに忠実だってことは認めてくれるよね」

「そうね」

少女と刑事がしばらく話す。

「長いあいだどうもありがとう。尋ねたいことは、今のところこれだけだわ」

「今のところ？　永久に終わりにしてもらいたいな」

少女は屈託なく笑う。

「ね、でもこんな呪われた事件以外の話題で、きみともう少し話すことはできないかな。さっき言ったように、おれはドイの会社を首になっちゃって、仕事を探しているんだよ。きみはぼくを助けてくれることができるんじゃない？」

「さあ、どうかしら」

「きみのオフィスで、日本語ができるイギリス人を探してない？　ええと、きみの名前は何だっけ。名刺をくれないかな」

「私はニッキ・サラシーナ。でも、あなたの役に立つことはできないと思うわ」

「どうしてさ、ニッキ。きょうはぼくがきみたちを助けたから、今度はきみがぼくを助けてくれる番なんじゃないか？　助ケテ下サーイ」とおれは日本語で言って頭を下げる。

「駄目。わたしこれから休暇でニューヨークへ行って、半年ぐらい帰ってこないから。きょうがアルバイトの最後の日なの」

午前十一時　軽井沢　里見淑郎（義弟　横浜支社長）

ファックスが来ている。つくづく心配性なやつめ。もうわれわれも、会社も、だいじょうぶだというのに。とにかく今は咲ちゃんが妙なことにならんように祈るだけだ。

しかし隠し子の件も、こちらの予想外だった。われわれが甘かったようだ。マコーミックがあの件を帆奈美に話した狙いは金だけか？　われわれからせびっただけでは足りなかったのか？　この調子では『月間ファイナンス』あたりに、直接売り込みに行かないとも限らないぞ。

ともかく、マコーミックから隠し子の件を聞いて、帆奈美は社長に腹を立てていた。その折りも折り、見合いの話を持ち出されたのでカッとなって、マコーミックと交際しているという出まかせを帆奈美は口走った。そこで社長は逆に腹を立てて、マコーミックをクビにしてしまった。そこまでは無理のない推定だ。問題はそれを帆奈美の社長殺しの動機とどう結びつけるかということだ。

それにしても、土居家の親類は、どうして二人しか集まらないのだろう。凄惨な事件に恐れをなしたのか。気仙沼の漁村の一族では、東京のビジネスの世界に気後れがするのか。もともとあの社長のことだ、両親が亡くなって以後、ロクな親戚付き合いをしていなかったに違いない。死んで惜しまれる縁など、気仙沼には残っていないのだろう。

しかし、中野に一人、こちらに社長の従兄弟と称する男が一人では、社長を亡くした会社にとって、どうもシメシがつかないな。見るからに漁師だろうあの男も、和彦をはじめこちらの人間みんなと初対面で、居心地悪そうにかしこまっているだけだ。いくらか包んで、取りあえず早く帰してやったほうがいいだろう。

しかし、戦後世代の立身出世とは、高度成長とは、そういうものだったのかもしれない。故郷の山河を顧みず、家族を顧みず、社長は社長なりに必死に階段を昇ってきた。階段の上には里見家がいた。気仙沼出身のイナカ者にとって、それははるかな階段だったはずだ。それを昇り切りたいという社長の野心が、会社を大きくしてきたこともまた事実だ。そして高度成長が終わろうとする今、社長の野心は空回りし、会社にとって有害となり、世紀末の怨念の意匠のもとで葬られることになった。ふむ、考えてみればそういう運命だったのかもしれない。

そして里見家は、階段の上に留まりつづけるのだ。

午前十一時　五反田　山田千佳吾（運転手）

「いやね、あたしが戦後すぐの生まれだもんでね。うちのオヤジが、『これからはなんたって、アメリカの時代なんだから、アメリカでも通用する名前をつけなきゃいけねえ』っていうんでね。うちのオヤジはそういう、先見の目があったっつうんですかね。それでもって、アメリカの地図だか本だかを開いたら、チカゴっていう大都会があるんで、『こいつはちょうどいい』ってんで、あたしの名前にしたんだってのね。だけど今考えりゃあ、ありゃチカゴじゃなくて、シカゴだって話なんだね、へっへっへ、うちのオヤジもそそっかしくていけねえね。だけど、あたしはチカゴで気に入ってますよ。だってほら、サンフランシスコとかね、そういう女みたいな名前じゃかなわないからね。へへへへ」

「それより、だいじょうぶ？　通り過ぎたんじゃない？」

「だいじょうぶですよ。こう見えても、一度通った道は、めったなことじゃ忘れない。ましてや色っぽい女の住み処なんて、忘れたら罰が当たるぐらいのもんですよ。あ、ここだな。ここだ、ここだ」とおれは堂々と路上駐車する。なにしろ乗せた客が警察だから、路上駐車ぐらいへでもねえってわけだ。

改めて見ると洒落た、いいマンションだよ。億ションってやつだね、こりゃあ。中山美穂とか、そういう連中が住んでるんだよ、きっと。ここを上がって二階だったよね、確か。

「あ、ここです。間違いありません」とおれは生唾を呑み込む。玄関のネームプレートが空欄なのも何となく記憶にある。

「あ、そう」と刑事たちは無造作にチャイムを鳴らす。

今十一時だ。まだガウン姿のままかもしれねえぞ。と思っているとインターホンで、

「はい」

「警視庁の者ですが、土居楯雄さんの事件のことでちょっと、お尋ねしたいことがございまして」

「社長の？　ちょっとお待ち下さい」

「恐れ入ります」

刑事たちはかすかにうなずきあう。おれは道順についての記憶力を誇りに思う。

ドアが開くと、やっぱり一度見ただけで忘れられないあの女が、白のセーターに豹柄のぴったりのパンツをはいている。刑事たちは手帳を見せる。その上で年長のほうが、

「恐れ入ります、土居楯雄さんの死亡事件のことで、取りあえず生前のお話などをうかがっておりまして、玄関先でけっこうですから、ちょっとお時間を……」などと、おれに尋問してた時とは全然違う丁寧な口調で言う。

女は、また興味のない男から恋を打ち明けられちゃった、みたいな、悪びれたような色っぽい笑みを浮かべて、

「お話って別に……でもまあ、お入りになります？」

「失礼します」と二人の刑事は頭を下げながら中へはいり、やおらおれを振り向いて、

「ああ、きみはもういいから。ご苦労さん」

ガシャンとドアは閉まってしまう。

そんなのありかよ、おい。くそっ。腹が立つ。けど、ドアを蹴飛ばすわけにもいかねえ。くそっ。

午前十一時二十分　軽井沢　山崎千鶴弁護士

　コーヒーが運ばれてくる。

「すみません、二階に運んでもらった上に、すっかりお気遣いいただいちゃって」

「いえいえ、この際先生にもぜひご協力いただきたいと思いまして」と竹下警部ははじめて丁重な挨拶をする。私の身元は弁護士会に照会したのだろう。その上で宮島咲の件を私に託す気になったのだろう。

　帆奈美は五時ちょうどに島村香野宅に現れたから、四時四〇分までマイクと会っていたとすると、その後は香野宅へ直行しなくちゃならない。いくら至近距離といっても、自宅に寄って父親を殺して、死体を処理する時間はない。そこで有力な可能性として、帆奈美はマイクに会い、その後香野宅に寄ってから、六時過ぎに土居邸へ行って犯行に及んだ、ということになる。マイクの話を通じて殺意を確認し、自殺の用意のためのドレスを取りに行き、急いでいると言って夕食を断り、父親を殺しに行く。ずいぶん忙しいけど、八時にすべてが終われば、十時には軽井沢へ戻ってこられる。死亡推定時刻の下限が十時だから、ぎりぎり間に合う計算だ。咲の話はそれを裏づけることになるだろうか。

　ドアが開く。刑事に背中を押されて、泣き顔の咲さんが入ってくる。

「お、来てくれましたね」と竹下警部は微笑む。

「それが、本人はまず弁護士さんとお話をしたいと言うんですが」

「そうらしいね」

「弁護士って、私？」と確かめると、咲さんはうなだれたまま一度うなずく。恐らく専務に入れ知恵されたのだろう。

「じゃあ、取りあえず二人だけで、話を聞いていただけますか」と警部は打ち合わせ通り私に提案する。

「ええ、いいですよ」

「じゃ、案内して」

「わかりました」

刑事は今度は逆方向に咲さんの背中を押して二人は出て行く。ドアが閉まると、

「確認しておきますが、中野の家から出た彼女の指紋は、ドアの周辺だけです。事件との関連は明らかじゃありませんが、とにかく何か隠しているらしいから、それを聞き出してもらえたらと思うんです」

「わかりました。ご協力させていただきますわ」

午前十時三十分　軽井沢　島村詩野（婚約者）
「ああ、詩野。ぼくはきょうも泣いてばかりいるよ」

「和彦さん」

「ここへおいで」

通夜の相談をしなけりゃならないから、和彦さんを呼んで来い、と専務さんに言われたんだけど、それを言い出さないでいいものだろうか。ゆうべ漏らしていた疑いを、まだ胸に抱いているのだろうか。

「今帆奈美の日記を読んでいたんだ。あいつが会社の株を売る話をしてたって言うから、どうしたのかと思ったんだけどね。そんなことは何も書いてない。その代わり、この丸い字を見てるとさ、あいつの声が聞こえてきちゃって、気味が悪いくらいなんだ」

恐る恐る和彦さんの隣りに座る。

「あいつね。意外に西山さんのことが好きだったみたいだよ」と和彦さんは笑って、帆奈美さんのノートを手に取る。

「いいかい。『西山さんの私に対する気持ち、はじめは冗談半分だと思っていたけど、このごろ少し分かるようになった。あの人、一回りも歳が違うから、私が相手にしないだろうと思ってビビっているのだ。そんなことないよ。あたしはオヤジとは違うよ』ね？　西山さんに聞かせたら喜ぶだろうな。とにかくさ、オヤジを殺すなんて、どこにも何も書いてないんだよ」

「そりゃあ……」

「ほら、これ。『あんな恥ずかしい写真、撮っちゃっていいのかなあ。絵の神様に申しわけなくない？　西山さんの好きなようにはしてもらいたんだけど』これはきっと、絵の前で口をとんがらせた写真のことだよ。あんまり子供っぽいって、帆奈美もあれにはすっかり照れてたからなあ」

何だかわざとらしく思い出に浸る和彦さんの気持ちが読めなくて、返事をしかねていると、

「そうそう、きみのことも書いてあるよ。いいかい。『お兄ちゃんが結婚するんだって。島村詩野さんという人で、最初に会ったのはお母さんの病院で、それから何年もたってから、展覧会で偶然再会したんだって。ロマンティックだなあ。オヤジはさっそく猛反対らしいけど、お兄ちゃん負けないでね』……どうしたんだい？」

「だって……帆奈美さんの日記を覗くなんて、悪い気がするわ」

「そんなことはないさ。生きていれば、いつか直接きみに言いたかったことに違いないもの。きみがここへ来て、帆奈美に会った日のこともちゃんと書いてあるよ。『風邪を引いてマスク姿の詩野さん』そうだったっけ？　『でもお母さんの病院で、たしか見た覚えのある人だと思って、改めてびっくりした。偶然って恐ろしいよね。私に会うのにすごく緊張してくれてるみたいで、それが嬉しかった。式は六月だって。やっぱり詩野さんは、ジューン・ブライドじゃなくちゃね』……ね？　まるで帆奈美が、今ぼくたちに呼びかけているみたいじゃないか。……おやおや、おまえまでそんなに泣いて」

帆奈美さん。あの時、帆奈美さんのお母さんと私のお父さんが亡くなった病院で、私はよく

目を泣き腫らしていたものだった。『詩野ちゃん、泣いているの』と松本先生にも言われたんだっけ。

元気出して、今のうちにパパを大事にしてあげなさい。

いくら大事にしたって、死ぬ人は死ぬよりしょうがないじゃん。

そんなこと言っていいのかな。

死ぬ人は死ぬよりしょうがないじゃんよ。医者ならそのぐらいわかるだろ。

詩野ちゃん。泣いてるの？

私と帆奈美さんとの出会いが、こうして、涙で始まって涙に終わることも、やはり運命の一部だったのだろうか。和彦さんと私が結ばれるために、こんな残酷な回り道が、用意されていたというのだろうか。コウホネの黄色が、かすんだ目にまぶしく映る。さすがに東京と違って、こちらのコウホネは切ってから何日も元気を保つようだ。

「ねえ。こんなことになるなら、きみをもっと帆奈美に会わせておくんだった。ぼくたち二人の思い出にしておけばよかったよ。だって、これからいくらでも機会はあるって、今までは思ってたんだもの」

私が泣いているのか、コウホネが泣いているのかわからない溶解の中で、和彦さんが悔しそうに髪を掻きむしる。

午前十時三十分　軽井沢　山崎千鶴弁護士

「こんにちは。どうしたの？」

「……すいません、あたしのことで」

「いいわよ。ついでだもの。中野の家にあなたの指紋が残ってたんだって？　おとついあそこへ行ったの？」

「……はい」

「何しに？」

「………」

「秘密は絶対に守るから、話して？」

「……あの、あたし、社長さんの愛人してたんです」やっぱり、そんなところか。

「そう。お金たくさんもらってたの？」と言うと、私が存外驚かないことに驚いたのか、咲さんはしばらく黙っていたが、

「はい」

「それで、ときどき家に呼ばれてたのね？」

「家とか、あとホテルとか……」

「月に一回ぐらい？」

「ええ。一回」

警部になりかわって、私から尋ねたい質問はたくさんあるのだが、いきなりそれを浴びせかけては可哀想だとも思うので、少し様子を見る。

「あなたも少しは好きだったの？　社長さんのこと」

「好きっていうか……。優しかったんです。意外に」

「そう」

「亡くなった伯母様に、あたしが似てるっていうんで……」

「そうか、あなた、姪だものね。そういうことって、あるだろうね」

「だからあたしも、少しはいいことをしている気持ちになって……」近ごろの娘は自分を正当化することがうまい。

「ということは、社長は奥様を愛してたのかしら」

「昔の思い出を話すことは、わりと多かったですけど……」

「あなたのご両親なんかは、社長は奥様に冷たかったって考えてるみたいじゃない？」

「ええ。それは社長もご存じでした」

「へえ。何か言ってた？」

「帆奈美さんが一度、お母さんが亡くなったのはお父さんのせいだ、というようなことを言ったらしいんですね。だから……『何の根拠もない中傷を、娘にまで吹き込みやがって』って」

「それはいつのこと？」

「あたしがその話を聞いたのは、確か先月です。その時は、帆奈美さんに、お見合いを勧めていて……」

「そうらしいわね。和彦さんのことは、何か言ってた？」

「別に……結婚には、やっぱり絶対反対なさってましたけど。『作戦を考えるさ』とかおっしゃって」

「作戦」

「お金のことですよ。女はお金でどうにでもなるって、何か信じてたみたい」

「失礼しちゃうわね」

「ええ……でも、あたしには、文句を言う資格はないから」と咲さんは、自嘲というより、照れたような笑い方をする。ショックゆえの涙さえ引いてしまえば、あとはわりあいあっけらかんとしたお嬢さんのようだ。

「で、おとついの話に戻るけど、おとついも呼ばれたのね？」

「はい」

「呼ばれる時は、いつも何日か前から決まっているの？」

「はい。先週のうちに会社で言われました」

「それで？　会社が終わってから、どうしたの」

「まっすぐ、中野に行きました」いよいよだ。

「着いたのは、何時ごろ?」

「七時半です」

「七時半、ちょうど?」

「はい、だいたい」

「そしたら? 玄関は開いてた?」

「いいえ。でも合い鍵をもらってましたから」

「それを使ったわけね。そうしたら?」

「……あの、社長の、く、首が……」

「見えたの?」

「はい」

「つまり、すでに切り取られて、お皿の上に置いてあったのね?」

「……」咲さんはうなずくとそのまま両手で顔をおおう。

「それで? その時、誰か見かけなかった?」

「あの、車が……」

「車? 帆奈美さんの、あそこに停まってるブルーのミラージュ?」

「そうなんですけど、その時はそれが帆奈美さんの車だって知らなくて……」

「こっちへ来て、あれを見てはじめてわかったわけか」

「はい。前は白のブルーバードだったから、最近買い替えたんだと思うんです」

「どこに停まってたの、そのミラージュ。玄関前？」

「いえ、その先のガレージの陰に、半分隠れた感じで」

帆奈美は七時半には中野にいて、犯行とその後工作をあらかた終えたところだっただろう。

私はシュンとする。事件はこれで終わったのだろうか。

「その時、帆奈美さんは見当たらなかったの？」

「はい。でもあたし、社長の首を見つけて、怖くてすぐ飛び出しちゃったから……」

「鍵は開けたままね？」

「はい」

「それからどうしたの？」

「駅へ行きました」

「社長宅の周辺にも誰もいなかった？」

首をかしげて、

「……気がつきませんでした」

「いいわ、それから？　警察に電話することは考えなかった？」

「考えましたけど、怖かったので……」

「どうして社長宅に行ったのか、問題にされると困るから？」

「それでどうしたの？」

「はい」

「家に帰ろうと思って新宿に出たんですけど、帰るのも怖くって、友達に電話して、それからその人のところへ行きました」

「その人の名前と電話番号をここに書いてくれる？」

てっきり男の名前だろうと思っていたが、咲が書いたのは女名前だった。どこかほっとする。

「今まで、黙って一人で苦しんでいたのね？」

「はい。はじめあの車、誰のものかわからなくて、その人が犯人で、あたしは向こうを見なかったけど、向こうはあたしを見たかもしれないと思ったんです。そしたら、あたしも狙われるかもしれないと思って、もう怖くて」と咲さんはしゃくりあげる。なるほど。勝手な言い分だけど、恐怖は恐怖だ。

「さて、咲さんね」

「はい」

「これは殺人事件だから、警察にはやっぱり、本当のことを言ったほうがいいと思うのよね」

「えー」

「だいじょうぶ。警察は事件に関係のないプライヴァシーは守ってくれるわ。その代わり、ご両親に対しては、何か言い訳を考えましょう。ね？　あなたがあの日こっそり中野へ行った言い訳」

「はあ」

「そうね。こういうのはどう？　あなたは社長からお金をもらって、専務だとかお母さんのスパイをしてたの」

「え、そんなこと言ったら叱られます」

「本当のこと言うよりはだいぶいいでしょう？」

「だってあたし、専務さんのことなんか、何も知らないんですもん」

「それでもいいって。社長が何かあったときのために、あなたを特別待遇でスパイに雇っていたってことにすればいいわよ。時々社長にじかに呼ばれて、状況を報告してた、と。ね？」

「はあ」と言いながら、咲さんは元気を回復してきている。

2　五月十八日（金曜日）　午後

午後一時　軽井沢　杉浦吉郎警部補

「七時半に帆奈美が、土居邸にいた。父親の首はもう切ってあったと」

「ちょうどいい頃合いだよね。六時前に島村宅を出て、五分もあれば土居邸に着く。それから一時間半ある。殺して、首を切って、後片付けをする。そこへたまたま現れた咲をやり過ごしてから、残りの死体を車のトランクに詰めて、軽井沢へ帰る」

「七時半に向こうを出て、こっちが九時半過ぎか」

電話が鳴る。東京の畑山さんからだということで、竹下さんが出る。

新情報に期待する気持ちもあるけど、おれがもう一つしっくりしないのは奥歯のほうだ。事件も、歯も、どうももうちょっとのところでいらいらさせやがる。いずい。

警視は電話を置くと、

「中野のホテルのボーイが証言してくれた。畑山さんがうまく聞き出してくれたようだ」

「帆奈美とマイクの件ですか？」

「その会見についてはウラが取れた。その後だ。帆奈美と別れたあと、やつはただちに電話をかけて、宮島多佳子を部屋に呼んだ。多佳子はマイクの部屋に午後九時ごろまでいて、車で帰っていった。顔は帽子とサングラスで隠していたけど、その帽子の大きさに見覚えがあってね。テレビのニュースにも映ってたんだそうだ」

「やれやれ」とおれは言う。

「娘の次は母親か」

「しかしそれ、事件性ありますかね」

「とにかく聞いてみましょう」

おれはほとんど自虐的になって、奥歯に詰めておいたセイロガンを取り出して、匂いをかいでみる。

午後一時二十分　軽井沢　島村詩野（婚約者）
「お寿司屋さん、まだゆうべの器を取りに来ないのね」
「遠いからね。旧軽からだから」

ふと庭の端に目をやると、弁護士さんの車椅子が川岸の縁にあまりにも近づいているので、見ていてはらはらする。何を調べているのだろう。

咲さんが弁護士さんと一緒に帰ってきたら、専務さんは事情を聞いてとても喜んでいた。咲さんは社長に雇われたスパイだったらしいけど、ご自分がスパイされていたことを知って、どうして専務は喜んだのだろう。何か会社の秘密が絡んでいるのかもしれない。咲さんはまた泣きだして、多佳子伯母様の胸にすがっていた。

あ、弁護士さんがこちらを振り向いた。

「だいじょうぶですか？　危なくないですか？」と姉さんが声をかける。

「ありがとうございます」とにこにこしている。

私たちは何となく近寄ってしまう。

「じつはね。帆奈美さんの口の中に、黄色い花びらのかけらが入っていたんですよ。こんな話、してよろしいかしら？」

「はあ」

「それでね。今見てたら、このあたりに咲いている花には黄色の花は少ないし、何だか色も少し違うみたいなの。どこからか風で飛んできたのかしらね」

どうしてそんなことを調べる必要があるのだろう。

「あの、黄色い花なら、向こうの沼にたくさん咲いてますよ」と姉さんが教えてあげる。

「向こうの沼？」

「ええ。コウホネ。この川の行き先が沼になってるんですけど、今ならそこに、コウホネがたくさん咲いているはずですわ」

「そうなの。コウホネって、知らないんですけど」

「私たちもよくは知らないんですけど、スイレンの仲間じゃないかしら。わりと大きめの花で」

「それが黄色なのね？」

「ええ。クリスティーナに似てますの」

「は？」

「あ、うちのカナリヤです」と姉さんは笑う。確かに、こないだ帆奈美さんからいただいたコウホネを横に置いたら、クリスティーナは友達を見つけたように喜んでいた。

「カナリヤ色なんですか」

「ちょっとあっちへ行ってみましょうか。林のあいだから見えるかもしれないから」

「そうね」

「後ろから押してもいいですか」と私は弁護士さんの後ろへ回って車椅子のハンドルを持つ。

「ありがとう」

「よいしょ」と、久しぶりに力を使う。でも、車椅子は思ったほど重くない。舗装された遊歩道を外れて土の上へ出ても、わりあい順調に進んでいく。こんな簡単なことでも、人助けの気持ちがして気分をなごませてくれるのが、あさましいようだが今はありがたい。

「それって、帆奈美さんの好きな花だったんですか？」

「ええ、大好きでしたよ。うちへもこないだ一輪いただいて」と姉さん。

「そうなんだ」

「いろんな人に差し上げてるんですって。もちろんあのアトリエにも飾ってありますし」

「じゃあきっと、それじゃないかなあ。最後にコウホネのかけらが、愛してくれた帆奈美さんにお礼を言いたくて、唇にそっと舞い下りたの。ね？」

面白いことを言う弁護士さんだ。私は姉さんと顔を見合わせて微笑む。

林に近づくと、地面がだんだん柔らかくなって、車椅子の車輪が食い込むようになる。

「このあたりはところどころ湿地になって、それがいつの間にか沼になったりしてるのよね」

と弁護士さんは脇の地面を見下ろしながら言う。

「ええ。あのお屋敷を建てるのにも、ずいぶん土だか石を運んだんですって」

「そうでしょうね」

「あ、ほら、見えてきましたわ」

「あ、ほんと。きれい」

雑木林の細い幹が並ぶあいだから、点々とした黄色が見えている。庭の川が流れ込む沼の入り口、それからその奥へ、ところどころすくっと茎が伸び出て、濡れない高さに黄色の花を支えている。簡素で孤独な感じがするのは、それぞれの花が空中にあって、互いにわりあい離れているからだろう。本当に帆奈美さんに相応しい。

「クリスティーナがたくさんいるみたいね」と姉さん。

「確かに、あんな色だった気もするなあ」と弁護士さん。

「どうしましたか、こんなとこで」

振り返ると、宮島の伯父様がゆっくり歩いてくる。眼鏡が日差しに光る。

「今、先生にコウホネをお見せしてましたの」

「あ、コウホネね。それやったら先生、うちへ来はったらどないです。うちはほれ、あそこにちらちらっと見えとりますでしょ。ちょうどこの沼の反対側の端にあたるんですわ。部屋の中からでも、コウホネがよう見えとりますよ」

「それだったら、どうにかして一つ取っていただけるかしら？」

「取る？　ははは、なんや帆奈美はんみたいやなあ」

「ええ、帆奈美さんもお好きな花だったんですって？」

「ついこないだもうちのほうへ回ってきはって、ゴムボートでいくつか取って行かはりましたよ」

「ゴムボート」

「ええ、ほらあの、子供用のプールみたいなもんやけど、咲が小さい頃買うたもんが、この二、三年は、帆奈美さんの専用ボートみたいになっとりましたんやわ。それはそうと、先生、さきほどはうちの咲が、えらいご迷惑をおかけしたそうで、すんませんでした」と宮島先生はぺこりと頭を下げる。

「ああ、いいええ。いいお嬢さんですわ」

「専務はあの話聞いてえらい喜びはるし、うちの嫁もそれで納得しとりますから、わしもそれが一番ええ、思うとります。ほんまにありがとうございました」

ということは、咲さんは本当はスパイではなかったのだろうか？　そしてそのことを、宮島先生はご存じなのだろうか？　そして弁護士さんも？　弁護士さんは平然と宮島さんの礼を受け取って、

「まあ、それはもう済んだこととしまして、事件そのもののほうを考えるのを、先生、お手伝い願えませんか？」

「は、そら、私にできますことやったら、なんぼでもいたしますが、考えるて、なんぞ――」

「それがコウホネの件なんですよ。帆奈美さんの口の中に、コウホネの花びらが入っていたとしたら、どう思われます？」

「え？　口の中？」

宮島先生は自分の口の中に何か入ったようにぽかんと動かなくなる。

「コウホネはこちらの川には咲いていませんもの」

「はあ、そら、こっちは人工的に作った浅い川やからねえ」

「だから、すごく不自然に思えるんですよ」

「不自然って……」

弁護士さんは改めて先生を見上げながら、

「たとえば、帆奈美さんは向こうの沼で溺れさせられたんじゃないか、っていうようなことですけど。ほら、水門で繋がっていますから、水質は当然同じですよね」

「はあ？　帆奈美はん、自殺しはったんとちゃいますの？」

「実を言うと、何とかそうじゃない可能性を探したいんですよ。個人的に」

「個人的に。さよか」宮島先生は私や姉さんに助けを求めるかのように見やるが、私たちにここで口を挟めるはずもない。

「ああ、どうもありがとうございます。戻って下さい」と言われて、私は車椅子の向きを変える。

「先生、和彦はんになんぞ言われたんですか？」

「え、そんなことありませんけど、どうしてです？」

「いえね。あの人も、帆奈美は自殺したはずない、言うて、ゆうべ専務はんに食ってかかったらしいんですわ」すると弁護士さんはかえって喜んで、

「へえ。おもしろいな」

「いっこもおもろいこと、あらしませんがな。なあ、詩野はん。和彦はんはこっち来てからいうもん、ちょっとおかしいいん違いますか」

「ええ、でも……」

「そら、無理ないことや。それはわかります。そやけど、びっくりしたり悲しんだりしとるのは、われわれかて一緒やないですか。われわれにまで八つ当たりして、なんや今度は、自分が狙われとる、みたいなこと言うて、身内の神経逆撫でせえへんかて、ええやろ思いますがな」

「まあ、まあ」と姉さんはおろおろと涙目になる。

「和彦さん、そんなことおっしゃってるんですか」と弁護士さん。

「ええ。せやから通夜の準備も進まん、今日明日の会社の仕事も進まん、言うて、専務がぼやいとりますがな」と宮島先生は、最後は私を睨みつけるようにして言うが、私はやっぱりどう返答していいのかわからない。

東京と違って熱のない、明るくて清々しいだけの軽井沢の日差しが、今は唯一の救いだ。きのうから着たきりのセーターの腕をまくり上げる必要もない。

午後一時三十分　軽井沢　宮島多佳子（義妹）

いやだわ。マイクがしゃべったのかしら。恥ずかしいわ。すごく恥ずかしいわ。

「初めから話して下さい。奥さんはあの日、マイクに会う約束があったんですか？」

ああ、涙が出るわ。さっきまでは咲が泣いていて、今では母親の私が泣いているのね。親子で泣いているんだわ。咲はスパイだと告白したら落ち着いたみたいだけど、私も告白したら落ち着くのかしら。でもそんなことできないわ。できないわ。

「奥さん」

「はい」ああ、警察って、怖い。いざとなると脅かすみたいに睨みつけてくる。

「どこでどうやってマイクの電話を受けたんです？」

「ああ、私、で、電話番センターの会員なので」

「電話番センター。なるほど。マイクがそこに電話をかけた。そうですね？」

「はい、そうです」ああ、私どんどん答えているわ。止められないわ。怖いから止められないんだわ。

「じゃあ夕方電話があることは分かっていた。そうですね？」

「はい、だいたい」

「奥さんは午後どこにいたんです？　前日は、信濃町の友達の家に泊めてもらったと言いましたね。そこを何時に出ました？」

「十時、ごろだったと思います」

「それから？」

「お友達と一緒に、新宿へ出て、買い物とお食事をして、二時ごろお別れしました」もう最後まで話すしかないのね。だって止められないいんですもの。恥ずかしい私の中から、涙も言葉も、どんどん溢れてくるんですもの。

「それから？」

「はい、中野へ行きました」

「奥さんも中野ですか」と警察はますます目をむく。

「あの、午後、中野の英会話学校に用事があると言ってたんで、連絡があったらすぐに会えるように……」お帽子の中が汗びっしょりだわ。

「中野のどこにいたんです？」

「駅前の喫茶店で、雑誌を読みながら、あの、三十分おきに電話番センターに電話してました」

「で、マイクからの電話が入っていたのは、何時です？」

「五時です」

「五時ちょうど？」

「はい、あの、三十分ごとにかけてましたから、間違いないんです」

「なるほど。三十分ごとに電話してたんなら、喫茶店のほうでも覚えててくれるでしょう」

「そうですわ」ああ、私、馬鹿にされてるんだわ。

「で、すぐに『中野国際ホテル』に駆けつけた。そうですね？」

「はい」

「それで？」

「はい……あの人に、飛びついて……」ああ、ああっ。

「おほん、それは想像がつきますがね。部屋には何時までいたんです？」

「はあ、はあ……部屋を出たのは、九時ごろだと思います」しゃべってしまうと、何だか遠い昔のことのような気がする。もうどうでもよくなったような気がする。咲もそうだったのかしら。きっとそうだったのね。だって親子なんですもの。

「で、マイクとの関係は二年続いているとおっしゃいましたが、その間はうまく行ってたんですか。それとも、マイクがほかの女性に興味を持つこともありましたか」

「そりゃあ、あの人はもてますし、私はこの通り、もうおばさんですし」とわざと謙遜したのに、

「たとえば帆奈美さんはどうでした？」

「帆奈美さん？」

「帆奈美さんは奥さんがマイクに紹介したんでしたね？」

「はい、たしか」最初から、マイクは帆奈美さんの絵をいやに褒めたりしていたわ。私は不愉

快だったわ。

「どんなあいだ柄だったんです？」

「知りませんけど。そりゃあ、マイクは帆奈美さんを気に入っているようでした」

ホナーミに、会いたいね。

やめてよ、もう。

タカーコ、arrange、いいね。

痛いっ、やめてっ。

「奥さん」あら、呼ばれてるわ。

「マイクと帆奈美さんは、交際を始めていたんですか」

「交際」まあ、いやらしいわ。

「知りませんけど、何だかその気だったみたい」

「それでは奥さんとしても、穏やかではなかったでしょうね」

「ええ」

タカーコ、arrange、いいね。

痛いっ、やめてっ。

いいね。ヤクソークだよ。

「じゃあ、奥さんは、帆奈美さんを恨むこともあったのかな」

「恨むって……」もう亡くなった人を恨んでも仕方ないわ。でも亡くなる前は恨んでいたわ。おや？　私が帆奈美さんを恨んだことを、警察は……

怖いわ！　怖いわ！

午後二時　軽井沢　島村香野（洋裁家）

「困ったなあ。和彦さんが相談に乗ってくれなくて」と西山さんは頭をかく。

「仕方がないわよ、今は」と詩野は言いながら、ちらちら廊下のほうを見やっている。さっきから里見専務さんが会社の人とひそひそ話をしている。何か新しいことが分かったのだろうか。

咲さんはにこにこ帰ってきたかと思うと、二階にお布団を敷いてもらって、さっきまでぐっすり眠っていたようで、降りてくるとお昼の残りをずいぶん食べて、お父様と一緒に出ていった。詩野は咲さんが、里見家の様子を探るための社長のスパイだったらしいと言うけど、本当だろうか。

でもとにかく、咲さんのことは問題解決で、本当によかった。

「気持ちは分かるけどさ。おれがずうっと帆奈美ちゃんのために頑張ってきたってこと、少しは分かってもらいたいんだよねえ」と西山さんは言う。私なんか説得しても仕方がないのに。

「とにかく、今は考えられないでしょうよ、和彦さんだって。もう少し時間がたたなくちゃ」

それにしてもこんな話しぶりだと、本当に西山さんは帆奈美さんが好きだったのかしら。

「しかし、この絵が描けなかったからってねえ」と西山さんはバツ印の絵を指をさす。私はもうそちらのほうを見る気がしない。

アトリエに置かれていた絵や品物はきのうから何も動かされていないみたいだ。バツをつけたペインティングナイフも、床に放り出したままになっている。

西山さんは私だけに聞こえるように声を潜めて、

「ねえ。これをこのまま個展に出したらどうですかね」

「え?」

「すごい反響だろうな」

詩野にも聞こえたようだ。西山さんを流し目で睨む。

「でも、それは――」

「そりゃ、眉を顰める人もいるでしょうけどね。だけどこれだって帆奈美ちゃんの表現ですよ?」

「ともかく、今はその話は止めて下さいね。そんなことを聞いたら、また和彦さんが怒るに決まってるんですから」と詩野。

「そうですよ」と私もつけ加える。

「詩野さん、かけあってみてくれない？」

「無理ですよ、そんな」

そこへ和彦さんが降りて来る。疲れ切った感じで、何だか周り中を睨みつけている。

「ああ、和彦さん、ちょうどいい」

「なんだ、まだいたんですか」

西山さんは両手を擦りあわせながら、

「いやあ、少しだけでも話をつけてから帰らせて下さいよ。今度の個展は、帆奈美ちゃんにとっては最初で最後の機会なんです。壁はまだ三メートル空いてるし――」

「またその話ですか」

「いや、ちょっと待って、その分描いてほしいっていうんじゃないんだ。それよりいいアイデアを思いついたんですよ。帆奈美ちゃんの供養にもなるんです。つまり、その空きスペースに、帆奈美ちゃんの遺影と一緒に、この絵を飾ったらどうかと思うんですよ」

和彦さんが爆発する……そう思って詩野も私も、一瞬目を閉じてうつむくけど、和彦さんは何も言わない。恐る恐る見やると、怒ったまま凍りついているようでもあるし、真剣に考えているようでもある。その時、廊下のお二人が和彦さんに気づいて、

「和彦さん。ちょっといいですか、ちょっと」と専務さんが呼び出す。

廊下へ立って行って、和彦さんは二言三言ひそひそ話を聞くと、

「帆奈美が殺された？　やっぱり！」

私たちは全員立ち上がる。専務さんは苦り切った顔をして、

「だからそれは、弁護士さんの思いつきなんですよ」

「誰にです？　誰に殺されたって彼女は言ってるんです？」

「そこまでは、さすがに何も」

和彦さんはしばらく私たちに背中を向けたまま動かない。

「しかし警察は、ほぼ自殺と断定してるんですよ。だから和彦君、もし彼女に何か——」と専務は言いかけるけど、和彦さんは聞いていないので呆れた顔で口ごもる。和彦さんは一人でうん、うん、とうなずくと、詩野を振り向いて、

「言ったとおりだろう？」

「……本当ですか」

和彦さんはぎゅっと目をつぶり、それから開くと、その時には西山さんを睨みつけていて、

「よし、わかった。あの絵を出品しよう」とバツ印の絵を指さす。

西山さんはパチンと指を鳴らそうとするけど、指が太すぎるのかカスッと音がするだけだ。

午後二時二十分　軽井沢　宮島咲（社長秘書）

沼の周りは柔らかくて、靴底が半分ほどもぬるっと沈み込む。ポーチの横木に、用心のために手をついて山崎先生を振り向くと、先生は満足そうに沼に浮かぶコウホネを眺めている。清々しい一輪ずつの黄色の花がまばらに立っている。泥の色をした沼の水に、黄色い花が映えるとは思えないけど、見てると何だか開放的な気持ちにしてくれる。今まで私がさんざん苦しんだからだろうか。

ごそごそと後ろで音がして、

「これですわ」

倉庫から、お父さんがゴムボートを引っ張り出してくる。底に『アラレちゃん』の絵が描いてある、なつかしいやつ。

「あ、これですか」と先生。

「これに乗って、そこらを漕ぎはったんですわ。帆奈美はん」

「そうですか」

中にまだ少し水が溜まっているのが帆奈美ちゃんを偲ばせて悲しい。

「けど、わしはそんな冒険せんでええんでしょ。検査だけやったら、うちのももう萎びかけとる思うけど、それでええんと違いますか」

「いいんですか、それいただいて」

「うちやったら、珍しいもんと違いますから。ほな、咲、そっち持ってんか」と、お父さんと私とでなんとか先生の車椅子を家の中に入れようとすると、どこから見てたのか、運転手の老紳士がやって来て、何も言わないままますごい力で車椅子を支えて、あっという間に車椅子はリヴィングの板の間に載ってしまう。それからポケットから雑巾を出して、手早く車輪の汚れを拭う。

「あ、そんな気い遣わんといて下さい。しょうもないボロ家なんやから」とお父さんが声をかけてもうなずくだけで、てきぱき仕事を終えると、老紳士は深々と一礼して、ワゴンのほうへ去っていく。

「いや、見かけによらずごついねえ、あの人。昔のミョウブダニみたいやね」とお父さんはまたわかんないことを言う。

「もう慣れてますから」と先生はすましている。

「さて、これですけど」とお父さんはリヴィングの棚から、大きなブランデーグラスのような花入れに咲いたコウホネを取り上げる。

「まだ少しは元気ありますな。まあ水が変らんほうがよろしい思うて、沼の水を汲んで入れとりますのですが」

たしかに剣山に刺されたコウホネの茎は、少しシナっと傾いているけど、花びらはもともと厚手のようで、まだ萎びてはいない様子だ。

「このままお持ちにならはったらよろし」と教授。

「そうですか。それじゃ」と花入れごと両手で受け取る。

「咲、コーヒーでもいれてんか」

「あ、はい」とあたしは台所へ行く。

ここはゴールデンウィークの時以来だ。ふう、こんなふうにまた来るとは思わなかったよ。

「こちらからだと沼のお陰で、ずいぶん見晴らしがいいですねえ」

「そうでっしゃろ。専務さんは地盤がゆるい言うて敬遠なさったらしいんですが、なに、いきなりずぶずぶ沈むもんやなし、私は満足しとりますよ」

「夏は蚊が多くて」とあたしが流しから振り向いて付け加えると、お父さんはそれを聞いてずいぶん笑う。きのうから泣いてばかりいたあたしが、そんな普通のことを言い出したのがおかしかったのだろうか、と思うと、自分でもおかしくて吹き出してしまう。

先生に正直に打ち明けてよかった。やっぱり愛人なんて、今どき別に普通のことなんだ。姪だからって、血が繋がっているわけじゃないし、美智子伯母様はとっくに亡くなっているわけだし。貯金もできて欲しい物もいっぱい買ってもらったから、これからはそのことだけ考えるようにしようっと。

「二階からでしたら、向こうの義兄さんの家の屋根やら庭やら、木立のあいだにちらちら見えとりますよ。あ、そやそや、おとついも私、起きしなに、帆奈美はんがあちらの川べりにおるところを二階から見かけましたわ」とお父さん。

「おとつい？　何時ごろです」

「私、ちょうどお昼の十二時に目覚しをセットしとるもんですから、十二時やった思います。帆奈美はん、東京へ行く前やったんやろね。あれが今思うたら、私が帆奈美はんを見かけた最後なんやなあ」

「川で、何をしてたんですか」

「さあ、じいっと動かんようやったけど、何しとったんか。夏のあいだは木立がこんな案配ですから、見えるいうたかて、ようわからしませんのやけど、ただじいっとこう、しゃがみ込んどるようでしたなあ」

「間違いなく帆奈美さんだったんですね？」

「え？　帆奈美さん以外に、あんなとこ来る人おりませんでしょう。あ、それに、黄色い服着とったからね。あちらに脱ぎ捨てたのと確か同じやつですわ。いやいや、すっかり気が動転して、申し上げるのも忘れてしもて」

「うーん。自分が沈んでいく場所の下見をしてたんですかねえ。それだとやっぱり自殺だなあ」

「……そやないんですかねえ」

「おとついの夜は、何か見ませんでした？　あるいは物音とか」

あたしはカップを並べながら、背中の会話がだんだん怖くなってくる。

「いやあ、夜は、多佳子もここにおりましたけど、どっちも物音は聞いとりませんねえ」

「奥様は夜になってからお帰りだったんですよね？」と先生が言うと、

「は？」お父さんは急に慌てたそぶりでメガネを押さえ、

「ええ、東京に行っとりまして、帰ったんは八時やったか九時やったか」

「そうですか」

「いや……」

あれ、お母さんにもおとつい何かあったんだろうか。振り返ると、お父さんと先生は何か困ったような笑いたそうな顔でちょっと見つめあっている。

「お待ちどおさまでした」とコーヒーのトレイを運んでいく。

「わあ、いい香り」と先生は喜んでから、

「そうだ、このへん自動販売機もないし、この私の分は、礼さんに届けて下さらない？」

午後二時四十分　軽井沢　里見淑郎（義弟　横浜支社長）
「桃子はどう、順調なの」
「ええ、のんびりしたものですわ」
「こっちの話は伝えてないだろうね」

「はい、私のほうは電話をいただいてから、震えが止まりませんでしたけど、桃子は今、自分のことで手いっぱいですし」

「そのほうがいいよ。下手にショックを与えないほうがいい」

「でもいつまでも黙っているわけにまいりませんでしょ」

「そうだね。どのみち葬儀には、おまえには帰ってきてもらわなけりゃなるまいな」

「決まりました？　日にち」

「まだだ。決まり次第また連絡するさ」

「お疲れじゃありませんの？」

「とんでもない。いよいよチャンス到来で、ぴんぴんしとるよ。きょうは東京に帰って、役員会の手筈をして、来週は社長に就任だ。事件にばかり構ってもいられないよ」

「すみません、そちらでお手伝いできなくて」

「いやあ、亡くなった人より、これから生まれて来る人間のほうがよほど大事さ。しかもそっちで生まれると、アメリカの国籍が取れるというじゃないか」

「ええ、何だか」

「私たちの初孫がアメリカ人だ。『シールド』も健全な国際化を目指さねばならんしな。常子。二十一世紀は私たちも、会社も、日本も、大きく変るぞ。そっちで十分に鋭気を養っておくことだ……もしもし」

「あなた、ほんとにお疲れじゃないんですか?」

午後三時十分　軽井沢　山崎千鶴弁護士

連続殺人の可能性。そうでなければ困る。考えるほどに、ぞくぞくしてくるんだもの。犯人の心理を思いやって、手口を推理すると、犯人にそれだけ近づいて、それだけ私の血を通わせることができる。そうやって、私は犯人を理解する。犯人は私を理解する。このコーヒーのクリームのように、私は犯人の暗黒に美味しく溶けていくのだ。

でも、他殺説では辻褄の合わないことも少なくない。社長と帆奈美と、親子とはいえ生活圏の異なる二人を連続して殺害する犯人の動機について、まったく見当がつかない、という問題がまずある。そこから出てくるのが、帆奈美は、たまたま社長殺しを目撃してしまったから殺されたのだ、という推理だ。つまり、六時に島村香野宅を出て土居邸へ向かった帆奈美は、犯人と出くわしてしまって拘束された。その後どこかでベージュのドレスに着替えさせられて、軽井沢へ運ばれて、あの川に沈められた。

でも、たまたま帆奈美に目撃されてしまった瞬間に、犯人は、帆奈美が持っていたドレスを利用して、サロメとオフィリアの意匠を真似ることを思いつき、社長の首を切り落とし、胴体部分を運び去りながら、同時にわざわざ帆奈美を、殺さないまま軽井沢まで連れていって川に沈める、といった手の込んだ行動を、実行しうるものだろうか？　もちろん犯人は、帆奈美が父親を殺して自殺した、という新しい筋書きに、すべてを賭けようとしたのだろう。そこで遺書の代わりに二枚の絵を使って、せめて二人の死を関連づけようとしたのだろう。たしかにオフィリアの絵は簡単に自殺を連想させる。でも、ただそれだけのためだったのだろうか。それだけだったなら、土居邸の庭にある池に帆奈美さんを浮かばせて、オフィリアの絵を提示してもよかったはずなのではないか？　むろん鯉のいる池より、林の中の川のほうがミレーの絵に近いけれど、それだけの美的な理由で、何倍もの苦労を犯人はわざわざ背負い込むものだろうか？　いや、オフィリアにこだわらなくていいのなら、例えば彼女の手を縛ってあの池に沈めて、ドラローシュの『若き殉教者』を模倣することだってできたはずだ。実際帆奈美は、彼女自身を含む多くの人々にとって、正義の殉教者だったではないか。もちろんドラローシュはミレーほど有名じゃないけれど、帆奈美の父親殺しの意味を強調するためにならこれほど相応しい絵はまたとなかったはずだ。しかも『若き殉教者』は、犯人が切り取った『ヨーロッパ十九世紀』の中では『オフィリア』の裏面に印刷されているのだ。

……もう一つ推論の糸口がある。帆奈美は「友達と約束がある」と言って島村香野、西山真太郎との会食を断った。帆奈美が殺されたという前提に立つなら、彼女は好意を持つ二人の人物との会食を断った以上、本当に友達と大切な約束があったはずなのだ。そしてその友達なる人物が今に至るまで名乗り出ていない以上、その人物こそが犯人だ、ということになる。

それは誰なのか。

ノック。

「はい」

驚いた。和彦さんだ。

「今警部さんたちは上で捜査会議だから――」

「先生。ちょっといいですか」

「私に用事? 何でしょう」和彦さんはドアを閉め、机を挟んで私に向かい合って座る。さすがに疲労困憊の態だ。

「先生は、帆奈美は殺されたと思ってるんですか。そしてオヤジを殺したのも、帆奈美じゃないと思ってるんですか」

「どなたかにお聞きになったのね? 実を言うとまだあやふやなんだけど、どうも何かそんな気がするの」希望的観測、と言おうとして控えた。すると和彦さんは机に両手をついて、

「ぼくもなんです。先生。帆奈美がオヤジを殺して自殺したなんて、どうしても信じられないんです」

「そう言っていただくと心強いけど……」

「お願いします。何だかもう、先生だけが頼りみたいなんです」ドキドキする。和彦の必死の形相は、輝きを放って美しい。

「そんなことありませんよ。警察だってまだ――」

「先生、真相を解明して下さい。お願いします。一生のお願いです」と今度は机に頭をこすりつける。

「はあ、私、刑事事件は素人なので、どこまでできるか分かりませんけど」と私は気圧される。

「お願いします」

「あなた、わざわざそれをおっしゃりにここまで来たの？」

「いえ、きょうは東京へ帰って、詩野の家に泊めてもらうことになりまして、今、詩野のお姉さんの車で出てきたところなんです。でも、帰る前にどうしても先生に一言お願いしておきたくて」

「わかりました。私も頑張るけど、結果はどう出るかわからないし、あまり思い詰めないようにしてちょうだい？」と私は机越しに手を伸ばして和彦の手を握る。男の手を握りたがるのは私の悪い癖だけど、こんなふうに善用される場合だってある。

和彦は私の動悸を感じ取ってくれるかしら？　私たちは見つめあう。私たちのあいだに何かが通う。この人に抱かれたい、と思い始める一瞬、和彦の手は意外な速さで私から離れていく。

午後三時五十分　軽井沢　竹下誠一郎警部

「マイクと帆奈美の関係は、深くはなかったと考えていいんだろうね」

「関係があったんなら、喫茶室じゃなくて、部屋で会うことにしたはずだよなあ。マイクはそのホテルにチェックインしてたんだから」

「そうですよねえ」

すでに故人となった人の動機を探る作業は、やはり進まないし、気勢が上がらない。楯雄の胴体はまだ発見されていないが、適当に切り上げて、きょうは東京へ帰るのがいいだろう。

「帆奈美は、『シールド』の経営に興味を持っていたの？」

「ええ、一応。彼女が出入りしていた旧軽井沢の店から、何人か友達関係が出て来ていますけど、けっこう経営的な意味での父親批判というのは、前からあったらしいですよ」

「帆奈美は専務派だったわけだ」

「専務が日ごろこっちの別荘を使って、帆奈美に会う機会が多かったということも関係してるんでしょう」

「その問題と、隠し子問題が結びついたか」

「東京の友人関係はどうなの。何も出てこない？」

「はい。取りあえず電話番号簿と手紙類を南中野署へ送って、片端から当たらせていますが、今のところは特に」

ドアが開いて、弁護士が入って来る。

「よろしいでしょうか」

「あ、どうぞ」

弁護士の後ろで警官が二人、はあはあ息を切らしている。車椅子を二階に運ぶのを手伝ったのだろう。

「どうもありがとう」

「は、失礼します」

弁護士が車椅子をこちらへ回すのを見計らって、

「いくつか鑑識の結果が出てますよ」と私はさっき回覧した書類を取り上げて、

「帆奈美の車のトランクの血痕は、やはり社長のものでした。それ以外、車に不審な点はありません。指紋も帆奈美本人のものだけだ。それから、川から出て来たビニール袋の中の、包丁とゴム手袋。これも付着した血痕から、社長殺しに使われたものと断定されました。指紋は帆奈美のものが数点。それから、お目当てのこれだ」とちらりと弁護士を見やると、彼女は屈託ない笑みを浮かべてこちらを見返している。

「顕微鏡検査の結果、帆奈美の口の中の残留物はコウホネの一部であることが判明しました。ただしコウホネは大きな萼が黄色く開いて花のように見えるものらしい。だからあれは花弁ではなく、萼だったんですね。微量に検出された花粉の中にも、コウホネのものが混じっていました」

「どうお考えになる？」

「さあ」私は書類を机に投げ出して、

「ほんの数ミリの小片ですからね。隣りの沼から千切れて飛んできたっておかしくないでしょう」

「千切れて？」

「そう。鳥がついばんで、川に落としていったのかもしれない」

「考えにくくありません？」

「自然現象のことだからね」と私は言う。猫が窓辺で拡大鏡を悪戯してそれが太陽光線を集めて発火し、火事になった事件もあった。通り魔に刺されて全治一ヶ月の怪我をしながら、気づかないまま帰宅した主婦もいた。もし本当に刑事事件に興味があるのなら、時としてそれが不合理や不思議との戦いでもあるってことを、あんたも学ばなくちゃいけないな。

　ところが弁護士は平然としたまま、

「ね、帆奈美さんが飲み込んだ水は、あの川の水と同一なんですよね」

「そうですよ」

「でも、隣りの沼の水質も、あの川と同一だと考えていいんじゃありません？　だって十メートルも行かないうちに、その二つは繋がっているんですもの」

「そしてあちらにはコウホネが咲いている」

「そう。だから帆奈美さんは、沼のほうで溺れさせられた。あそこなら、あの程度の破片が浮いていても不思議じゃありませんわよね」

この軽薄な弁護士め。奥歯を噛み締めて苛立ちをこらえてから、

「じゃあ逆にうかがうけど、帆奈美が沼で殺されたと想定すると、何か説明できることがあるんですか。コウホネのほかに」

「説明はまだですけど、帆奈美さんが軽井沢へ戻ったのは、午後十時近くですよね。関係者のうちでその時間軽井沢にいたのは、宮島教授だけでしょう?」

「あの先生が帆奈美を殺した、ということですか?」

「一つの可能性ですけど」

あまりにも安易だ。周りの連中が聞こえよがしに笑いはじめる。

「動機は何ですか」

「別々の動機があったのかもしれない。社長については会社経営上の対立があって、教授の奥さんは専務派ですから、社長の死を望んでいたと考えられます。帆奈美さんについては分かりませんが、宮島教授と個人的なトラブルがあったのかもしれない。だって帆奈美さんはおとつい、詩野さんの家から、急いでこっちへ帰ってきたわけでしょう? 誰かと約束があって。だからそれが――」

「そんな重大な犯罪の当日に、奥さんのほうは愛人と密会しているわけですか。しかも現場の目の前のホテルで」ところが弁護士はめげたふうも見せず、むしろ得意げに微笑んで、

「だから、そこが工夫のしどころだったんじゃないですか、かれらにしてみれば。つまり宮島夫婦は、仲の悪さを印象づけておいて、実際には共犯だったとか。奥さんが社長を殺して、教授が帆奈美さんを殺した。そうなると、奥さんのアリバイを証明しているマイクも、じつは共犯かもしれない。帆奈美さんは中野の家に車を停めて、実はホテルに戻ったのかもしれない。ともかく教授が絡むことによってしか、中野と軽井沢は繋がらないんです」

「ただの推理ゲームだ」と私が言うと、弁護士は初めて言葉を休めてため息をつく。杉さんがガタンと隣りの椅子を蹴る。

電話が鳴る。

「はい」

「竹下警部をお願いします」

「ああ、畑山さんかい、竹下だ」

「どうも妙なんですがね。和彦は事件当日の水曜、福岡で一日中自由行動だったという話で、福岡支社には出社していない。だからあちらではウラが取れないと言ってきているんですよ」

「自由行動。ふむ」

「ヤッコさんは今、そっちですね?」

「いや、さっき東京へ帰ったはずだけど、私らもきょうは帰るから、あしたの朝私が訪ねてみるよ」

「それともう一つ。中野の現場を再調査していた連中が、ちょいと面白いものを発見しました。和彦のアトリエで、重ねて立てたいろんな油絵を見ていましたら、その中に十枚重ねの、大き目の絵の束があったんですが、ご記憶ですか。ドアを入ってすぐ右手、全部鳥と風景の絵なんですが」

「ああ、それなら和彦のではなくて、島村詩野が預けた父親の絵というのがあるはずだから――」

「じゃあ、それですかね」

「それがどうしたい」

「その束を念のために一枚ずつ見ようとしましたらね。最初の一枚は元のままで、二枚目から十枚目まではカンヴァスの下全部、包丁でざっくり切られてたんですよ。だからそこに、ちょっとしたスペースができてまして」

「スペース」

「はい、メモお願いします。その絵は全部百号で、横の長さが約一メートル六十センチです。カンヴァスの木枠の幅は四センチですから、十本重ねると四十センチ。それだけの幅のスペースが作られてたわけです」

「そこに何があったんだ？」

「いや、空っぽだったんですが、切り口が新しいし染みがひどいんで、調べてみたら血液反応が出ました。土居楯雄のものです」

血の気がすうっと引いた。これで楽になる。

「帆奈美は楯雄の死体を、一時そこに隠していたわけだね？」

部屋中に緊張が走る。

「そうだとしか考えられません。ちなみに、楯雄の推定身長は百六十八センチですから、首さえちょん切れば木枠の中に収まります。横向きに寝かせてちょうど入るスペースなんです」

「そうだ。それで首をわざわざ切ったんだ！」

「つまり、例のイギリス人に会う前に、楯雄を殺しちまってたんでしょう」

「そうに違いない。恐らく予定より早くチャンスが来たんだろう。ところがその後、マイクに会うあいだ現場を留守にするので、万一に備えて死体を隠しておく必要があった。それも計画の一部だったんだよ」そして帆奈美は、詩野の父親の絵のほうに包丁を入れた。兄和彦の絵を犠牲にするには忍びなかったに違いない。

「大筋はこれで決まりですかね」

「そのようだね。ありがとう。発表できるだけの証拠が揃ったよ」

「あと、細かな情報だけお伝えしておきます。和彦の婚約者詩野の当日午後三時から深夜〇時までのアリバイは立証されました。それから画商の西山真太郎と、島村詩野の姉の香野との会食の件、当日の六時から七時まで南中野のレストラン『キリコ』、これもオーケイです。西山の当日昼間のアリバイ、これは出雲市内ですんで、島根県警の共助課に照会中です」

「ありがとう」もうアリバイの件はほとんどどうでもよかった。警察の組織力が、共通の目標に向かった時の強さに、久しぶりに感銘を抱いても今は構わないはずだ。

——沙弥子。今夜はおまえに会えるだろう。

午後四時二十分　関越道　島村香野（洋裁家）

和彦さんは後ろのシートでぐっすり眠っている。詩野も疲れているはずなのに、目をつぶらずにじっと夕陽に輝く雲の連なりを眺めている。和彦さんにひざ枕をしてあげて。

今は対向車があまりない代わり、私の運転に苛立ってどんどん後ろの車が追い越していく。こっちへ来た時とはえらい違いだけど、今はこれしかスピードが出せない。

助手席のコウホネは元気だ。東京へ持っていけば、どうせすぐまた萎びてしまうだろうけど、しばらくは楽しめるし、第一クリスティーナが喜んでくれる。

詩野は何を考えているのだろう。……和彦さんを疑って？　まさか、そんな恐ろしいことが。どうしてそんなことを考えたのだろう？　和彦さんの様子がちょっとおかしいからだろうか？　そう言えばあの日も、三度も電話をかけてきた。私が『それじゃ、これから様子を見てきますから、後でこちらからお電話します』と言うと、『いや、ぼくのほうからまたかけますよ、一時間ぐらいしたら』と言って、福岡の電話番号を教えてくれなかった。あれはどういうことだったんだろう。……福岡にいなかったんだろうか。まさか、まさか、まさか。和彦さんがどうこうなんてこと、あるはずがないよね、お父さん。私が心配しすぎているんでしょ？

ちょうどこのあたりだ。私は急に嘔き気がこみあげて、まっ暗な闇の中で詩野、詩野、と呼んでがんばったけど、闇の中へ私も吸いこまれてしまいそうだった。詩野と私をどんどん巻きこんでいく運命の黒い渦が見えるようだった。

——詩野が眠る和彦さんの髪を撫でている。ゆっくり、子供を寝かしつけるように撫でている。

詩野は泣いている。

午後四時四十分　軽井沢　竹下誠一郎警部

「竹下です」

「あ、東京の島谷です。こちらで畑山警部から話を聞きまして、土居帆奈美の単独犯行と自殺ということに落ち着いたようで――」

「その線以外の情報が入ったんじゃないだろうね、今さら」

「いいえ、動機の点でちょっと気になることが分かったんです。自分は西山真太郎の会社を調べてたんですが、『シールド・エンタプライズ』、この会社の持ちビルの一つが、銀座七丁目三十六の二十四にあるんですが、同ビルは昭和五十八年に名義変更されたもので、前の持ち主は西山栄太郎。真太郎の父親なんですよ」

「ふむ。五十八年というと、七年前だ」

「はい、その時から、『西山屋』画廊は今の飯田橋に移ったわけです」

「『シールド』と『西山屋』のあいだには、当時から縁があったということか。栄太郎という父親は、まだ元気なのかい」

「それが、去年自死しています」

「自死か」

「はい。明日にでも本人はじめ、各方面に改めて事情を聞きに行ってきます」

「そうしてくれ。西山は帆奈美とわりあい親しかったらしいからね。過去にも何か因縁があるなら一応洗っておきたい」

「そうですよね。西山はもう東京へ帰りましたね？」

「ああ、今夜はだいたい皆さんお帰りだ。われわれもそろそろ御輿をあげるよ」

「お疲れさまです。警部はこれから記者会見ですか」

「いや、東京へ帰って報告してから、南中野署長に会見してもらおうと思うんだ。お世話になったんだから、最後の花は持ってもらわなくちゃね」

午後五時十分　軽井沢　杉浦吉郎警部補

シー。

「帆奈美は正午ごろ軽井沢を出て、午後二時過ぎに中野に着いた。隙を見て楯雄を殺害し、首を切断した。これは自分の恨みをサロメの絵に託して表現するためだけではなく、じつはもう一つ、必然的な理由があった。現場を約三時間離れているあいだ、たとえば楯雄の愛人のような来客が臨時にあっても、死体がたやすく発見されないように、絵の木枠の陰に隠しておくためだ。これは意外な隠し場所だったけど、木枠の寸法に合わせるためには、楯雄の首が邪魔だった。首は皿に載せて、二階のどこかに仕舞い込んだんだろう。それだけの処置をして、三時にマイクに会い、それから五時には島村香野に会う。玄関の鍵はいつも入ってすぐの棚の上にあったから、それで施錠して、また六時に戻ってくるつもりだった。そこまではいいかい？」

「よくない」と山崎弁護士はさっそく反論する。

浅井は落ち着いて、タバコに火を点けてから、指でカモン、というような合図をする。

「マイクも香野さんも、帆奈美さんの様子におかしいところは見られなかったって言ってるのよ?」

「そんなケースはいくらでもあるんだ。後になってからまさかあの人が、なんて話は、日常茶飯事もいいとこさ」

「そりゃ、そうだもな、シー」とおれもこれには相づちを打つ。

「じゃあ、絵の陰が安全な隠し場所なら、帆奈美さんはどうしてそのままそこに死体を放置しなかったの?」

「はっはっは。首から下が隣の部屋に捨てられているような、そんなサロメをきみは望むの? 帆奈美にだって、その程度の美意識はあっただろうさ」

「美意識って言ったって――」

チョッチョッチョッチョと浅井は得意の仕草で、人差し指をメトロノームみたいに振って、

「冗談だよ。美意識というよりは、恨みだったんだろう。通例のように父親の遺体が荼毘に付されることさえ、帆奈美は許せなかったんだろうさ。母親の死をめぐる疑惑。愛人と隠し子の問題。自分と兄の結婚問題とフラストレーション。最近親しくしていた画商の西山真太郎の線はまだはっきりしてないけど、楯雄が西山の父親に、何かアコギなことをした可能性がある。それを西山は帆奈美に話していないとも限らない。そういうことを含めた、楯雄の会

社経営のやり方への不満。もちろん里見専務あたりからも相当深刻に聞かされていただろう。おまけに画家としての自分の将来まで、不安があったこともあのバツ印からは想像される。こうしたこと全部が積み重なって、パチンと弾けた形になったわけだ。最近の事件にしちゃ、動機は十分すぎるほどだ。逆にそれほどの恨みがなければ、わざわざサロメなんかの真似をしようなどと思わないだろうさ」

浅井は得意げに話すが、大半はさっき竹下さんが披露したばかりの推理なので、おれはおかしくてシッシッシッシーと笑ってしまう。

「ちょうど六時ごろ、帆奈美は現場に戻ってくる。咲がやって来た七時半には、まだ作業中だった。首から下の死体を持ち運べるように切り分けたり、現場をサロメらしく整えたり。とっさに隠れて咲をやり過ごすと、その直後に中野を出発する。それですべての計算が合うんだ」

「じゃあ訊くけど、帆奈美さんはどうして手袋なんかしたの」

「血が嫌いだった。軽井沢まで車で帰るのに、血みどろの手というわけにいかなかった」

「じゃあウーロン茶のボトルは？　帆奈美さんの口の中のコウホネのかけらは？」

「そういった瑣末な問題は」浅井は手のひらでパン、とテーブルを叩いて、

「きみに任せるよ」と勝利の番茶をズズズッと飲む。

弁護士先生は悔しそうに唇を噛む。改めて、いや初めて、この人が車椅子の人だということ

を何だかちょっと意識して、おれは可哀相な気持ちになる。もちろん、同情なんか一番嫌がる人だろうけども。シー。

午後五時三十分　軽井沢　山崎千鶴弁護士

刑事さんたちは帰り支度だ。私は悔しくて帰る気になれない。

……ただの推理ゲーム。やはり私が間違っているのだろうか。そりゃあ、初めてなんだから間違っても仕方がないけど、冷静で凶悪な犯人を求める私の直観が、私の体と血の叫びが、そもそも間違いなのだとすれば、私はもうどうしていいのか分からない。しょせん刑事事件には、向いているようでも向いていないのかもしれない。

――虐待を受けて、生命まで狙われて車椅子を運命づけられた私。およそ犯罪なるものに、妙な親近感を感じはしても、恐怖や嫌悪を感じることのない私。そんな私にとって、首切り殺人事件はまたとない得意分野かと思えたのに、憧れさえしたのに、結果がまるで伴ってくれない。私のように地獄を見た犯人は、この事件のどこにもいないのか？　それとも帆奈美さんは、まだ警察がまったく知らない秘密の激情に燃えていたというのだろうか。

取りあえず電話してみよう。ああ、現実ってなんてつまらないんだろう――と言えばそのまま、世紀末芸術のテーマになる。この事件こそが、そんなテーマを裏書きして、つまらない現実を否定してくれるはずだったのに。

「島村でございます」

「あ、弁護士の山崎千鶴です。お帰りになりましたか」

「はい、あの、何か……」声は香野さんのようだ。

「和彦さんはそちらにいらっしゃいますか」

「はい、ちょっとお待ち下さい」陰で香野さんと詩野さんの囁き声がして、

「はい、土居です」

「あ、和彦さん。さっきはどうも」

「何か分かりましたか」

「その反対なんです。警察は帆奈美さんの殺人と自殺ということで、結論を出しちゃったみたいで」

「初めからそんな感じでしたからね、警察は。でも何か新しい証拠でも？」

「直接の証拠じゃないんですけど、中野のお宅に、十枚重ねた百号の絵があるんですって？」

「ええ、島村さんの作品ですね、百号だと」

「それが包丁で切り裂かれて、そのスペースに楯雄氏の死体が一時隠されていたことが分かったそうなんです」

「包丁で？　それじゃ絵はめちゃくちゃじゃないですか」電話の後ろで何か音がする。

「ええ、でも、死体を一時隠して、現場を留守にする必要があった犯人なんて、めったにいるものではないけど、帆奈美さんはちょうどそんなふうに行動したように見えるんですよ。途中マイクと香野さんに――」

「帆奈美がそんなことをするわけがありませんよ」と和彦さんは声を荒らげて、

「あの子だって画家の端くれなんですよ。たとえ自分の絵に絶望したって、人様の絵を傷つけるようなことをするはずがない」

「でもやむを得ない場合だったと、警察は考えているんですよ。まさかお兄さんの絵を切り裂くわけにはいかないから」

「逆ですよ。ぼくならこれからいくらでも描ける。島村さんはもう亡くなった方なんですよ。作品はもう増えないんだ」電話の後ろで香野さんか詩野さんかのどちらかがすすり泣いて、どちらかが慰めているらしい。気持ちは痛いほどわかる。和彦さんの言い分もわかる。

「先生、ほんとに、何とかして下さいよ」

「はい、警察とは別に、もう少し調べてみますけど――」

「ぜひお願いします」

「でも和彦さん、まさかヤブヘビということはないですよね」

「ヤブヘビ?」

「事件当日のアリバイのことですけど」

「ぼくのアリバ――」と和彦は口ごもって、絶句の間を置いてから、

「警察はそんなことまで調べているんですか」

「福岡のアリバイの裏が取れないとかって言うんですけど」

「だいじょうぶですよ。必要なら、ちゃんと話します」

「今、私に話してもらえることはありませんか」

「ありません。だって、全然関係ないですから」

「本当に？」

「本当ですよ」電話で押し問答するわけにもいかない。

「じゃ、また電話します」

「お願いします。しばらくはここに泊めてもらってますから」

「はい。それじゃ」と電話を切る。

画家の端くれとして、帆奈美が島村氏の絵に手をつけたはずがない、という和彦の主張を、どう受け止めればいいんだろう。ともかくは信じるしかないのか。そんな精神論みたいなものが、何の役に立つのかはわからないけれど。

車椅子を回すと、礼さんが廊下の端に立っている。手を挙げて呼ぶ。

「ねえ、礼さん。このままじゃ悔しいわ」

「さようでございますか」

「何とかしたい。ぜったい何とかしたい」脚が動けば、車椅子の上でバタバタさせたいところだが、おとなしく礼さんに押されて出口へ向かうしかない。誰も私を見送らないふりをしている。

午後五時五十分　横浜　里見淑郎（義弟　横浜支社長）

「和彦君が？」

「ええ。福岡支社の連絡では、警察が聞き込みに来たそうですけど、返事のしようもなかったそうで」

「困るなあ。よりによって事件当日に勝手なことをされてたんじゃあ」

「和彦さんの行動は、当日のこちらの動きと、関係なかったんですか？」と小沢はうつむいたまま、探りを入れる口調になる。

「あるもんか。それより、マイクのところへ行かせる英語のできるやつは見つかったのか」

「あ、まだです。事件が事件だもので、みんな尻込みしちゃいまして」

「馬鹿者、そんなことだから日本人はなめられるんだ」と思わず八つ当たりするが、小沢はうつむいたまま唇を噛んで返事をしない。

「どうした。おい、小沢」

「はい」

「和彦君のことで、何か心配でもあるのか」

「……あ、いいえ」

「まあ、そっちのほうは心配しなくても、和彦君自身が警察へでもどこへでも行って説明すればいいことだ。われわれには無関係だぞ。どうした」小沢はいやいやをする子供のように首を振っている。

「どうした」と肩を揺すぶると、いきなりそれを振り払って、小沢はオオオッと泣き出しながら駆け出して行く。

和彦と何かあったのだろうか。あいつには無理をさせたから、少し調子がおかしいのかもしれない。

午後六時十分　中野　島村香野（洋裁家）
「はい、コーヒー」
「ありがとう」
弁護士さんは親切のつもりで電話をしてくれたのだろうけど、お父さんの絵が包丁で切られたという報告を聞いてから、私は何を話していいか分からなくなっている。詩野もすっかり黙っている。

取りあえず絵の様子を見に行くと出ていった和彦さんが、マンションから出て正面の道を歩き出したのが窓から見える。ガラス張りのエレベーターの照明が、初めのうちぼんやりと和彦さんの背中を照らしているけど、和彦さんはそのまま、少しうなだれて闇の中へ去っていく。

あちらにはまだ警察の人がいるのだろうか。和彦さんは警察に訊かれなければならないことが何かあるのだろうか。福岡で仕事をしていたのではないのだろうか。詩野が聞いているので、電話では和彦さんは口ごもったように見えたのだけれど。詩野もそれに気づいたはずなのに、何も言い出さない。私も恐くて何も言い出せない。こんなこと、考えたくもないけど、でももっと考えたくないのは詩野のほうだ。詩野は黙ったままコーヒーをすすっている。クリスティーナがチュッチュッと鳴く。お仏壇のコウホネが、やっぱり友だちのように見えるのね、クリスティーナ。急にお友だちがいなくなったから、心配してたのね？　お仏壇のお父さんとお母さんに、またたくさんお話してちょうだい、クリスティーナ。

詩野が果物の陰の簪に気づいて手を伸ばす。

「あ、見つけてくれたんだ」

「うん。ソファの下に落ちてた」

「よかった」と詩野はしばらく簪に見入っている。

「それ、和彦さんからのいただき物でしょ」

「うん。見てるといろいろ思い出すけど、なんだか遠い昔みたい」と言いながら、詩野はそれをじっと見つめている。

「ちゃんと、洗っといてあげたわよ」

「……仕方がないわよね」と詩野。

「何が？」

「お父さんの絵。もう個展、できないかもね」

お父さんの夢、私たちの夢。でもだれが運命の渦に逆らえるだろう？　あそこにあれを預かってもらった偶然さえなければ……でも、だからどうなっていたというのか。私にはもう考える気力もない。

私が涙を拭うと、その仕草に気づいた詩野は、

「姉さん、元気出してよ」と作り笑いをする。こんな時でも、自分より相手のことを考える子だ。

「……うん」ごめんね、詩野。お父さんは生きているあいだ、あれだけ描けたんだから満足だったでしょう。お母さんも、もちろん一生懸命だったけど……ともかくいろいろな夢を全部実現することはできなかった。

「帆奈美さんなら、和彦さんの絵を大事にするのは当然だものね」

「うん」

クリスティーナが鳴く。

「ね。お父さん昔、姉さんの簪で怪我をしたことがあったって言ってたよね」と詩野は言う。

「え？」

わしに構うな。これから救急車を呼ぶところだ。

「……そう、あの時は、慌てたわ」

わしは入院してやるぞ。

お父さん。あの時、私にはお父さんが見えなかったわ。見ている暇がなかったわ。

「姉さん、簪なんて持ってたの」

「安物をね。捜せばまだどこかにあるわ」

すると詩野は勢いづいて、

「探してみようよ。まだお父さんの血がついているかもしれないよ」

わしに構うな。これから――

「やめて！　血の話なんて」と、私は耳を覆っている。

「あ、ごめんなさい。こんな時に、どうかしてたわ」何気なく言った自分の言葉に、詩野は私よりも傷ついて、ぐったりとテーブルに突っ伏してしまう。

詩野の肘が触ったコーヒーカップの中で、コーヒーがいつまでもぐらぐらと揺れている。さっき私がぶつかって傾けたマネキンも、悲しく傾いて隣りのマネキンに寄り添ったままだ。

午後八時二十分　軽井沢　山崎千鶴弁護士

「こんなに遅い時間に申し訳ありません」

「いやいや。わしはこれからが、言うたら書き入れ時やから」

「奥様、お嬢様は……」

「一足先に一緒に宝塚へ帰りましたわ」

「そうですか。先生は学校のほう、まだお休みなんですか？」

「いやあ。来週からは平常通りのはずやねんけど、これだけの騒ぎやからね。忌引きの一つも取らんことにはかなわん思うて、主任に電話したとこですわ、ははは。通夜まではこっちにおりますわ。しかし、先生、わしの勤務状況お調べになりたいわけやあらへんのでしょ？」

と教授はどこかずるそうに笑ってカップボードの扉を開け、

「先生、こんなんでよろしいですか？」と中からスコッチのボトルを出す。案の定というか、ティーチャーズだ。私は笑って、

「はい、では少しだけ」

「水割り？」

「はい」

テレビがついて、古い映画をやっている。どこかのチャンネルでは土居家の事件を扱っているのかもしれないが、教授は見たくないらしい。でも教授の席の脇の、切り株をそのまま利用したサイドテーブルには、事件に使われたのとは別だが、ヨーロッパ美術の本が置いてあって、その表紙はドラローシュの『若き殉教者』だ。

「ツマミのええのが切れとりまして、これで堪忍」とビーフジャーキーの袋を出す。

「あ、それ好きです」

「あ、はい」

「そしたら、帆奈美はんのご冥福を」

カチンとグラスを合わせる。たがいに一口ずつ飲んでしまうと、

「では、うかがいましょ」と教授は微笑む。

「はあ」

「なんぞお訊きになりたいことがあるよって、こないな時間にお訪ねくださったわけでしょ」

「実は、そうなんです」

「まさか犯人はわしや、言うんやないやろね」

「さあ……」

「ははは、かなわんなあ」

「それはともかく、先生は帆奈美さんが、殺されたとお思いになります？」

「いやあ、先生がそうおっしゃるから、わしも考えてみよ思うたのですが、あんな子を殺さなならん動機がねえ」

「唯一考えられるのは……彼女が最初の殺人の目撃者だったってことじゃないかと思うんです」

「なるほど。中野の社長殺しを目撃してしもて、その犯人に、口封じのために殺された、と」

「ええ。帆奈美さんの車が七時半に中野にあったことは分かってるんです。その時犯人を目撃して――」

「それ、咲のことやないやろね、犯人て」

「たぶん違うでしょうね」

「たぶんて、そんな殺生な」

「ともかく顔見知りだったことは考えられるんです。そうじゃなかったら、犯人は逃げちゃえばいいんだから。わざわざ軽井沢まで追いかけて来て帆奈美さんを殺すことないんですよね」

「しかし、帆奈美はんがもしも犯行を目撃したんなら、なんですぐ警察に言わへんかったん？」

「そこがわからないんですよ。犯人に一時的に同情したのか、あるいは目撃はしたけれど社長の死体がまだ隠してあったかどうかして、犯罪とは結びつけて考えられなかったのか。でまあ、そのまま帆奈美さんはこちらへ戻る。犯人は追いかけて来る。あるいは、こちらにいる共犯者に連絡を取って……」

「ふーん、複雑やねえ。共犯者までおるんか」

「場合によっては、ということですけど」

「ちょっと待ってや。共犯者言うたかて、あの日の夜、関係者でこのあたりにおったのは、私一人やないの？」

「今のところ……」ともじもじ言いながら、じっと教授を見詰める。教授は水割りを飲みかけて、私の視線に気づき、一度ぎゅっと眉を寄せ、開くとそれが含み笑いの表情に変る。

「先生が考えてはるのは……」ゆっくり指で自分を指しながら、

「ほんまにわしですか？」私は必死に見つめあう。はい、ひょっとして、と言おうと思うが、何か気後れして、

「……いえ、そこまでは……」

「しょうもないお人やなあ、先生も」と教授は私の内心を見透かして、不愉快そうにぐいと水割りを飲む。

「探偵ごっこにお付き合いする気は、わし、なんぼなんでもありませんよ」と、竹下警部と同じようなことを言われてしまう。そんなふうにしか見てもらえないのだろうか。

「でも、奥様はその時まだ、帰ってきてらっしゃらなかったですよね？　先生は最初、九時に奥様はお帰りになったと――」

「それはもう警察に説明しましたがな。なんぼ殺人事件やいうて、嫁の恥をさらさんならん法はないやろ。ええですか。なんでわしが帆奈美はんを殺さなならんのや。どうせ殺さなならんのやったら、うちの嫁をやりますがな」

「じつはそれをお聞きしたくてこんな時間にお邪魔したんです」と私は正直に告白して、

「先生と奥様の仲は、ほんとにお悪いんですか？」

「え？　お悪いて、嫁に浮気されて喜んどる亭主がどこにおりますねん」

「ですからそれは本当……ですよね」と、私は教授の顔を見ているうちに、乗り込んできた時の意気込みを何だか急に見失ってしまう。どうしよう。

「先生。ええ加減にしなはれや」と教授は水で割らない二杯めを勢いよくあおって、

「先生かてご存じなんでしょ？うちの嫁とマイクのことは」

「じゃあ、やっぱり本当なんですか」

「わしに訊かんといて欲しい、ちゅうねん」

「……でも先生、それじゃ、知ってて黙ってたんですか、怒りもしないで？」

「しゃあないがな、そんなもん。……うちかていろいろありますがな」と教授は、ややどろりとした視線を私に向ける。酔いと恨みと、そのほか見分けがたい感情のこもった視線。私は先に目を逸らす。会えば見極めがつくと思っていた。自信があったわけじゃないけど。いや、ある意味で、確かに見極めはついたのだ。教授は夫人を、本当にずいぶん恨んでいるらしい。

「すみません。失礼なこと言って」

教授はゆっくりうなずくと、「たはは」とも「とほほ」とも聞こえる笑い方をして、

「どうも、イギリスに連れてった頃から、おかしいなったんですわ。うちの嫁。妙にモテるんですわ、ああいう、東洋のぼんぼり提灯みたいのんが」

『ぼんぼり提灯』、それは関西風の比喩なのだろうか。

「先生かて、嫁のボーイフレンドがたまたま外国人やったからって、今さら何とも思わへんでしょ。日本人同士いうより、分かりやすいん違う」

「まあ、このごろは何でも国際的ですから……」

「ほんまや」と教授はビーフジャーキーを歯でちぎって、

「だいたい国際化ちゅうもんは、オナゴがするもんやからね。正味の話」

「……」

「日本人の場合、国際化なんちゅうもんは、なかなかオトコにできるもんやないですよ。せやけど、オナゴは評判がよろし。おとなしゅうて、オトコを立てる、言うてな」

「でも、みんながみんな男を立ててるわけじゃありませんわ」と、私は教授に対する非礼をお詫びして暗に自己批判を言ったつもりなのに、

「もちろんそれは、ステレオタイプでそう言うてるだけや。日本のオナゴがみんなそないやない、ちゅうことは百も承知や。そやかて、ステレオタイプはまだましなんやで。日本のオト

コなんか、外人さんから見たら、人間の数にはいっとらんねん。ほんまですよ」

留学の体験だろうか。先生はテーブルのパイプに手を伸ばして、

「まあ、きょうび日本かて、否応なしに国際化せんならん。里見の専務がいつも言うてることや。そうなればなるほど、日本のオトコは国際的にどうもならん、いうこと、オナゴ衆はハナから見抜きおるんやろね」

「……でも、先生のご専門は英文学ですもの。初めから国際化してるんじゃないんですか?」

「え? そんなん、上っ面だけですよ。ほんまはただの逃げですよ」

「逃げ」

「嫁はんにも娘にもコケにされて、逃げ出しとるだけですよ。勉強部屋へ。しかし、なんぼ勉強したかて国際化にはなりません。うちの嫁見たら分かりますやろ。言葉いらん。アタマいらん。そのくせ、外人と一緒やったら、わしらよりなんぼかよう喋るし、人気者ですわ」

「はあ」

「そこいくと、オトコは哀れですよ。へたにプライド持っとるから、方向転換をようせえへんからね。国際化すればするほど、オナゴ衆ばっかり溌剌としとるがな。たはは……」と先生はパイプに火を点ける。

「あの、私は溌剌として調子に乗ったつもりじゃ、なかったんですけど……」

「あ? いやあ、先生も溌剌のうちや。一緒やで。お代わり、しましょか」

「ありがとうございます」

「珍しく美人に来てもろて、きょうはわしもピッチ早いわ」

私は改めて心の中でお詫びする。教授は二つのグラスにスコッチを注ぎ足しながら、

「しかし、先生。きょうは、わしが犯人やないか思うて、矢も盾もたまらんようになって、ここへ来はったわけですか」

「っていうより、先生と奥様の関係をまず確かめないと、先へ進めないと思ったものですから――」

「確かめるて、要するに、『あんたが共犯者でしょ』言うたら、わしが『はい、その通りです』言うて、すぐ降参すると思うとったわけ？」

「……いやあ」

「まあまあ、せっかちやねえ。わしがほんまに共犯者でも、そんな調子やったらよう捕まえへんのと違いますか？　え？　先生。おぼこ探偵やねえ」先生は怒ってもいるし楽しんでもいるし悲しんでもいる、何とも形容できない屈折の表情でスコッチのグラスをじっと見つめる。

今は先生の前で泣くことさえも恥ずかしい。悲しく縛られたドラローシュの美少女。――宮島先生も一人の殉教者ということになるのだろうか。

おぼこ探偵、進退きわまる。

第４章　「最高にハッピーな日曜日だ」

1　五月十九日（土曜日）午前

午前九時三十分　中野　山崎千鶴弁護士

捜査本部のドアがきょうは重たい。頑張らないと車椅子が押し返されてしまう。

竹下警部は皮肉な笑みを浮かべただけで何も挨拶してくれない。

「どうも申し訳ありません」私は深々と一礼し、差し入れのムースを机の隅に載せる。だれも動かないし、何も言わない。やがて警部が、あらかじめため息をこらえるかのようにぎゅっと口を結んでから、

「やっぱり宮島教授のところへ行ってきたわけ？」

「はい」

「それで教授はシロだと納得した、と」

「はい。……申しわけありません」

「こちらより、教授にちゃんと謝ってきたんですか」

「もちろんです。反省してます」

するともう、それで話は終わりだと言わんばかりに警部は書類をめくりはじめる。隣りの杉浦警部補が背中越しに含み笑いの顔をちらちら向けてくれるだけだ。

「捜査は慎重にするものだということが、よく分かりました」と言ってみるが、返事はもらえない。じっと惨めにしていると、杉浦警部補が見かねて椅子を回してくれて、

「昔ね、竹下さんによく言われたもんですよ。シー。『派手なことをやりたかったら、一課には来るな』ってね」

「私、派手なつもりじゃ——」

「まあ、まあ、まあ、聞きなさいって。シー」と警部補は大きな厚ぼったい手で私を制して、

「竹下さんが言うには、だ。『公安でも、四課のマル暴でも、人を人と思わない大量殺人だ。国際組織犯罪だ。そういう派手な犯罪はこれから増える一方だし、派手なだけ、やりがいもある』と。シー」

「杉さん」と竹下警部がたしなめるので警部補は照れながら、

「ははは。だけど、一課は違うってわけですよ。『一課は一人一人が大事なんだ』って。ほんとに、そうなんだなあ。交通事故だって、年間一万人死ぬんだもの。人間一人の命のやりとりなんか、今時だれも何とも思わないものね。だけど、どうしてもそれをやるのが一課なん

だ。そう言うんだね。竹下さんが。シー」

「はい」私も完全に同感なのだが、そう表明することも今は許されていないのでうなだれている。

「杉さん、この人に説教してどうするの。しかもシラフで」

「ははは。いや、この人ほれ、車椅子で頑張ってるから、やっぱり同情するわけですよ」

「杉さん、同情すると説教になるわけ？ 古いタイプだなあ、もう」と若い刑事が冷やかして、みんなで笑って、お陰で私はようやく少し救われる。

午前九時五十分　中野　竹下誠一郎警部

「ぼくがローマの公募展で入賞した時、目をつけてくれたのが藤村卓造という先生だったんですけど、この藤村先生と親しくしていた画廊のオーナーが、西山さんのお父さんの西山栄太郎さんだったんです」

まる一日たったせいなのか、われわれの結論を受け入れたせいなのか、和彦はきょうはおとなしい。おとなしくないのはマスコミだ。事件が事実上解決したので、余韻を楽しむために欠かせない題材として、人気画家土居和彦の映像と発言を求めて朝から大集合している。

「その栄太郎さんの『西山屋』画廊ですがね。これがはじめ、銀座七丁目の持ちビルにあったのが、七年前に今の飯田橋に移っていましてね。この時銀座のビルを買収したのが、『シールド』の土居社長だった」

「ええ、それは後からですがぼくも聞きました。でも、ぼくと西山さんのあいだでは、そういう話が出たことはありませんよ。その話をよそから聞いた時は、びっくりしましたけどね」

「去年、栄太郎氏が自殺なさった時も、お二人は――」

「だってあれは、病気を苦にしてのことだっていう話でしょう？　いずれにしても、西山さんとのあいだではそんなこと話してませんよ。……そりゃ、ぼくだって心の中では、今後西山さんといい仕事ができれば、少しはお父上の供養になるかとは思いましたけど」

「しかし、栄太郎さんのゴルフ好きに目をつけて、千葉のゴルフ場開発の投資に誘った上でそのゴルフ場を破産させて、栄太郎さんを借金地獄に追い込んで、担保にしていた銀座のビルを結局買い取って雑居ビルに改築したのは――」

「ちょっと待って下さいよ。オヤジはそんなこともしたんですか？　あのゴルフ場の破産では、オヤジだってずいぶん損をしたと聞いてますよ」

「表向きはそうです。だが土居社長は、懇意にしていた地元の不動産業者とつるんで、ゴルフ場予定地の土地の値段を不当に吊り上げた疑いがある」

「ほんとですか」

「ええ。しかも当時から、そういう噂は広まっていたらしいんです。知りませんでしたか」

「知らないですよ」と言って、和彦は長いため息をつく。

「西山真太郎は、和彦さんには話さないとしても、帆奈美さんにはこっそり話していたかもしれませんね」

「……それは本人に訊いてもらわないと」と和彦は自分でも考え込むように眉を顰める。どうもシラを切っているようには見えない。それに、西山の恨みを帆奈美が引き受けた可能性について、和彦がどうしても否定しなければならない理由が今さらあるわけでもなかろう。

「それから、もう一つ確認させていただかなくちゃならないのは、和彦さんご自身の水曜日の行動なのですが」

話題が自分に振り向けられたことで、かえって安心したかのように和彦は顔を上げる。

「福岡に行ってらしたことはうかがっていますが、どうもその……」

「アリバイがないんですね」

「確認が取れないわけでして」

「じつは秘密の行動を取ってたんです」と和彦はあっさり苦笑して、

「じつは去年まで付き合っていた女性が、今福岡にいましてね」

「名前は？」

「伊藤玲子といいます。ただし、その、ただ旧交を温めたわけじゃないんです。彼女は、私の知り合いの中では一番英語ができるし、信頼もできるんで、その人にインドネシアに行ってもらって、マイクの言っていることが本当なのかどうか、確かめてもらいたいと、こういう依頼をしてたんですよ」

「社長の隠し子問題ですか」

「そうです。ちょうど木曜日はその人の出発の日だったんです。社長も木曜に別の便でシンガポールへ出発の予定だったので、同じ時期に別行動を取ったほうが、問題の親子に会うのにも都合がいいだろうと思いましてね。で、その……ぼくはビジネスライクにやりたかったんですが、大事な用を頼むからには、彼女の気持ちも考えなきゃならないんで、……火曜の夜から、空港近くのホテルで、彼女と一緒に過ごしていたんです」

「そうだったんですか」甘えた話だ。色男にありがちな、自分勝手な話だ。だがそれが、事実でないとは言えない。

「この話はちょっと、詩野には知られたくないもので、詩野の前では黙っていたんですが、実はそういうことだったんです。ですから、調べてもらうのはかまいませんけど、内密にお願いします。詩野にも、会社にも」

「彼女に調査を依頼することは、会社にも秘密だったんですか」

「ええ。隠し子の件はプライベートな問題ですし、彼女は去年まで『シールド』の社員だったので、その……」

「分かりました。彼女にインドネシアに行ってもらうことは、帆奈美さんには伝えてあったたんですか」

「名前は出しませんでしたけど、先週、『信用できる人に来週現地へ行ってもらうから、それまで結論を急ぐな』とは言っておきました」

「先週ですか」

「はい。十二日だったと思います」

「だから、隠し子問題で彼女が性急に父親を殺したりするはずがないと、断言してたわけか」

「それもあります」

固まったはずの動機が、やや薄らいでくる。では動機はもっぱら西山のほうの問題だろうか。

「たまたまこんな時期に、込み入った事情で申し訳ありません」と殊勝に言われて、私は思わず微笑する。

「いやあ、込み入った事情には慣れています。人それぞれ、たいてい込み入っていますよ」

「そうですよね」和彦も微笑を浮かべて、

「それが嫌で、ぼくは絵を描きはじめたんだった。母親が死ぬ時、周りの騒ぎが嫌で、母さんが可哀相でしかたがなくって……」

外でマスコミが何か騒ぎ出したようだ。テーブルの上の新聞には「世紀末」の三文字が白ヌキで躍っている。南中野署が今や世紀末のシンボルになったかのようだ。——警察にとっては、世の中はいつも世紀末だ。人の心の闇の中を、毎日とぼとぼと歩いていく。この程度でへこたれてはならない。

　真面目に生きろと、沙弥子がガラス室の中から教えてくれていた。

午前十時三十分　目黒　杉浦吉郎警部補

　画伯っていうから、和服で髪も白い老人を何となく想像してたけど、この藤村卓造、ずんぐりして、狭い額に皺の目立つ小男だ。画家っていうより、まず左官屋でも似合いそうな男だべ。

「うん、ローマの公募展には、わりあい私に近い審査員がいましてね。私も時々呼ばれて審査をやらされているんで」としゃべり出すと、さすがに、『沐陽会』とかいう画家の団体を率いる人物に見えなくもない貫禄はある。

「だから、若い連中にも応募するように勧めてたんだけど、たまたまある時、入選の中に私の知らない日本人の名前があって、おや、と思った。もう、三年、四年になるのかな。それが土居君でね。当時から、絵なのかイラストなのか、はたまた、口の悪いやつは漫画みたいだなんて言うが、そのどちらともつかない微妙ところが、かれの個性でね。おまけになにしろ若くてハンサムだからね。絵が分かりやすい上に、若くてハンサムだっていうんで、あいつはうまくすれば売れるぞ、なんて、批評家連中も注目したんだけど、たまたま西山君に紹介したら、まあいろいろと意気投合するところもあったんだろう。窓口を西山君にして、いろいろやり出したわけなんですよ」

「その時点で、和彦の父親と西山の父親が知りあいだということは、一つのきっかけになってたんでしょうかね」

「うん、それは私も知りませんでしたよ。西山君もそんなことは言ってなかったし、関係ないんじゃないかなあ。私の目から見ると、西山君はもともと美術関係の出版に力を入れたくて、いろいろ企画を持って出版社を回ったりしてたから、ああいう分かりやすい絵を描く作家を探してたはずなんだ。もちろん、そんな商売はなかなかうまくいくもんじゃない。苦労していたところへ、たまたま土居君が現れて、われわれの水準でも認められるということになると、西山君としては、チャンスだと思ったんじゃないかな」

「ずいぶん売れたようですね、和彦さんの画集は」

「画集としてはね、破格の売れ行きだそうだが、画集は元手もかかるからなあ。画廊の借金を返すところまでは、まだ行ってないって話だね」

「借金ですか」

「オヤジさんがしくじった分ですよ。なあに、急ぐ金じゃない。貸してるのが私らですからね」

「なるほど」確かに金ならなんぼでもありそうな景色だものな。座敷には床の間もあって、鳥の墨絵の掛け軸がかかってる。洋画の先生でも、自宅ならやっぱり、こういう絵のほうが落ち着くんだべ。畳も青いし。

「これが西山さんの本ですか」と、画伯が出してくれた本を、一冊手に取ってみる。

「最初の頃は、企画といってもなかなか通らないんで、その『名画の中の少女』とかね。まあちょっと食わせ物を出したりしてたんだけど、私は『絵が見てもらえるならどんな形だっていいんだから、どんどんやったらいいだろう』と言ってたんですよ。そう、今騒ぎになっている、ミレーのオフィリアもその中にはあるでしょ」

「はい」確かにある。中野で見たのと同じ絵だ。この女、死んでいるようにも生きているようにも見える、ほんと不思議な女だ。

「確かサロメもあったけど、モローのサロメだったんじゃないかな、ビアズリーの版画じゃなくて」

モロー。これか。ありゃ、こっちは空中に首が浮いてるぞ。なしてだべ。

「ともかく、土居君は西山君の企画に乗って売れ出したわけだから、二人とも嬉しかっただろうね。『土居和彦は個展より、出版の形で名前が知られるようになったわけだから、これは北斎以来ですよ』なんて西山君は言ってたね。まさかそんなこともないけど、珍しいことは珍しい。おまけに、北斎の時代にはテレビはないが、今はあるからね。はっはっはっ、テレビで取り上げられて、高校生なんかがずいぶん土居君の本を買ってるらしい」

「なるほど。その調子で、今度は西山さんが帆奈美さんの作品を評価して——」

「そうね。西山君は、まあはっきり言えば柳の下の二匹目のドジョウを狙ったわけだ。兄妹で売り出せば、話題にもなるからね。西山君が帆奈美君を私のところへ連れて来たのは、いつだったかかな。去年の秋ごろだったんじゃないかな。その時絵も見せてもらった。確かに小さい頃から描いてきた安定感は線にあるんだが、まだまだ可愛らしくまとまっている段階でね。でもまあ、兄さんの影響もあるし、『自分は体が弱くてふつうの生活はできないし、これからも絵だけは頑張っていきたい』と、そういう殊勝なことを可憐なお嬢さんが言うものだから、『それじゃあ頑張ってごらんなさい、あなたの絵にはリキテックスが合うかもしれないから、使ってごらんなさい』と、私は言っておきましたよ。そしたら、一番喜んだのは西山君ですよ。いくら土居君の妹だって、高校生をいきなり引っ張り出そうなんて、それこそ『十年早い』と、私に一喝されたらそれきりの話だったわけだからね」

いやあ、絵の世界も、警察に似たとこありますねえ、と言おうと思うけど止めておく。

「だから私は言ってやったんだ。『あの子を売り出すのはいい。しかしあなたも、やるからには画家を一人育てるつもりで、真剣に面倒を見てあげなければあの子が可哀想ですよ』ってね。西山君、喜んでうなずいていましたよ」

「ということは、西山さんと帆奈美さんのあいだには、多少その、恋愛感情のようなものは――」

「仲はよかったらしいけどねえ。そう言えば、一度誰かが西山君に、帆奈美君の下着姿みたいな写真を見せてもらったとか言って、噂してたことがあったけれど。西山君は最近写真に凝って、自分で現像から何からやり出してましてね」

「ええ。だけど下着姿というのは、大したもんだなあ」すると画伯はにっこり笑って、

「まあ、われわれの場合は、下着だろうと裸体だろうと、どういうつもりで見るかによって違いますからね」なるほど。芸術裸体画もあれば、芸術下着写真もあるということか。

「とにかく、そういう方面の話は、私より若い連中に訊いてもらったほうがいいな」

「分かりました。帆奈美さんが、ほかに親しくしていた人というと――」

「それはお兄さんでしょう、はっはっはっは」と、画伯はおもしゃくない冗談を言って自分で笑う。

「はっはっは」と仕方なくおれも一緒に笑ってみせる。

「いやあ、私は近ごろは糖尿のせいもあって、お酒の席なんかも途中で失礼することが多いから、若い人たちの関係はよく分からんですよ。人生は短し、ですな、はっはっはっ」

「はっはっは」糖尿を持ち出すあたりが、さすがに一派の総帥の貫禄なんだべか。

午前十時五十分　飯田橋　畑山久男警部

警察官の訪問を受けるってえと、罪状の有無にかかわらず、取り乱すやつは取り乱してぶるぶる震えたり、言わなくてもいいことまで口走ったりするもんだが、最近の若いやつらは、取り乱し型が少なくなった。日本中でふてぶてしさが増したんだろう。ただし西山の場合は、

ふてぶてしい部類とは少し違う。ただ呑気で素直で、要するに年甲斐もなく子供っぽいとしか思えない。

「帆奈美ちゃんが好きだったのは本当です」と西山は言う。

「でも一方で、帆奈美ちゃんを利用して儲けられたら、それに越したことはないと思っていました。二人の利益になるわけですからね」

「そういうことだね」

「和彦さんにも、だいたい同じ気持ちだったんです」

「ということは、例の銀座七丁目のビルの件は――」

「それは関係ありませんよ。親同士がやったことですから」

「そう?」

「そうです」

「去年、お父さんが自殺しましたよね」

西山は丸顔を餅みたいにふくらまして、

「それは仕方ないですよ。病気のこともありましたし」

「でも、ずいぶん残念だったでしょう」

「もともと躁鬱気質でしたしね。一連の投資のことは、オヤジなりに判断して失敗したんだから、仕方ないですよ。自分でも、『人を恨むな』ってよく言ってました」あっさりした言葉とはうらはらに、この息子が亡き父親を慕っていることが感じられる。

そうだ。中野南病院の元看護婦がテレビで見た『太った男』ってのは、恐らくこいつのことだ。ということは――

「西山さん」

「はい」

「八年前、土居社長の奥さんが亡くなる直前、あなた、中野南病院に社長を訪ねていますよね」

「は？　ああ、よくご存じですね」と西山は屈託なさそうににっこり笑って、

「あの頃がちょうど、銀座の建物を手放す話が持ち上がった時期だったんですよ。オヤジはもう諦めてましたけど、ぼくはその、若気の至りというんですかね。悔しくて、何とかならないかと思って、社長に直談判に行ったんです。思い出しましたよ。いくら会社に問い合わせても面会させてくれないんで、それで病院なんかへ出かけていったんです」

「結果はどうだったんです？」

「もちろん、駄目でした。ぼくが名乗るやいなや、『おまえのオヤジがおまえをよこしたのか』って。『違います、ぼくの一存です』って言うと、もう『帰れ、帰れ』の一点張りでね」

「悔しかったでしょうね」

「ええ。でもまあ、仕方ないですよ。とにかく建物のことはオヤジが馬鹿だったんだから」

「和彦・帆奈美の兄妹には、その時が初対面だったのかな？」

「いいえ、全然。そう言えばこないだ、帆奈美にその時の話をしましたけどね。ぼくも帆奈美も、その時出会った記憶は全然ないんですけど、もしかしたらあの時、病院の中で知らないままにすれ違っていたかもしれないねって、そんな話をしてたんです」

こいつ、いつのまにか帆奈美を呼び捨てにしていやがる。

「そういう話、間接的には、あれですか。和彦・帆奈美兄妹が、西山さんの仕事に協力するための、プレッシャーになったんでしょうかね」

「まさか。関係ないでしょう。少なくともこっちはそんなつもり、なかったですよ」

「親同士のことは、まったくわだかまりになってなかった？　そんなことはないでしょう」

「いや、嘘じゃありませんよ。正直言って、かれらがカネヅルになるのなら、ぼくだってそれにぶらさがるぐらいの権利はあるんじゃないかって思ってました。それが巡り合わせってもんだってね。それだけですよ。一方でぼくだって、かれらを売り込む努力はするし、商品化のやり方をいろいろ工夫する。それでもし儲かれば、おたがいの利益だから、やましいところはないんだもの」

株式会社といっても小さなビルの一室のことで、今は三人の社員が近くで仕事をしている。こちらは衝立ての陰だけど、声が筒抜けになっていることは間違いねえし、恐らくは耳をそばだててることだろう。そんな中で、これだけのことをしゃあしゃあと喋る度胸は、若さなのか、素直さなのか。

さすがに画商の会社らしく、あたりには油絵や版画らしい絵から絵葉書の束まで、あちこちに置いてあって彩りは悪くねえ。うちの娘の情操教育に、何か一つもらって帰りてえくらいだ。この花模様のコーヒーカップも、ちょいと洒落た感じだ。

「さて、と。西山さんは水曜日の六時前、島村香野さんと一緒にエレベーターに乗った帆奈美さんを見ていますね」

「はい」

「その時の帆奈美さんの様子に、香野さんは不審な点は特になかったと言っている。西山さんも同意見ですか?」

「ええ、でも、ぼくには細かいことは分かりませんよ。向こうはかなり離れたエレベーターの中だったし、見えたのはほとんど後ろ姿だけですからね」

「そうか。まあ、八階から一階までなんて、三秒か五秒のことだしねえ」

「そうなんですよ」西山は特に慌てるわけでもない。鼻クソでもほじりたそうに顔をクチャッと動かすだけだ。

「じゃあ、あなたに会うのを避けて、帆奈美さんが香野さん宅を早めに出ようとしたのかどうか、判断はつかないわけだ」と言ってみる。

「え? どうしてぼくを避けるんです?」

「理由は思い当たりませんか」と当てずっぽうに訊くと、意外に西山はちょっと考え込んでか

ら、首をかしげて、

「そんな……思い当たりませんよ」

「そうですか。その時は、帆奈美さんとは話ができなかったわけでしょう」

「ええ」

「話をしたのは、いつが最後になりますか」

「月曜日です。十四日」

「そうですね。軽井沢へあなたが訪ねていった。で、その時も、変ったことは何もなかったんですか？」

するとまた西山は一瞬ためらって、

「いや――別に」

これは何だろう。しばらく待ってみるが、それ以上何も言わない。西山の口はアンパンのへソみたいにすぼんでしまっている。

「その時、ちょっとした言い争いでも？」

西山はゆっくり首を振って、

「別に」と言ったまま目をあちこちへ泳がせる。

どうしたことだろう。しかし今のところ、こっちにはこれ以上突っ込む材料がない。

「悪いけどもう一つだけ。西山さん、水曜日は出雲へ行ってらした、という話ですが」

「そうです。市の美術館が、うちから絵を何枚か入れてくれる話がありまして」

「担当者に会ってらしたのは、何時ごろですか」

「ええと、午前中ですよ。だいたいの用事は前の晩に飲みながら済ませましたのでね。十時ごろちょっと寄って、契約書を交換しただけです。帆奈美ちゃんとの食事の話もありましたから、三時の飛行機に乗って帰ってきました」

「香野さんには電話しなかったんですね？」

「は？　何のためにです？」

「帆奈美さんが食事の誘いをオーケイしたかどうか」

「いやあ、考えなかったなあ。てっきりオーケイだと思ってたし」

「そうですか。で、三時までは出雲の市内に？」

「いや、空港には午前中に着いたんですが、意外に適当な便がなくて、空港でぶらぶらしてました」

「空港で」

「ええ。そう言えば、何気なく入った空港のお土産屋で、いい色の焼き物を見つけましてね」

と西山画商は立って、空港売店の包み紙の品物を持ってくる。

「萩焼ともまた違うブルーが使ってあって、帆奈美ちゃんに参考になればと思って、お土産に茶碗を一つ買ったんですよ。彼女、ブルーが好きだから」と包みを開くと、民芸品らしい厚手の茶碗が中から現れる。西山はそれをテーブルに載せ、あらためてじっと見つめる。

「こういうのは形見とは言わないですよね。まだ本人に渡らないままになったんですからね」

「さあ、言わないでしょうねえ」

「こういう艶のあるブルーが好きでね。帆奈美」

どう感想を言ったらいいのかわからなくておれが戸惑っていると、何を思ったのか西山は両手を合わせてその茶碗に合掌する。

こいつなかなかの大物じゃあねえか？

取りあえずおれも手を合わせる。

午前十一時二十分　中野　島村詩野（和彦の婚約者）

「小さいほう出してくれる、礼さん」とバックドアの機械仕掛けで路面に降りながら先生は言う。

「かしこまりました」運転手の男の人が、ドアの中へ上体を入れると、小型の車椅子を出し、折り畳み椅子のように開いて先生の横に置く。それから運転手さんは屈み込み、先生は運転手さんの肩にもたれながらその車椅子に移動する。淀みない一連の動作だ。

「まあ」と姉さんが感嘆の声を出す。

エレベーターが開くと、先生はガラス壁に近づいて外を見る。西山さんが帆奈美さんに惜しいところで会いそこねたというのはこのエレベーターの中と外だった。でも帆奈美さんはちょっと高所恐怖症だという話だから、今の先生のように景色を楽しんだりはしないで、扉近くに立ってじっとしていたことだろう。

マンションに突き当たる駅からの長い道は、右側の建物の列だけ今は陽射しを受けている。

八階まで上がると、

「こちらへどうぞ」と部屋へ案内する。

「あれ？　洋裁店の看板も何も出ていないのね」

「ええ。昔からのお客さんと、あとは下請けが主ですから」と言いながら姉さんがドアを開けると、黙ってついて来た運転手さんがさっと前へ出て先生の車椅子を室内へ上げる。

「わあ、なるほど」と先生が見回して納得するのは、リヴィングを改造した姉さんの仕事場に、全身や半身のマネキンが立っていたり、台車の上に大きな箱が積んであったり、頭の高さのパイプから色とりどりの洋服がぶらさがっていたりするからだろう。

「あの、運転手さんもご一緒に、お茶でも」と姉さんが言うと、先生は手を振って、

「いえいえ、礼さんは人づきあいがほんとに苦手で」

振り返った礼さんも丁寧に一礼すると、すっとエレベーターの方を向く。上品な不思議な運転手さんだ。

知らない人を見かけるといつもするように、クリスティーナがピーピーと姉さんを呼ぶ。

「あら、クリスティーナね」それからすぐに、

「あ、コウホネ。ここのはもう駄目になったんじゃありませんでした?」

「ええ。きのう、あちらのをもう一本いただいてきたんです」という私の説明が終わらないうちに、先生はうなずいて横を向き、今度はお父さんとお母さんの遺影を眺めている。このお客様には『どうぞお座り下さい』と言う必要がないので何だか不思議な感じだ。

「お父様の絵、破られちゃって……残念でしたね」と先生。言いにくいことをあえて言う好意の示し方が、先生には似合う気がする。

「いいんです」

「仕方ありませんもの」と姉さんと私が言いあう。

私も椅子に座り、西山さんについてどんな質問が来るのかと思っていると、

「あ、これ、問題の絵ですね。帆奈美さんがバツをつけた絵」先生は帆奈美さんの写真に目を向けている。先週西山さんからいただいたのを、今朝になって姉さんが額に入れて、お父さんとお母さんのお仏壇にお供えした写真。でも『問題の絵』だなんて言い方をされるとドキっとしてしまう。

「私もあっちで実物をちょっと見せてもらったんですけど、あの時は暗号の文字にばかり気を取られて、何の絵だかよく見なかったんですよ。こうして見ると、きれいなお魚の行列ね」

「ええ」

「それにしても、かわいいなあ、帆奈美さん」

ショートパンツからすらりとした脚を伸ばした帆奈美さんは、絵の右側に気をつけの姿勢で立って、絵筆を一本鼻と唇で真横に挟んでふざけている。お魚たちはいっせいに、帆奈美さんをめがけるみたいに列になっている。色とりどりのお魚たちが、もうじき帆奈美さんがいなくなることを知って、別れを惜しんでいるように見えて悲しい。先生の言う暗号の文字は、この写真では小さすぎてまるっきり読めない。

「これは、西山さんから？」

「はい」

「このほかにも何枚もあるんですよね、西山さんが撮った写真って」

「ええ、うちでいただいたのは、それ一枚ですけど」

「ほかのも見てみたいなあ。私、生前の帆奈美さんに、一度もお目にかかってないんですもの」

「はあ」

姉さんが紅茶を入れて戻ってくる。

「これは和彦さんからいただいたロンドンのお紅茶ですの」

「あ、私、お盆ごといただいたほうが」と先生は姉さんのトレイを直接車椅子の膝に載せて、

「で、その西山さんのことなんですけど、かれの帆奈美さんに対する気持ち、本当のところは

どうだったんです？」

「さあ、ねえ」と私は姉と顔を見合わせて、

「仲はよかったと思いますけど」

「西山さん、帆奈美さんのことが好きだった？」

「それはある程度、おたがいに……」と私は和彦さんに見せてもらった帆奈美さんの日記を思い出しながら言う。

「そうよねえ。この写真の笑顔を見てもそれは分かるもの。……するとやっぱり、帆奈美さんなのかなあ。もし帆奈美さんが社長を殺したんじゃないとすれば、つまり帆奈美さんが中野の事件とは無関係なのだとすれば、あの日は何かぜんぜん別の用事で急いでいたことになる。でも、それにしても、五分か十分待てば親しい西山さんに会えるんだったら、待って挨拶してから帰ってもよかったはずだものねえ」

「私もそう申しあげたんですよ。『もうじき西山さんが来ますよ』って」と姉さん。

「ねえ。あの日たまたま西山さんに会いたくない理由、何かなかったかなあ」

そう言われても、私と姉さんは顔を見合わせるばかりだ。

私は窓辺に座っているので、エレベーターのガラスの張り出しが少し見え、それが八階で止まると分かる。この時間は姉さんのお客であることもけっこう多い。はたして、やがてチャイムが鳴り、姉さんが玄関に立つ。

「いらっしゃいませ。あら、原田さん」

「専務さんや宮島教授も、西山さんとは知り合いなんですよね」と先生。

「ええ。西山さんは、よく軽井沢の帆奈美さんを訪ねてたみたいですし。最初は、たぶん和彦さんの個展の時に、専務さんや宮島ご夫妻も見えて、そこで西山さんと――」

「それは、今から四年前、八六年のことね？」

「はい、たぶん」

「あ、その時がもしかして、詩野さんと和彦さんの再会の場面？」

「いいえ、私たちはその次の年でした」

「そうか。どっちにしても、劇的だわよね」

「そんな。たまたま父の好きな画家の絵が来たので、見に行っただけなんですけど」

「ふうん」

ココシュカ。今思い出すと、無性になつかしい。

ココシュカが好きだったんですか。じゃあ、きっとやさしいお父さんだったんでしょうね。

和彦さんはそう言ってくれた。

「西山さんが、専務さんや宮島夫妻の話をしたこと、今までにあった？」

「さあ……」先生は何を探し求めているのだろう。帆奈美さんを囲むそういう人たちが、背後で何か繋がりがあって、帆奈美さんを死に追いやったということなのだろうか。

姉さんが戻ってくる。

「ウェディングのご相談なの。詩野のを見せてあげようと思って」と姉さんはいそいそと奥へ行く。

「詩野さんのも完成してたんだ」と先生。

「ええ、確か、だいたいは」

姉さんは戻ってきて、テーブルの上で箱を開けると、二重に包んだ白いタトウ紙をゆっくり開く。

「これですの」と両手で持ち上げて、私のウェディングを広げて先生に見せる。

「まあ、きれい。詩野さん、うらやましいなあ」

「まだ、もう少しかかるんですけど――」

「どうせ延期だもの。ゆっくりやってよ」と私が何気なく言うと、初めて聞いたわけでもないのに姉さんはうなずきながらもぽろぽろ涙をこぼしはじめて、ウェディングを濡らしそうになってしまう。

十一時五十分　中野　竹下誠一郎警部
「警視。マイクの野郎に再質問しましたよ」

「畑山さん、あちこちごくろうさん。大筋で話を認めたかね」

「認めたどころじゃありませんや。まず、水曜日に宮島多佳子に会っていたことは、そのまま認めました。ところがそれだけじゃなくて、『社長の隠し子の件は、今現地に調査に行っている』ってカマをかけましたらね。何だか急にうろたえて、『きのうシンガポールから電話が来て、隠し子の件はいくつか不明な点があることが分かったらしい』って、妙に戦線を後退させやがるんですよ。『不明な点ってどういうことだ、おまえが自分の目でその隠し子を見たんじゃないのか』って言ってやったんですがね。『自分が現地で男の子を見たのは本当だけど、それが社長の隠し子かどうか、確証がないとシンガポールの担当者モリータは言っている』って、こういう挨拶なんですよ」

「ややこしいな」

「いえ、ややこしいも何も、『おまえが水曜日に帆奈美に見せたっていうモリータの手紙には、その母親の住所と名前が書いてあったんじゃないのかい』って訊くと、『いや、あれはモリータの手紙で、モリータがその女性についてもっとよく調べてみたいから、連絡が必要なら取りあえず自分に手紙をくれ、っていう内容だったんだ』なんてしゃあしゃあと言うじゃありませんか。『それじゃおまえが話したその子の母親が、嘘をついてたってことか。その嘘に社長は乗せられて、契約書まで書いたってことになるのかい』って訊きましたら、『残念ながらそうかもしれない』ってんですよ。ね？　『何が残念ながらだ、この野郎』てことですよ。『嘘をつくって話なら、そんなインドネシアの母親より、多佳子のことさえ黙ってたてめえのほうが、よっぽどハナから嘘くせえじゃねえか』って。ね?」

「そう言ったのかい」

「言いませんよ。言ったところで、通訳が半分しどろもどろなんだもの。こないだ島谷が使った法務省のギャルは、もうアメリカに行っちゃったとかで、その代わりって来たのがヤボな野郎でね。おれみたいなデリケートな人間の気持ちはとっても訳してもらえませんよ。『てめえの勝手な思いつきで警視庁をあちこち振り回して、それで済むと思ってんのか、このスカタン外人! ガセネタ野郎!』なんて、そりゃ言えませんよ」

「だから今言ってるわけだ」

「そうなんですよ。まったく。あれならうちのガキ連れてって、英会話の稽古でもさしたほうがよっぽど増しだったっすよ」

「ご苦労さん」

しかし、隠し子の話がマイクのでっち上げだとすると、帆奈美はひどく早まって父親を殺してしまったことになるのだろうか。和彦は早まらないように忠告していた。シンガポールのモリタからの電話は、和彦が遣わした伊藤玲子の現地入りと関係があるのだろうか。それともその電話の件もでっちあげなのだろうか。

どちらにせよ、マイクに最後に会う直前に帆奈美は父親を殺してしまっていた。今さらながら、その点が不自然だと言えば不自然だが、それだけ激情に駆られていたと言えなくもない。

この程度の疑問を残したまま、捜査を打ち切る事件はむろん数多い。逆に、今のところ他殺の線はまったく出て来ていない。それにやはり、死体を隠匿して一時的に現場を離れるという、通常では考えられない行動の必然性が、帆奈美にならあったと言える。夜になってから殺すつもりだったのに、昼間土居邸を訪れた時、たまたまチャンスを見出したわけだ。

……どう判断すべきか。毎日沙弥子に会いたいおれの気持ちは真実だが、だからといって捜査をおざなりにしているのではないという自信は、誇りとともに常におれにある。だがその結果、判断に迷った時には、沙弥子に会う時間を犠牲にする方向へ、おれはことさら傾いてきたのかもしれない。いや、それはそれでいい。問題は今もまたそちらへ傾くべきかどうかだ。

午前十一時五十分　三鷹　マイク・マコーミック（元契約社員）

畜生。土居マネーを少しばかりいただこうというおれの計画はどうやら修正しなくちゃならないぞ。

しかし、社長が殺されたからといって、その隠し子を探し出すために捜査員をはるばるインドネシアに派遣するなんて、いったい誰が思いつくんだ？　これは何なんだ、愚劣な非能率なのか、東洋の婉曲な知恵なのか？　モリータに電話して、だれか捜査員が向かったらしいことを教えてやらなくちゃ。いや、教えてやる必要はないさ。どうせおれはもう、『シールド・エンタプライズ』とは関わりなんかないんだからな。帆奈美だけじゃない、専務だって約束の金はくれないだろう。ひょっとするとモリータは、専務にクビにされないために、『自分は何も知らなかった』と言って、すべてをおれの責任にしようとするかもしれないぞ。畜生！

今ごろ警察の野郎たちは、おれをうすのろのペテン師だと笑っていることだろう。笑うがいい、馬鹿やろう、おれはこれからだって日本にいる限り、おまえたちの大事な日本の女たちを、モノにして利用しつくしてやるぞ。その間おまえたちは、気味の悪い十九世紀的な事件を起こしては、それらについて東洋的に騒ぎ立てていればいいんだ。

2　五月十九日（土曜日）午後

午後四時二十分　横浜　小沢宏平（横浜支社社員）
「きみは社長のお嬢さんと会ったことあるの？」と先生は訊ねる。

「はい。先月、われわれが横浜支社に赴任してまもなく、専務の用事でこちらへお見えになりまして」とおれもきちんとした答え方をする。こういう場所での先生は、まったく夜の面影を匂わせない。

会議室に入ると、先生は奥の水槽に注目する。車椅子を寄せて、目を凝らして水面を見ているようだ。

「熱帯魚がお好きなんですか」と専務が声をかける。

「そうなの。このアレンジはよくできてるわ」

「これは専門店にやらせてるんだっけ?」

「はい、保守契約がありまして」とおれ。

何がおかしいのか、先生がおれを横目で見てクスっと笑う。

「さて、と。この奥がコンピュータ室か」

「あ、はい」とおれはドアを開ける。

「あ、専務はお忙しいでしょうから、けっこうですわ。ざっと見せていただくだけですので」

「そうですか。じゃ、あちらの応接室にお茶を用意させておきますので」

「ありがとうございます」

専務は曖昧な笑顔で、おれたち二人を残して会議室のドアを閉める。

「コンピュータ室から会議室を通らずに外へ出ることはできない。なるほどそうね。で、ここできみは資料を作ってたんだっけ？　水曜日の夜」

二人きりになった途端、先生が態度を変えてくれるだろう、ひょっとするとキスぐらいさせてくれるかもしれないと予想していたおれは、見事に裏切られ、一瞬呆気に取られる。

「……あ、はい」

「どんな資料？」

「はい、インドネシア各地のホテルの営業報告に基づいて、一種のシミュレーションをしておりました」

「それは、社長の計画に反対するためね？」

「目的はそうです。ただ、反対するために資料を操作したわけではありません。資料を集めれば集めるほど、セレベス島のホテルは膨大な赤字になることが必至だったんです。よほど日本にアジア観光ブームでも来ない限りは」

「そう」

部屋はおれが片づけておいた。先生は特に何かに触るでもなく、ざっと見渡してから、コンピュータのデスクの後ろへ回って窓を開ける。隣りのビルがすぐ目の前に迫っている。

「この前のビルは？」

「あ、うちの倉庫です。一、二階は店舗に貸してますけど」

「倉庫か。この隙間、二メートルほどかしら。向こうの窓を開けてもらえば、飛び移って外へ出ることもできそうね。どう？」

「え。ここは五階ですよ」

「だから、多少勇気を出せば」おれが首をかしげるのを尻目に、先生は窓を閉める。何を考えているのだろう。

「倉庫のほうもご覧になりますか」とおれは半分ヤケになって言う。

「そうねえ。倉庫から、きみの足跡が見つかるかもしれない？　いや、見つからないわね」

「見つかりませんよ、あっちには行ってませんから」

「そうなの」と先生は頓着なく会議室へ戻ってくる。今度は水槽の脇の書棚に目を留める。

「おや、これは？」

土居和彦『きみにあげたかったもの』。甘ったれたタイトルが、おれの憎悪の目を覚まさせる。

「和彦さんの画集です」

「こういうものを出しているんだ」先生は早速ぱらぱらとめくってみる。まず和彦自身の写真。それから何かの挿し絵のような、色のきれいな絵が続く。傘をさした少女。夕暮れの森の中の鳥たち。憎悪で胸が痛くなる。

近くで電話が鳴る。玲子だろうか、と一瞬思ってしまって顔が赤らむ。見ると、先生がじろりとおれを観察している。でも何も言わず、やがて、

「帆奈美さんの絵によく似てるわね。やっぱり兄妹なんだな」

午前中に警察は、帆奈美さんによる殺人と自殺、という結論を発表したはずなのに、先生は承服していないのだろうか。あとは帆奈美さんの動機を整理する作業が残っているだけだと、専務も言ってたんだけど。

「『妹帆奈美』だって」長いすに寝そべる少女の絵だ。おれの記憶の中の帆奈美さんとはあまり一致しない。

「確か、和彦さんは帆奈美さんの絵を何枚も描いていますよ」

「あ、そうなの?」と先をめくっていくと、果たして、『佇む帆奈美』、『子馬に乗る帆奈美』、次々に繰り出されてきた。

急に先生はぱたんと本を閉じる。

「わかったわ、何が足りないか。軽井沢の土居邸で、もういっぺんあのバツ印の絵をゆっくり見てみたいのよ。今度は何だか、暗号が解ける気がするの。あれを忘れてたから、何となくいらいらしてたんだわ。専務さんに頼んで、あしたかあさって、あそこに入れてもらえるように手配してくれない? いや、やっぱりあしたがいいな」

おれには分からない推理の仕方で、先生は和彦を疑い出しているのかもしれない。そう思うと、何だか得体の知れない、熱い悪意のようなものが込み上げてくる。和彦。玲子の心をいまだに弄んでいるあのヤサ男に、先生がどんな形であれ処罰を与えてくれるのなら、おれは本気で先生を愛したい。それは愛というより、形を変えた憎悪なのだろう。だが人を強くして行動に駆り立てるものは、たいてい愛よりも憎悪なのだ。それがつまらない、通俗的な真実というものだ。そして通俗的な真実に嵌まり込むことを恥じる余裕は、おれにはもうどこにも残っていない。

午後五時　中野　竹下誠一郎警部

「取りあえず、関係者の行動を整理してみよう。これはむろん、帆奈美の犯行と自殺の線を崩すわけじゃないが、問題点を整理しながら、だれかが事件に何らかの形で関与しえたかどうか、もう一度確認するためだ」

だれも無言だ。膠着と疲労、そして私の方針の微妙なぐらつきを感じ取って、警戒や批判を沈黙の中に込めている。

「まず土居帆奈美だが、彼女は当日十一時半に家政婦によって目撃され、宮島孝輔も十二時に沼のほとりで帆奈美らしき人物を目撃している。その後三時から四時四十分まで中野のホテルでマイク・マコーミックに会った。ホテルの駐車場には、三時五分前に入場した記録が残っているんだったね？」

「はい」

「そこで帆奈美は十二時過ぎに軽井沢を発ち、二時半に中野に着いて、まず実家へ立ち寄って父親楯雄を殺害し、死体をアトリエに隠匿してからホテルに行ったと考えられる。軽井沢―中野間は車を飛ばせば二時間あまりの距離だから、だいたいぴったりの計算になる。マイクと別れた帆奈美は、二十分後には島村香野のマンションに現れて、例のドレスを受け取っている。ここを出たのが五時五十分。この時西山真太郎が予約したレストランの食事を断って、軽井沢に帰ると言っていた。その後土居邸に引き返したのが六時前後ということになる。そして八時前にはすべてを終えて軽井沢へ帰り、途中で楯雄の胴体を捨てて、十時に別荘に着いて、着替えて自殺する。どちらも死亡推定時刻の範囲内に入っている。これで一応説明がつく」

私は改めて一同を見渡すが、やはり反応はない。

「次に、他の関係者だ。まず息子の和彦。和彦は当日、『シールド・エンタプライズ』福岡支社には出社せず、前日から投宿していた福岡ターミナルホテルにいたと言っているが、目撃者は同伴の女性だけしかいない。この者は伊藤玲子、二十九歳、西日本国際ツーリスト社勤務。かつて『シールド』本社に勤めていて和彦と親しかったが、和彦の婚約に伴って退社して郷里へ帰った。玲子は当日午後四時三十分発のシンガポール航空便でシンガポールに出発し、和彦はこれを見送ったと言う。玲子は本名で航空券を購入しており、同便に搭乗したことは間違いないと思われる」

「ってことは、和彦が玲子に偽証を求めた上で、福岡から東京へ出て来て父親を殺して、また福岡へトンボ返りした可能性がないわけじゃない、ってことですね」と浅井が言う。誰かが鉛筆で机をコツコツ叩く。

「しかし、もし和彦が絡むなら、帆奈美まで死なせる必要はなかったはずだがね。それから元専務、村上淑郎。これはアリバイ的には問題ない。六時までは横浜支社の全員、それ以後は本社の野村副社長と横浜支社の小沢某が十時近くまで目撃している。やつは黒幕という可能性があるだけだね。次に、淑郎の姉の宮島多佳子」

「小沢は専務の手先として、どうなんですか」

「一応考慮してもいいが、アリバイがある点は同じだ」

「いや、小沢は一人で奥の部屋に籠ってましたけど、そこからは、窓越しに隣りのビルに移ろうと思えば移れるという話ですよ」と浅井。

「え？　副社長に資料の説明をしたんじゃないのかい」

「それは九時ごろのことです。コンピュータ室を抜けだしたとすれば、三時から九時までアリバイがないんです」

浅井の屁理屈はいつものことだ。今回はおまけに、山崎弁護士の悪影響が加わったのかもしれない。

「取りあえず先を急ぐ。専務の姉、宮島多佳子。彼女は当日二時に新宿で友人と別れている。

中野に着いたのが二時半。その後デパートをぶらぶらしたと述べているが目撃者はいない。三時から五時までは中野の喫茶店『モジリアニ』にいるのを目撃されている。五時に留守番電話センターに電話を入れてマイクに呼び出されているのを知り、五時十分にホテルに入っている。ホテルを出たのが九時半だ」

「帆奈美と示し合わせて社長殺しを手伝うことは可能でしたね」

「手伝うどころか、マイクと示し合わせて帆奈美本人を殺すことだってできたはずだ」と浅井。

「多佳子の亭主の孝輔は、当日軽井沢の別荘を出ていないというが、目撃者はいない。次に宮島の娘の咲。六時四十五分まで会社にいて、地下鉄で中野の土居邸に向かった。七時半に楯雄の首を発見、すぐ新宿へ出て、友人の藤本早苗に電話をしたという。八時半には調布市内の早苗の部屋を訪れて、そのままそこに泊まったようだ。それから画商の西山真太郎。父親の恨みがあって、動機はそれなりにあったと言えるが、少なくともアリバイはわりあいはっきりしているね。当日は午前十時に出雲市美術館に立ち寄り、それから三時発の全日空便で帰京、飯田橋の画廊に立ち寄って、五時五十分に帆奈美、島村香野と会食するために、香野のマンションに行った。ところが帆奈美は入れ違いに帰った後だったので、仕方なく香野と差し向かいで食事をした。七時に香野と別れて、八時に船橋の部屋に帰ったということだ」

「特に怪しいところはないですね」

「うーん」

「宮島咲なんですがね」と浅井が、自分のタバコの煙を見やりながら言う。

「どうもひっかかるんですよ。社長の愛人だったっていうあの茶番が。しかもその話、何だか専務は感づいていたらしいじゃないですか」

「しかし、それとこれとは別だろう」

「と、思わせておいて、実は咲は、専務が放った刺客だったんじゃないですかね。『愛人の秘密をばらされたくなかったら、言うことをきけ』って脅しが、専務の武器だったんじゃないですか」

「脅しねえ」

「そう考えると、辻褄が合うんですよ。咲は社長を殺して出て来たところを、たまたま路上で帆奈美に出くわしてしまう。ただし帆奈美は実家に寄らないので、殺しの件は知らないまま軽井沢へ帰る。もちろん、帆奈美の車が停まってたなんていうのは嘘です。咲はあわてて専務に連絡する。中野で姿を見られたら、殺しが発覚した時にヤバイわけですよね。それで相談の上、専務が宮島教授に連絡する」

「教授か」

「咲の父親ですよ。助けてくれと言うんです。もう社長を殺しちゃったから、教授が帆奈美を殺すしか手はない。そこで教授が、帆奈美を軽井沢で待ち受ける。なんとかうまいことを言って、自分の家に連れて来て、あの沼に沈めて溺死させて、打ち合わせどおり川に運んでおく。一方、東京の専務は夜中にゆっくり、小沢にでも手伝わせて社長の胴体そのほかを始末して、必要な小道具は軽井沢まで運ぶ。どうです？」

「半分以上は、どっかのご婦人の推理をパクったように聞こえるぞ」と杉さん。

「そうですか」と浅井は平然としている。

「そしたら咲は、何だって玄関にだけ自分の指紋を残したんだ？　シー。愛人だったたってことを、わざとばらすためか？」

「そこが巧妙な作戦だったんじゃないかなあ。その部分だけをばらすことによって、その奥の秘密を隠そうっていう」

「おまえが宮島教授だったとしてみろよ、シー。帆奈美は何か用事があって、急いで帰ってきたんだべ？　それ捕まえて、『ちょこっと伯父さんの家に来てくれないか、ついでにそのドレスに着替えてくれないか。着替えたらちょこっと、水辺にこう、近づいてくれるか』って頼むわけかい？」

「着替えは気絶させるなり、眠らせるなりしてからだってできますよ」

何かというと浅井に食ってかかる杉さんは、本当は浅井が好きなのだ。二人とも胆汁質というのか、似通ったところがある。そして疲労が、かれらの本音をともすると分かりやすく露呈する。

「ま、捜査本部はあしたまでだ。もう一日じっくり考えてみよう」

「やはり、あしたで解散ですか」

「それでいいんじゃないかな。群馬、長野県警には、楯雄の胴体をもうしばらく探してもらわなきゃいけないが」

午後五時三十分　横浜　小沢宏平（横浜支社社員）

「先生」

「うん？」

「どこへ行くんです？」

「あら、きのう約束したじゃない。どこか横浜のいいところ、探しといてくれるんじゃなかったの？」

「予定、変えないんですか？」

「どうして変えなくちゃいけないの？」

「だって、おかしくないですか」

「何が？」

「だって、おれのこと、少しは疑ってるんでしょう？」

おれはバックミラーの中にちらちらと先生を覗く。固定させた車椅子から身を乗り出して、運転席の背中に手をついた先生は、意味ありげに笑いはじめる。それからもっと手を伸ばしておれの髪を撫でる。

「少しはね。疑ってたら、いいところへ行っちゃいけないの?」

「だって、危ないじゃないですか。もしおれが本当に犯人だったら」

「そう? ふふ、素敵じゃない。犯人に抱かれる探偵」

「冗談言ってる場合じゃないですよ。おれ、頭おかしくなりそうですよ」

「え? ほっほっほっほ、いいわ、それ。すごくいい」

おれには分かる。この人はこうやって、男たちを何人も壊してきたのだ。男たちはそれを知りながら、きっと怯えながら最後は陶然として壊されていったのだ。玲子。おまえはもうおれを引き止めてくれない。おまえに少しでも近づこうとおれが必死の努力をしているあいだに、おまえのことなど旅先の慰めとしか考えていないやさ男に、おまえは笑顔とからだを惜しげもなく与えた。なぜそんなことをしたんだと、十万回おまえに問いかけても、十万の疑問符が雪のように空をおおうばかりだった。

「それはそうと、小沢君、福岡に彼女がいたの?」と先生は突然言う。

「どうなの?」

「……彼女って、別に」

「とにかくさ。その人は和彦さんのほうを選んだのね？　和彦さんには素敵な婚約者がいて、あと二週間で結婚式だったっていうのに、それを知りながら、かれと付き合っちゃった。その人のことが、あなたは忘れられないのね？」

どうして知っているのかと思ったけど、口を開けば泣きそうなので、おれはこらえてハンドルにしがみつく。

「皮肉なものね。あなたもけっこうカッコいいのに。そりゃあ、人の気持ちは自由にならないわ。本人の自由にさえならない。分かるでしょ？　玲子さんだって、きっと苦しんでいるのよ」

鍵のかかった部屋。

――あの人が悪いんじゃないの、私が悪いの。

だってあいつ、何の権利があって、きみのキャリアまでめちゃめちゃに――

もうやめて。それは私が納得していることなんだから。これ以上私をみじめにしないで。

どうしてさ。おれはきみのことを怒ってるんじゃないよ。今までのことは忘れるって、言ってるんだよ。きみはあいつに遊ばれただけなんだ。ね？　そりゃあおれの言うことを聞かないきみは馬鹿だったと思うけど、でももう、そんなことは忘れて、これからは二人で――

忘れられないのよ。あなたには分かってもらえないの。

忘れさせてあげるよ。おれ、頑張るよ。

ううん。私のどこかに鍵のかかった部屋があるみたいなの。本当なの。その鍵を開けられるのは、あの人だけなの。私でも、自分でも開けられないの。だって、あの人と付き合う前は、そんな部屋があることすら知らなかったんだもの。

気がついてみると、先生がおれの耳の縁にキスしている。

「忘れさせてあげるわ」と先生は、おれが玲子に言った記憶の言葉を盗み聞きしていたかのように囁く。

「素敵な小沢君を取り戻させてあげるわ」

「……先生」

「うん？」

「和彦が逮捕されるなんてこと、ありますかね」とおれは言ってしまっている。

「え？　ほっほっほ、そうね。和彦さんが犯人だったら、一番素敵だけどね」

「まさかそんなこと、ないっすよね」

「ないかもしれない。あるかもしれない。でも、どちらにしても、あなたはあなたじゃないの。ね？」

先生はおれの髪をまさぐる。おれはひたすら涙をこらえている。

3　五月二十日（日曜日）　午後

午後〇時三十分　軽井沢　里見淑郎（義弟　横浜支社長）

「ここはあれから、そのまま保存されているんですか？」

「そのはずですよ」

「あ、ペインティングナイフも、そのまま床に落ちてますね」と先生は車椅子を進め、しばらく絵に見入る。このあいだ背負って見せてあげたはずのこの絵に、まだ何か発見する余地があるというのだろうか。

老運転手は、ドアの近くにレストランのボーイのように直立して動かない。

「エイチ、イー、ピー……。わからないなあ」と先生は呟くと、振り向いて、

「帆奈美さんの蔵書の中にでも、ヒントが隠されていればいいんですけどね」

「ヒントって、この暗号の？　そうまでしてこれをお調べになるんですか」

「だって、警察はそんな悠長なこと、やってくれませんもの」

「ではどうぞ、ご自由に。言って下されば誰か連れて来て、手伝わせたんですけど」

「いいえ。何が出て来るかも分からない仕事ですから、車椅子の女にふさわしいですわ。礼さんと一緒に何とかやってみます。ねえ？」

手を組んで不動だった老運転手は、微笑を浮かべ、一礼して呼びかけに答える。

午後〇時四十分　中野　竹下誠一郎警部
畑山さんが飛び込んでくる。

「今、みんなで念のために時刻表を見てたんですがね。西山のアリバイは、午前中に出雲空港に着いて、羽田行きが三時までないというので、空港待機ということになっていたんですが、出雲から小牧経由なら、一時過ぎに羽田、三時には楽に中野に着ける便があるんですよ」

「三時か」

「ええ。出雲発が十一時半、小牧が十二時十五分、四十分発に乗り換えて、羽田が一時二十分です。これを使えば、あいつ、三時に社長を殺すことができますよ」

「乗客名簿は」

「調査中です」

「ふむ。一つの可能性だな」

「当日帆奈美は西山に会うのを避けて、香野のマンションから急いで立ち去った。それにはどうも、二人のあいだに何かあったと思えるんですよ。おれのカンではね」

「ああ、きのうそう言ってたよね」

「月曜日に軽井沢で、思わしくないやりとりがあって、帆奈美はしばらく西山に会いたくなかった。一種の痴話ゲンカでしょうけど、きっかけが帆奈美の結婚話か何かだったとすれば、それが事件と繋がらないでもないでしょう。とにかく西山が何か隠していることは間違いないんだ。あいつ、その話するときには黙っちゃって、○点取ってきたうちのガキみたいな顔してたんですから」

「よし、念には念だ。最後に西山を任意で呼ぼうか。乗客名簿の調査を急いでくれ」

午後〇時五十分　軽井沢　山崎千鶴弁護士

『カンディンスキー画集』。これはポケット版だけど、帆奈美さんはカンディンスキーの画集をたくさんもっているし、テーブルの上に積まれたこの本の表紙の絵には、彼女の最後の絵の魚に何となく似た魚が描かれている。手にとってみる。

おや、右の白いページに帆奈美さん自身が鉛筆で魚の列を描いているわ。カンディンスキーの絵にヒントを得て、これが彼女の最後の絵の出発点になった着想なのかしら。

また魚の列の書き込み。魚が少し増えている。

あ、今度は二列になっている。左側の絵はもう魚には関係がない抽象画だから、帆奈美さんはいったん着想を得ると、自分の想像にふけって、次々にページを繰りながらデッサンをまとめようとしていたらしい。面白いものだ。

これもそう。これもそう。もうページごとの鉛筆画のあいだにほとんど変化は見られないのに、帆奈美さんはまだ満足しないらしくて、次々にページを重ねていく。どれも魚は二列に並んで、本の外から左ページの絵の中に、仲良く泳いで入っていこうとしている。でも、まだアルファベットの暗号は現れない。二列の魚たちのあいだに文字が描かれることはないままだ。やはり暗号は、死を意識して付け加えたものなのだろうか。

もう最後の空白ページまで来てしまった。文字は現れなかった。

「ねえ、礼さん、これちょっと見て？　このスケッチ、その最後の絵のもとになったものじゃない？」

別の書棚で本を調べていた礼さんがやって来て、私が開いた本に目を近づける。

「そのようでございますね」礼さんは老眼鏡なので、ふだんからとても目が大きく見えるけど、今は格別大きくなって嬉しそうだ。

「ところが、こういうスケッチはこの本にたくさん描かれているんだけど、真ん中に暗号がないのよ。暗号は死ぬまぎわに描き加えたのかしら」

「さあ……」

「いったいどういう意味なんだろう。『かれは洒落を言う』……。そのほかに、そっちの絵とこのスケッチの違いって、何かある？」

するとれいさんは、確かめるようにもう一度スケッチを見やってから、老眼の目を輝かせる。

「そうでございますね。一つ、簡単に気がつくことがございますが」

午後一時　軽井沢　山崎千鶴弁護士

なるほど、なるほど。そうだったんだ。ああ、波が引いていくように、からだがさあっと静まっていく。

まだ確かめなければならない点はいくつかある。集めなければならない証拠もある。だから今すぐ犯人逮捕というわけにはいかないけれど、でも、だいじょうぶ。これでわかった。犯人があの人であることは間違いない。今まで得られた情報を組み立てると、それはこの魚たちのように、楽しくまっすぐに整列して、あの人だけを指し示しているのだ。それはものすごく、信じられないほど意外だけれど、気づいてみれば簡単な推理の直線なのだ。ああ、まったくきょうは、最高にハッピーな日曜日だ。

「礼さん、きょうは特別な日だわ。帰りがけにシャンパンを買いましょうね」

「かしこまりました」

「でもまず、竹下警部にお会いしなければいけないわ」

4　五月二十日（日曜日）夜

午後五時　中野　山崎千鶴弁護士
『捜査本部』の看板はすでに取り外されている。

部屋では浅井刑事が暇そうにタバコをくゆらせている。

「あの、竹下警部は」

「取り調べ中です」

「え？　誰を」

「西山真太郎」

「西山？　まさか参考人なんかじゃないでしょうね」

「さあ」

「冗談じゃないわ。真犯人は別の人ですよ」

「え？　ははは、いやあ。おれも宮島咲だと睨んでるんだけどね」

「ともかく、ちょっと警部を呼んできてくれないかしら。それとも私が行ってもいいかな」

浅井さんはぐるりと椅子を回して私を見つめ、煙をゆっくり吐き出すだけの間をおいてから、

「取り調べ中なんですよ」

「それは分かっていますけど、こちらも急用なんです」

「無理だ」

「あーん、困ったな。まだ調べたいことがいくつかあるのに」

取りあえず廊下へ出ようとする。

「どこへ行くんです？」

「ちょっと様子を見るだけですよ」

すると廊下側からドアが開いて警部が入ってくる。私を見て驚いた顔をするが、何も言わない。

「警部さん、犯人が分かりました。もちろん西山さんじゃありません」

「え？　とにかくもう、あなたに構っている場合じゃない。浅井君、畑山さんからの連絡はまだか」

「まだです」

「私の話も聞いて下さい」

「いずれ説明しますよ」と警部は言い、私に人さし指を向けて、

「あなたは宮島教授に狙いをつけて失敗した。今度は誰なんです。また気楽に間違えるんですか。こっちは遊んでいるんじゃないんですよ」と言い置いて出て行こうとする。恥と怒りで胸が高鳴るが、

「西山さんが自白したんですか」

「そんな、ただ話を聞いているだけですよ」

「参考人なんですか？」すると警部はゆっくり振り向いて、

「きみに指図を受ける覚えはない！」とバタンとドアを閉める。警視も最後のヤマ場と見て緊張しているのだろう。だがひどい屈辱だ。ひどい屈辱。自分だけが真相を知っているという気持ちが、自尊心を高めてしまったのかもしれないけど。

「あっはっは……」浅井刑事が声を出して笑う。その声が私の態度を決定づける。あらためて身体が騒いでいる。真相究明の、もう一つ奥にある欲望に火がともる。——よし、それなら私は私でやってやろう。もともと私が愛しているのは警察ではない。犯罪であり、犯罪者な

のだ。

私も西山さんに会いたい。訊きたいことがある。そうだ。詩野さんのところであの写真を借りて、何倍にも拡大すればある程度はっきりするかもしれない。

——警察との競争。

ジェットコースターの最後の落下。でもジェットコースターは、そのために乗るんだわ。

5　五月二十日（日曜日）　深夜

午後九時　船橋　西山真太郎（画商）
「いや、恐ろしいことになりましたよ」
「だいじょうぶよ。警察だってあなたを疑ったわけじゃないみたいだし」と山崎先生は言ってくれる。
「でも、出雲から羽田の乗客名簿に名前がなかったら、どうなってたことかと思うと——」

「だいじょうぶ。あなたは犯人じゃないわ」

「ないですよ。もちろん」

先生はいやに自信たっぷりだ。それはでも、弁護士としての職業的な態度なのかもしれない。

警察はいやにしつこかった。おれが土居社長を恨んでいること。それを帆奈美に言い聞かせたこと。オヤジの借金が残っていること。そんなことばかり訊いてきた。

「考えてみたら、悔しいですよ。帆奈美ちゃんとは、いろんな意味で、これからだったんですから」

「真面目に好きだった？　帆奈美さんのこと」

「て言うか、一回り以上も歳が離れてるし、なるべく真剣に考えないようにしてましたけどね。ただ思い出してみると、彼女と最後に話したのが、事件の二日前の月曜日で、訪ねて行ったら、出かけるところだったんですよ、彼女。今から思えば喘息の病院に行くところだったんだけど、ここんとこ症状も出てなかったし、せっかくぼくが行ったんだから、ちょっとぐらい遅れて出かけてくれてもいいじゃないかとか思って、ちょっと言い争いになっちゃったんですね」

「帆奈美さんは病院へ行くところだって、あなたに言わなかったの？」

「言わなかったんですよ。言うとぼくが心配すると思ったんでしょうね。だから分からなくて、こっちだってわざわざ行ったわけだから、面白くないしね。鈍かったんだなあ。今思うと、それが悔しくて」

「そう」と言っただけで、先生はうなずいてにこにこしている。でも余計なことを言わないのがかえって安心できる感じにもなる。

「だから、水曜日に詩野さんのマンションで入れ違いになった時、その時のことを怒ってるのかな、って、ちょっと心配だったんです。まさかそんなはずもないんだけど」

「ええ。そんなことじゃないわ」と先生は自信たっぷりに言う。何だかすごい迫力の人だ。

「警察にも、月曜日に軽井沢へ行った時のこと、ずいぶん訊かれたけど、ここは頑張ろうと思って、何も言わなかったんです」

「頑張ろうって？」

「よく分かんないけど、帆奈美とおれの気持ちのすれ違いを、警察に説明したってしょうがないと思ったんですよ。へたに説明したって、またどう突っ込まれるか分かんないんだし」

「そうか」

先生には分かってもらえるのだろうか。おれが鈍くて帆奈美の気持ちを誤解した月曜日のすれ違いが、『誤解でした』『ああ、そうだったんですか』って言って済ませられる問題じゃないんだってこと。帆奈美は誤解も解かないまま、もしかしたら気の利かないおれのことにイライラしながら死んじゃったのかもしれないってこと。これぱかりは冥土のオヤジに頼んで、取りなしてもらえるような話じゃないんだ。小さなことだけど、帆奈美のいない今、おれはせめてそんなことでも必死に大事にするんじゃなくちゃ、大事にするものがなくなっちゃうじゃないかって思える。警察でおれはそればかり考えていたんだ。

「あなた、ほんとに好きだったのね。帆奈美さんのこと」と先生。

「……だから、そう言ってるでしょ」とおれは耳が火照る。

先生はしばらくおれをにこにこ観察してから、

「ともかく西山さんには、写真の思い出だけはたくさんできた。ね？」

「うん。そうですけど」

「それで、大事なその一枚なんだけど、この写真を見てくれる？」と先生はB全の写真を袋から出して広げる。帆奈美と例の絵の写真だ。

「これは西山さんが撮って、ご自分で現像と焼き付けをなさって、詩野さんにあげた写真を、拡大したものなの」

「ええ」

「元のままだと小さ過ぎて暗号の文字が読めないので、大きくしてみたんだけど、そしたら、ほら。これだとなんとか、読めることは読めるんだけど」

「あれ？　いけね」

「どうしてこうなったの？」

「いやあ、おれ、焼き付けはまだ素人だもんで、つい間違えちゃったんですね」

「ネガがあれば、確かめることができるでしょう?」

「あ、もちろんありますよ。写真のネガは全部あります」

「助かった!」先生はまるで飛び込んでいらっしゃい、と言わんばかりに両手をぱっと広げる。

6　五月二十二日(火曜日)　午後

午後四時三十分　青山　里見淑郎(義弟　横浜支社長)

「なんや気の重い通夜になりそうですねえ」

「仕方がないですよ。でもまあ、これで会社のほうは、少しは落ち着くでしょう」

「会社いうたら、社長の隠し子の件、あれは嘘やったんですって?」

「面目ない。マコーミックの作り話に乗せられたようです。もちろんこちらも調査を入れるつもりでしたから、実害はなかったんですけどね」

「帆奈美さんの財産も、だいじょうぶやったんやろね」

「ええ。通帳、株券、一通り調べましたが、手はつけられていませんでした」

「そら、せめてものことやねえ。まあ、外人の言うことは本当か嘘か、よう分からんこともあるから」と教授はちょっと声をひそめて言う。

「ええ。インドネシアの連中も、あれだけ『環境破壊だ』って怒ってたくせに、こちらが手を引く素振りを見せたら、かえって慌ててるんですよ。開発もしてもらって、同時に補償もたっぷり出してもらう、というのが、先方のシナリオなんですね。ただ、大使館はさすがに落ち着いたものでね。いずれ挨拶に行かなきゃならんと思ってるんですよ」

「そやそや、後継社長を決めなならんのでしょう。どないしはるんですか」

「明後日、まず私を本社専務に戻すための役員会を開いてもらって、それから私が参加して、その席で、という手順になります」

「誰ぞ反対に回るということは——」

「ないですよ、今さら。順調に行くはずです。その点では、大きい声では言えないが、本当に運が向いてきた」

「まあそう思うしかないんやろうなあ。さっきもそこで、ワイドショーのおばちゃんがね、『世紀末の日本を騒がせたこの大事件も、いよいよ幕を閉じようとしています』やて、実況中継で喋っとりましたわ」

「はっはっ、世紀末ですか。『シールド』はこれからが新世紀ですよ」

「そら、けっこうなことやけどね」

「あ、小沢君、ちょっとちょっと」

「はい」

「山崎先生から、何か情報入ってるかい」

「いいえ。きのうも電話もらったんですけど、詳しく教えてくれないんですよ」

「何でも警察とは別行動で、自分で調べて歩いてるんだって？」

「はい」

「無茶しよるなあ」

「今さら、どういうことなんですかねえ。私が事務所に電話した時も、あちこち出歩いて、『ほかの仕事が滞って困りますよ』なんて、相棒の弁護士さんがこぼしてたんだけどね。本格的な刑事事件は初めてのはずなのに、様子が分からなくてかえって羽目を外しちゃったのかな」

「よほど和彦はんに吹き込まれたんかねえ」

「いやあ、和彦君だって、さすがにもう落ち着いてますすよ。先生はハードボイルドの私立探偵かなんか、気取ってるんでしょう」

「あの先生、車椅子は生まれつきですか？　いや、どないしたんやろ思うて」

「確か子供の時の交通事故っていう話だったなあ。小沢」

「はい」小沢はこのところ、気が抜けたようだ。

「君はもう少し聞いてないのか」

「いいえ。小学校の時の交通事故だということだけで」

「小学校からか。そらえらい難儀やなあ」

「まあ、本人が元気だから、ついこっちもあんまり意識しないんだけどねえ」

「そら、あの人は相当の根性持っとるわ。ほんま、ハードボイルドかもわからん」

7　五月二十五日（木曜日）　午後

午後四時　銀座　島村詩野（和彦の婚約者）

「このごろ、和彦さんはどう？」

「ええ、おかげさまで……」と答えるけど、私に突然会いたいと言ってきた弁護士さんの真意が読めなくて、私は落ち着かない。

「お二人のお葬式も済んで、一段落よね。あとは、犯人が逮捕されればいいんだけど」

「はあ」どうして今さら犯人の逮捕などと？　不安になる。

「いらっしゃいませ」とウェイトレスが来る。

「私はアイスティ。あなたは？」

「はい、同じで……」

車椅子の美しい客に、店の人たちはちらちらと視線を投げかけている。でも、弁護士さんは注目されることに慣れているらしい。

「でも、警察は全部帆奈美さんのせいにして、捜査終了でしょ、ご存じの通り。私も力不足だったんだけど、結局は馬鹿にされたままで終わっちゃったの。だから、自分で調べなきゃならないことがうんとあって、詩野さんにも少し、参考意見をうかがっておきたいの」

「……どんなことでしょう」

「お待たせいたしました」とウェイトレスがアイスティを二つ、テーブルに置いていく。

「まず、水曜日に社長の家を訪ねた時のことだけど。詩野さんがあそこを二時に出てきた時、社長は生きていたんでしょう？」

「もちろんです」

「でも、どんな様子だったの？　ふつうに挨拶をして別れてきた？」

絶句。どうしてばれちゃったんだろう。

「違うでしょう」

どうして？

「……姉に先にお会いになりました？」

「ううん。でも、分かるの。推理したから」

すごい。でもそれが、事件にどう関係するのだろう？

「できるだけ詳しく教えて？　たぶん嫌なことだと思うけど」

なんの真似だ、このあま——

「そうですね。はじめ、お金の話になって」

どうせ水商売の女だ——

「いわゆる手切れ金ね？」

「はい。でも私の気持ちは変りませんでしたから、だんだん社長は腹を立てられて……」

「襲いかかった」

どうせ水商売の女だ、カネで転ばないはずはあるまい——

私は火照りだす頬を両手で包む。

「そうね？　それから？」

「私、必死で社長を押しのけて、逃げてきたんです」

「そうでしょうね。社長がうしろへひっくり返るくらい、突き飛ばした?」

混乱と動悸。

なんの真似だ、このあま、痛い目に遭わねえと、うわっ――

はっと見回すと、静かな喫茶店にはバッハのチェンバロ曲がかかり、弁護士さんは私を温かく覗き込んでいる。

「どうしてわかるんですか?」

「いろいろ調べたから。例えばあなたはあの家を出てから、すぐにお姉さんに会った。お姉さんに今起こったことを話しながら、手首を見せていたわね。あれは時計を見せていたんじゃなくて、社長の爪に引っかかれた傷を見せていたんでしょ? そのことを隠すために、木曜日にあなたは、わざと袖の長いセーターを着て、手首を隠していた。暑い日なのに、我慢して」

「でも、それは――」

「わかってる。正直に話して変に誤解されることを恐れてのことだったのよね。お姉さんとそう相談したんだと思うわ」

「はい。……私、髪から簪を抜いて、身構えたんです。あんまり怖かったから」するとこの部分だけは、弁護士さんが確信をもって推理していなかったらしく、弁護士さんは顔を明るませて身を乗り出す。

「やっぱり、そうなんだ。あなた和服だったし、お姉さんに会った時、髪に触ってたものね。で、社長を、刺したの？」

「いいえ、どこかには当たったと思いますが、すぐ撥ね飛ばされてしまいました。だから必死に押し返して……」

「ドシンと、テーブルか家具に社長がぶつかる音がしたのね？」

「さあ……。夢中で逃げてきただけで、よく覚えていませんけど……」

「簪も、その場に放り出してきた」

「ええ、夢中で」

「それもあって、お姉さんに会って話したら、お姉さんが代わりに様子を見に行くことになったのね？」

「ええ……」

ああ、恐かった。見て、こんなにひっかかれちゃった。

でもそんな、簪なんか振り回して、あちらさんはだいじょうぶだったのかい。

私の力だもの、どうせ大した怪我じゃないわよ。心配なら、姉さん行ってみてよ。

そんなこと言ったっておまえ——

とにかく私はもう顔も見たくない——

「大変な目に遭ったようね。あなたはちっとも悪くないわ」弁護士さんに改めてそう言ってもらうと安心するけど、でもどういう意味だろう。私が社長を突き飛ばしたことと首を切られたことと、何か関係があるとでも言うのだろうか。

「それからもう一つ、話は変って、詩野さんのお父さんが亡くなった時のことなんだけど」と意外な話題を切り出して、弁護士さんは私の顔をじっと見る。

「詩野さんはお父さんが亡くなるショックと不安で、松本俊英先生にずいぶん頼る気持ちだったのよね？」

「松本先生ですか」懐かしいような、思い出したくないような。

「先生とどんなことをしたか、どんなことを話したか、思い出してもらいたいの」

「はあ、でもどうして……」

「あなたはお父さんを助けたい一心だったし、そのために松本先生を自分に引き付けておきたかった。その調子で、例えばもう一人、同じように大切な身内を亡くそうとしていた帆奈美さんに、知られたら困るようなことを思わず言ったりしたりしてなかった？」

私は思わず目を剥いている。確かにそれが問題だったのだ。それが私の悩みだったのだ。でも、なぜそれが？

「じつはきのう、松本先生にもお会いしました。でも、先生も、『帆奈美さんに何かを見られたという、はっきりした記憶はない』っておっしゃるの。詩野さんは？」

「でも、それが今度の――」

「だって、それを心配してたんじゃないの？　和彦さんとの結婚にあたって、それだけが不安で、お姉さんとも相談してたんじゃないの？」

「ええ、確かに心配はしていましたが、和彦さんにはもうあらかたお話してありましたし……ともかく私、そんなことのために帆奈美さんをどうこうする人間じゃありません」と言ってしまってから、少し声が大きくなっていることに気づいて私は赤くなる。

「そんなことを言ってるんじゃないの。ただ、はっきり見られたかどうかは別にして、その時のことをとても心配したんじゃないか、っていうことを確かめておきたいの。何気なく言った一言でも、聞きようによっては相手を傷つけることがあるでしょ。例えば、『先生が私のお父さんの治療にもっと集中できるように、ほかの患者さんなんてみんな死んじゃえばいいのよ』というようなことだったのかもしれないわ。でもその何気ない一言が聞き取られていたかもしれないという不安にあなたは悩んで、帆奈美さんから結婚に猛反対されることを恐れて、そのせいで帆奈美さんに会うのをどんどん遅らせて、いよいよこれ以上遅らせられなくなると、一度だけ、風邪を引いたことにしてマスクをつけて彼女の前に現れた。違う？　幸い彼女はあなたが恐れていたような反応は示さなかったけど、忘れているだけかもしれない。その後もあなたは、彼女の記憶がいつ呼び覚まされるかわからないと思って、不安でたまらなかった。もちろんいざという時の用意に、和彦さんに松本先生との交際について打ち明けたかもしれないけど、兄妹にとって一番ショッキングだと思われる発言については、あなたはいまだに言いそびれている。違う？」

「それは……」

「そうなのね？」

「……はい」何かが私の中で崩れる。今となっては何ということもない何かだが、崩れたことに変りはなく、私はかすかに震えながら、弁護士さんに対して無抵抗に、無防備になっていく。そんなことが事件の一部をなしているのかどうか、もう考える気力もない。

「そう。具体的にどんなことをしたり言ったりしたか、それは聞かなくてもいいの。あなたがそれを心配していたことが分かればね」

「すみません」

「いいのよ。あなたはあなたで必死だったんだから」

それから弁護士さんは何か話し、私は何か答える。姉さんのこと。西山さんのこと。和彦さんのこと。

弁護士さんはアイスティを飲み干し、さらに話し、笑い、やがて車椅子の向きを変えて店を出ていく。私はまともな挨拶をする気力もなく、かろうじて立って弁護士さんを見送り、バッハの音楽の中に立ち尽くす。

弁護士さんが見えなくなると、もう一度椅子に座り込む。すると私は思い出の虜になっていく。いや、思い出が奏でる楽器のようなものになって、全身が静かに震えつづける。かつて忘れたいと願った思い出が、今はいくぶんの懐かしささえまじえて、風のように、音楽のように私を吹き抜けていく。懐かしいのはどうしてだろう。弁護士さんに許されたからだろうか。帆奈美さんがもういないからだろうか。八年かかって一つの運命が完結したからだろうか。私はどうなるのだろう。私と和彦さんは。——

あ、もう行かなくちゃ。もう一人上の階の患者さんを診なくちゃいけないんだ。

土居でしょ。

知ってるの。

こないだあそこの大学生としゃべったよ。

え、ナンパされたの？

ううん。カネ持ってそうだから、ナンパされてやってもいいけどね。ははは、冗談。病院でナンパするのは先生ぐらいのもんだよ。

ははは、ぼくはされたほうなんじゃないかなあ。

ね、先生、あたしのことかわいい？

うん。どうしたの。

じゃああと十分あたしと一緒にいて。

無理だよ。もうすでに十分遅刻してるんだぜ。

死にそうな婆さんとあたしと、先生どっちが大事なの。ほら、胸に手入れてもいいよ。

こら。

ちぇっ、あの婆あ、もうじき死ぬくせに、邪魔しやがって。

しょうがないよ。ここは病院なんだからさ。

あ、今だれかがあそこから覗いた気がする。

え。

ははは、看護婦さんじゃないよ。白い服じゃなかったもの。きっとあの婆さんとこの子供だよ。

女の子だった?

そんなことよりさ、先生、あたしのこと抱きしめて。

え。

もっとちゃんと。そうじゃないとね。あたしここから飛び降りちゃうかもしんないよ。

また。きみは急にわからずやになるねえ。

あたし、ずうっとわからずやだもん。

詩野ちゃん。さびしいんだね。

え。余計なこと言うな。お姉ちゃんがいるからさびしくないよ。

詩野ちゃんもつらいけど、お姉さんはもっとつらいんじゃないかな。

分かってるよ。言うなよ。

さ、あしたまた、お話しよう。

あした。

うん。

お父さんが死んでも？

そんなこと言っちゃ駄目だよ。

お父さんのこと、ちゃんと診てくれてる。

もちろんだよ。詩野ちゃんのお父さんだもの。毎日一生懸命診てるよ。

でも、どうせすぐ死んじゃうんだよね。

うーん。

いいよ別に。あたし平気だもん。お父さんだって、お母さんのところへ行くだけだし。あたしもお姉ちゃんもすぐ行きたいよ。

そんなこと言わないで、ね？　今のうちにお父さんを大事にしてあげなさい。

いくら大事にしたって、死ぬ人は死ぬよりしょうがないじゃん。

そんなこと言っていいのかな。

死ぬ人は死ぬよりしょうがないじゃんよ。医者ならそのぐらいわかるだろ。

詩野ちゃん。泣いてるの？

――弁護士さんは、姉さんのところへ行ったのだろうか。姉さんも驚くだろう。

でも、姉さんが何を知っているのだろう？

午後六時二十分　中野　山崎千鶴弁護士

「あなたは前の日か当日、帆奈美さんに電話をかけたでしょう？」

「電話ですか？」

「ええ。用件は、いただいたコウホネが萎れそうだから、取りあえず水を取り替えてあげたい。悪いけど、こっちへ来る時に、川の水を洗面器に一杯ほど、持ってきてみてくれないかしら、ということだったはずです。だから帆奈美さんは、冷蔵庫からウーロン茶のボトルを二本出して、中身を流しに捨ててから、川へ行ってそのボトルに水を汲みました。ちょうどあの日のお昼ごろ」言葉を切ってみるが、反応もなく、じっとうなだれているばかりだ。

「そのボトルを車に積むと、帆奈美さんは東京へ向かいました。三時に中野のホテルでマイクに会います。別れたのが四時四十分。それから車を回してこのマンションへ来る。ここまで大きな時間のロスはありませんし、もちろん土居邸にも立ち寄っていません。彼女はお腹をすかしていた。西山さんを交えてレストラン『キリコ』で食事をする予定だったから、何も食べないでいたんです。でもあなたはその前に、彼女を殺してしまったんです。まず、帆奈美さん自身が何も知らずに運んで来た軽井沢の川の水を、洗面器のような器に入れて、そこへコウホネをいったん休ませておく。それから、出来上がったドレスを彼女に着せて、隙を見て、洗面器の中へ帆奈美さんの顔を無理やり沈めて、溺死させたんです。その時彼女は、苦し紛れにコウホネの花びらを噛みちぎったので、口の中にそれが残ったんですよ」

すると香野さんから、ゆっくりと微笑みがこぼれる。私は言葉を止められる。不思議な微笑み。私の知る香野さんよりずっと優しい、まるであどけない妖精がつかの間香野さんに宿ったかのような微笑み。去っていくその妖精を目で追うように、香野さんは窓の外を穏やかに見やる。

「……詩野?」と香野さんは呼びかける。まるで妖精が詩野さんになって、今目の前に見えているかのようだ。

私は不思議な気分だ。暴力なら私は知っている。犯罪者も知っている。でも私は妖精なんか見たことがない。

「詩野さんはその時、何も知らずにお店に出ていました。全部あなた一人でしたことなんですよね、これは。ベージュのドレスを着た小柄な帆奈美さんを抱えて、マンションの地下駐車場へエレベーターで降りて、帆奈美さんのミラージュの、恐らく後部座席に帆奈美さんを運びいれて覆いをする。用心しなければならなかったのは、その時だけでしたけど、この部屋は外の道もエレベーターも見やすい位置にありますし、帆奈美さんは大きな箱に入れて台車に載せて、下まで運んだのかもしれませんね。いずれにしても、大した苦労はなかったはずです。それからミラージュを土居邸のガレージの陰に停め直しに行って、一時間余りのあいだ帆奈美さんが誰にも見つからないように祈りながら戻ってきますけど、もちろんそんな時間に誰かが訪問したり、ましてやミラージュに近づいたりするはずはありませんでした。宮島咲さんだけが予想もしない例外でしたけど、咲さんも車の中までは覗きに行きませんでしたね。家に戻ると、帆奈美さんがはじめに着ていた服や野球帽を、同じぐらいのサイズのマネキンに着せて、よく似た長い髪のカツラもかぶせて、あなたは下の道路に注意しながら西山さんを待つ。西山さんが五時五十分にやって来ると、予定通り、何食わぬ顔で家を出て、目マネキンと一緒にエレベーターに乗って、西山さんに帆奈美さんらしい後ろ姿を見せる。目的地のマンションのエレベーターが、夕暮れの中でライトアップされて動いていれば、誰だって道を歩きながら目をやりますものね。あなたはそのまま地下へ降りて、ご自分の車のトランクにそのマネキンを隠す。もちろん、あなたが洋裁をしていることはマンションの人たちはご存じだから、マネキンを抱いているところをたとえ見られても、不審がられる心配はない。こうして一瞬のうちに、帆奈美さんは急いで出発してしまったことになる。やがて地下へやって来た西山さんは残念がりますが、仕方がありません。それから二人で七時まで食事をする」

「詩野は」

「詩野さんはそのころずっとお店ですよ」

「——幸せになる権利があるの」と香野さんは言う。

「分かります。よく分かるんです。そのためにあなたは大忙しだったんですからね。七時に西山さんと別れると、マネキンから帆奈美さんの服を脱がせて、それを持って土居邸の帆奈美さんの車に戻る。それからが一仕事です。鍵を開けて邸内に入りますが、それまで三、四時間ほど、あなたは土居邸を留守にしていた。社長の死体を放置したままで、ともかくいったんは、帆奈美さんに会うために家に帰らなければならなかったんです。いくら鍵をかけても、昼下がりにそれだけの時間死体を放置するのは危険ですから、あなたはそのために、一時的な隠し場所を捜さなければならない。その結果あなたが選んだ場所は、なんと、あなたが詩野さんと一緒に楽しみにしていた、お父さんの個展を開くための、お父さんの絵のフレームの中だったんです」

香野さんはぎゅっと目をつぶる。——それは私にも見覚えがある、目をつぶれば現実を、世界を否定できると、目が信じているみたいなつぶり方だ。

お父さん。

あの時私を轢こうとする車の中で、助手席のお義母さんは目を見開いていたのに、運転手のお父さんは、ぎゅっと目をつぶっていた。

——いけない。私は呼吸を整えてから、

「そりゃ、何枚もの絵に穴があけられて、重ねられたフレームの中が死体の隠し場所になっていたなんて、警察だって翌日まで気づかなかったくらいですから、いいアイデアだったに違いありませんけど、大切なお父さんの絵を、そんなふうに犠牲にするなんて。気がついた時は私もショックでした」

香野さんは手で顔を覆い、覆ったままで崩れるようにうなずく。

するとまたお父さんが見える。——死亡には至らず、下半身麻痺で入院した私を親戚に預けて、行方をくらましたお父さんの、見たことのない後ろ姿。見たこともないのに何度も想像してきた、見えないのにはっきりそれとわかる、お父さんの寂しい後ろ姿。——私は何をしているのだろう?

「……仕方なかったの。和彦さんの絵を、破くわけにはいかなかった……詩野の、大切な人だから」香野さんの曇った声が、遠くからのように聞こえる。

「ええ、そう考えたのでしょうね」

「それに、お父さんは、許してくれたの。『いいよ、おまえのやりたいようにやりなさい』って、言ってくれた。『お父さんより、詩野のことを考えなさい』って」次第に香野さんは甲高い、歌うような声になる。

香野さんより先に、私が泣いているのはどうしてなのだろう。——私も香野さんのように、お父さんに許されたいのだろうか? そんな馬鹿な。でも、悪いのはお父さんなのに、私はお父さんを怨みながら、立派に暮らしてきたというのに、それでもお父さんに許されたいのだろうか？　私は誰も許さない、と決めたのに、お父さんはこんな思いがけない隙を突いて、私を弱くしようとするのだろうか？　そんな権利なんかないのに？

「それからもう一つ」と気力をふるって話しつづける。

「意外だったことは、咲さんの突然の登場です。七時半に咲さんが土居邸の玄関を開けたとき、香野さんは邸の中にいたんですよね？」

香野さんはうなずく。

「アトリエにいて、玄関が開いたのに気がつかなかったの。キャーって、すごい悲鳴が聞こえて、女の人が走って行ったのが分かっただけ。誰だか分からなかった。その後も、ずっと心配してたんです」

「それで、急ぐ必要が生じたんですね。社長の死体は、それまでにいくつかのビニール袋に入れてあったんでしょう。それを持ち出して、帆奈美さんのミラージュのトランクに積む。それから例の絵を、画集から二枚切り取って、サロメのほうを壁に貼る。もちろん、そこにあの画集があることは、お父さんの絵を運んだ時にでも見て知っていたんでしょう。詩野さんが手を触れたグラスは、昼間のあいだに片づけてあったはずですよね。それからミラージュを運転して軽井沢へ飛ばして、あの川に帆奈美さんを沈める。川岸まで舗装してあって車が乗り入れられますから、作業は大変ではなかったはずです。それから花を捧げたり、アトリエに入り込んで絵にバツ印の傷をつけたり、オフィリアのページをドアに貼ったりする。最後に車を駐車場に戻すと、こっそり道を渡って、ゴルフ場へ行って、東京行きの高速バスに乗る。バスは最終便が十時ちょうどですから、急げば間に合う時間です」

「お父さんは、許してくれたの」と香野さんは言う。香野さんにとってそれが今、この世の条理を超越する真実なのだということがわかる。

——お父さん。どうして？　——迫る車の中のお父さんを見つめながら、小学生の私が必死で問いかけたその問いを、私は今も足枷のように引きずっている。そんなことを、どうして今さら思い知らされるのか？　私は苛立つ。香野さんたちの優しかったお父さんと、後妻に迎えた残酷な女の言いなりになった私のお父さんと、何もかも違うのに、何もかも違うのに。

私は部屋を見回す。

「そう、本当に、許してくれていたのかもしれませんね。だって、私がこの事件の全貌に気づいたきっかけは、ほら、あのお仏壇の脇にあるあの、帆奈美さんの写真だったんですからね。香野さんはあの写真を頼りにして、帆奈美さんのアトリエに入って、最近作である魚の列の絵にバツをつけることで自殺の意図を表現しようとした。でも、アトリエに入ってみたら、後で和彦さんが言ってたように、魚の絵はイーゼルの上にはなくて、床の上に横向きに置いてあったはずです。あの絵の場合、そのほうが安定がいいですからね。でも床の上に置いたままバツをつけるわけにもいかないので、お姉さんはそれをイーゼルの上に載せなくちゃならなかった。ここで問題になるのは、この絵はどちらが上でどちらが下か、ということです。

真ん中へんを水平に魚の列が泳いでいるだけだから、どちらが上とも解釈できる。お姉さん以外の人なら、どっちを上に見立てたらいいのか悩んだはずなんです。でもお姉さんは、西山さんの写真の記憶に従って、魚は右向きだと決めつけて、そうなるように絵を置いて、バツ印をつけました。そうですよね？　ところが、実はあの写真は、西山さんの間違いで、裏側からネガを焼きつけた写真だったんです。本当は魚は左向きだったんです。帆奈美さんのデッサンはみんなそうなっています。でも、ネガを裏にして焼くと、写真は左右逆になりますよね。だから、魚の向きも逆になっている。写真が左右反対に表したものを、お姉さんは上下反対にして表そうとしたんです。西山さんは写真をたくさん撮りましたし、もっぱら絵よりも帆奈美さんに注意を払っていたので、向きが逆になっていたことは気がつかなかったんですね。魚の列だけだったら、違いはあまり目立たなかったかもしれませんが、上下を逆さまにすることによって、どうしても目立つものが出て来る。それはもちろん、魚たちの列の真ん中に描かれた文字です。あの文字は角張った文字で hepuns hddey と書いてあるように読めるんですが、上下逆にすると、happy sunday（楽しい日曜日）、いかにもお魚たちの列にふさわしい言葉になるわけです。ほんとに、これは不思議な発見でした」

「弁護士さん。詩野を幸せにしてもらえますか」香野さんは目をあげ、はっきり私を見据えて尋ねる。

「はい、そりゃ私だって、幸せになってもらいたいです。でも——」

「お願いします」と香野さんは頭を下げる。

「だって、詩野さんはもともと、社長に襲われた被害者ですものね？」

「社長が……」と言うと、香野さんはしゃくりあげはじめる。

私はようやく少し落ち着いてくる。

「分かりますよ。苛立っていた社長は、結婚に反対するために、詩野さんをいっそ手込めにでもしてやろうと、詩野さんに襲いかかった。詩野さんは社長を突き飛ばして逃げた。その時、詩野さんは確かめなかったけれど、社長はどこかをひどく打ちつけて、大けがをしていたんでしょう？　たぶんテーブルのグラスが割れて、そのかけらが突き刺さったか何かしたんですね？　お姉さんは家にいたのに、和彦さんがあんまり心配するもんだから、土居邸の近くまで行ってみた。そしたら、詩野さんは逃げて出て来るわ、『簪で刺した』なんて言い出すわで、取りあえず社長がだいじょうぶなのかどうか、土居邸の様子をうかがいに行ったんでしょう？　そうしたら詩野さんが気づかないうちに、床に倒れた社長はもう、虫の息だった。このまま救急車に連絡をしても、助からないかもしれないし、助かるとしてもこの事件は詩野さんの結婚にとってひどいマイナスになる。そう思って、あなたはとっさに、その日の夕方実行するつもりだった帆奈美さん殺しと、目の前の社長の状態を組み合わせて、帆奈美さんが父親を殺した上で自殺する、という筋書きを作れないものかどうか、考えようとしたんですよね？」

のろのろと、まるで私の話を拒むかのように香野さんは首を振る。

「そうでしょう? 社長はあなたの目の前で息絶えたか、それともあなた自身が仕方なく、止めを刺したに違いありません。それからどうしたらいいか、あなたは一生懸命考えて、社長の首をサロメにして、帆奈美さんをオフィリアにすることを思いついた。もしかすると、考えがすぐにはまとまらなかったので、いったん鍵をかけて家に戻るために、社長の死体をお父さんの絵のフレームの中に隠そうとして、フレームの寸法に合わせて、死体から首を切り離さなければならなかったのかもしれない。それがサロメのアイデアの出発点だったのかもしれません。でも、よく考えてみると、首を切る理由は、社長のからだに最初からあった。そこには詩野さんの簪の傷が残っている。それに、詩野さんの手首を傷つけた社長の爪に、詩野さんの血や皮膚の痕跡が残っているかもしれない。胃には、飲んだばかりのスコッチがはいっている。そして押し返されて転んだ拍子に、社長のからだのどこかが、割れたグラスの上に乗って、そこも致命的な怪我をしている。社長のからだは詩野さんに対する乱暴と、詩野さんの抵抗をあまりにも明瞭に示している。だからお姉さんとしては、社長のからだを見つからないようにする必要があった。もうそこに血は流れていたから、社長が殺されたことは露見しても仕方がない、死体を全部隠すことはかえって不審を招くから、首だけはそこに残しても構わないけど、首から下は見つかってはいけなかったし、しかもそのことを、自然に見せかけなくちゃならなかった。サロメの首は、そういう条件を満たすために、実行されることになったアイデアだったはずです。そうですね？」

香野さんは首を振る。

「違いますか？」

香野さんは微笑み、私を見る。今度は妖精ではなく、もっと落ち着いた、香野さん自身の微笑みのようだ。

「ほんの少しね。だいたい合ってるけど。少し違います。私にとっては、大事な違い」

「どういうことです？」

「私があの家に様子を見に入ったら、社長は元気だったんです」

「元気？」戦慄がからだを走る。

「ええ。詩野の簪は、肩をかすめたらしくて、血はいくらか出ていましたけど、大した怪我じゃなかったんです。社長は笑っていました」

「……そうだったんですか。じゃあ――」

「ですからね。私もその時勝手にお邪魔して、はじめて社長にお目にかかったわけですから、ご挨拶をして、『社長、年甲斐もなく無理をなさるから』とさっそくお手当てをしようと思いましたらね。『わしに構うな。これから救急車を呼ぶところだ』っておっしゃるの。『どうしてですか、お怪我はそれほど……』と言いましたら、社長はもっと笑いましたの。『ともかくこんなことをしてくれたお陰で、あいつと和彦の結婚話は金輪際終わりだ。いいか。おれが冗談で迫っただけで、刃物を持って切りつけてきた女と、息子が結婚できるわけはあるまい。わかるな？　おれはそう言いふらすつもりだ。だからおれの怪我は、大きければ大きいほどいいんだ。これから救急車を呼んで、おれは入院してやるぞ』って、そう言うと実際に、電話のほうへ歩いて行かれた。もう時間がなかったの。社長はダイヤルを回す。一秒も、一秒も考える余裕はなかったの。気がついたら、詩野が落としていった簪を、私は手に持っていた。社長はダイヤルを回す。それを止めなくちゃ、と思って……」

聞いているうちに、私も力が抜けている。マンションの八階を吹きぬける涼風に、からだが溶けてしまいそうだ。

「……そうだったんですか」

「私、詩野には、どんなことをしても幸せになってもらいたいの。苦労をかけたから。帆奈美さんが詩野の昔のことさえ思い出さないでいてくれたら、詩野は和彦さんと結婚して幸せになれるのよ。でも帆奈美さんは、今は忘れていても、いつ思い出さないとも限らない。詩野はそれが心配だったの。だって、詩野が悪いんじゃないんだもの。あの年齢で、母親を初めから知らない上に、お父さんまで急に亡くすことになって、ヤケになってただけなのに、それがもとで幸せになれないなんて、そんな馬鹿な話があるものか」

「詩野さんと松本先生の屋上のデートのことですね？　帆奈美さんはそんなことを、本当に気にしてたんですか？」

「それはわからない。最初のうちは『あれは昔のこと』って言ってても、何かの時に思い出して、持ち出さないとも限らないもの。帆奈美さんさえいなければ、詩野は幸せになれるの。社長の反対だけなら、和彦さんが取り合わない限りどうにでもなりますもの。でも和彦さんが大事にしている帆奈美さんが詩野のことを、色仕掛けだとか、土居の財産を狙う計算ずくの女だとか、和彦さんや社長に言いふらしたら、どうなるんでしょう。それが私たちの悩みだったの。でもいざとなるとあの帆奈美さんを殺せるかどうか、自信はなかった。ほんとに。……計画を立てて、あの川の水を汲んできてもらう。考えたのはそれだけで、本当に実行できるのかどうかわからなかった。ほんとにできるのかな。いくら詩野のためでも、できるのかな。そればかり考えていたの」

「ところが、悩むより先に、社長の事件が起きてしまった、ということですか」

「そうなの。本当に。帆奈美さんよりまず先に、社長の死体を隠さなくちゃならなかったの」

私たちは同時にため息をつく。もちろん、香野さんのため息のほうが長い、深いものだ。

——地獄とは、家族だ。血だ。気づいてみれば当たり前のことだ。愛しあっていても、憎みあっていても、同じことなのだ。愛と憎しみが、同じものの裏表なのだ。お父さんの後ろ姿が去っていく。私はいつものように子供になって見送っている。

私は録音テープのスイッチを切る。

香野さんはもぞもぞと動く。

「先生。詩野を可哀想だと、思って下さいますか」

「もちろんですわ」

「では、詩野を助けて下さい」と言う香野さんの声は、甲高くて、どこか澄んでいる。

「どうやって？」

「詩野を、殺人犯人の妹だということにしないでほしいんです」

「え？　でも」

「犯人の妹が、殺された人のお兄さんと結婚できるはずがありません。でも、詩野は和彦さんと結婚できれば、それが一番幸せだと思うんです。詩野はやさしい子だから、結婚すれば仲よくやっていけるんです」涙が流れるのにも構わず、香野さんは私の手を取って、

「ですから私、このままうまく行って、詩野の結婚式が済んだら、その報告を持って、お父さんのところへ行くつもりだったんです。あっちへ行って、帆奈美さんにも頭をこすりつけてお詫びするつもりだったんです。本当なんです。このごろは毎日、お父さんが呼んでいて、何だか帆奈美さんに会っているみたいなんです。だから私、早く行きたいの。だからお願いします。私をお父さんのところへ行かせて下さい。今すぐでもいい。クリスティーナと一緒に、私飛んでいきます。だからせめて、詩野だけはそうっとしておいてほしいんです。だって詩野は何も悪くないんですもの。お願いします。お願いします」

　それは私が、言葉にしないままにぼんやりと思い描いていた結末だったし、聞くうちに私の

気持ちはその結末に傾いてきている。お父さんを許すことに、私はこれまでエネルギーの大部分を使ってきたのだから、香野さんを許すことなど簡単なはずだ。おまけに、警察に助けられて犯人を見つけたわけじゃないのだから、警察に義理を果たす必要はないと、私の中の小さな悪魔たちも声を揃えている。犯罪を捜査することと犯罪を犯すこととの境界は、私にとってもともと曖昧だ。しかも詩野さんの幸せがこの問題にかかっていることは本当なのだ。

「つまり、自殺なさるということですか」と言ったのは、しかし、私自身にも聞き覚えのない私の声だった。

「はい」と、香野さんは希望に輝く目を向けて、

「先生。もしこのまま私を死なせてくれたら、誰も知らない秘密を、先生に教えてあげますよ」香野さんの口調はもはや悪戯を思案する子供のようだ。

「秘密?」

「誰も知らない、私と詩野の秘密です」

そう言われて、私は思い当たる。これほどまでに詩野の幸せを願う姉。自分は婚期を逸したまま、歳の離れた妹を育て、今結婚を前にしてあらゆる障害を取り除こうとする女。

「あなたは、詩野さんの――」

「はい」と、香野さんは嬉しそうに答える。

「十四の時、男に騙されて詩野を産んでしまったんです。その男は私の妊娠にさえ気がつかな

いで、どこかへ行ってしまいました。詩野はうちのお母さんの子供として籍を入れてもらったので、私の妹になっているんです。お母さんがそれからまもなく亡くなって、八年前にお父さんも亡くなってからは、世界中で誰も、詩野が私の娘だということを知っている人はいなくなったんです」

「……苦労なさったんですね」

「ううん。私が悪いんです。でも詩野は悪くない。悪くないでしょう？　きれいな、いい子になりましたでしょう？」

「ええ」

「だから、私にとっては、詩野を幸せにすることが、一番の義務なんです。いつも、『詩野、苦労をかけてすまないね。お母さんも一生懸命、償いをして――』」

「お母さん……と？」

「あ、ええ。心の中だけのことですけどね。心の中では時々自分のことを、お母さんと呼んでいるんです。詩野と話す時。……わけの分からないうちにあんなことになって、お父さんの絵も諦めて、でも、『おまえだけはお母さんの夢を叶えてね』って、それだけ何度も言ってたんです。『私はサロメでも何でもいい、どうせ汚れた身の上なんだもの、でもおまえだけは幸せになってね』って……」

母が娘に託す夢。血の夢。それが香野さんの、一番の願いであり、一番の自然なのだ。自然な形で、私の気持ちも決まっていく。

「先生」と香野さんは私の腕を掴む。

「はい？」

「私も必死だったんです。だから、帆奈美さんに、謝りに行かせて」

わたしはちらりと礼さんを見る。でも礼さんは相変わらず聞こえない振りだ。

「分かりました」

「ありがとう。先生」

世界全体が押し黙ったような沈黙。それは車にはね飛ばされる瞬間の、世界の無音にどこか似ている。小学生の私が、その真ん中にたたずんでいる。私は今もそこにたたずんでいる。

「でも、今の時期の自殺では、疑いがかからないとも限らないし、詩野さんも参ってしまうでしょうね」

「そうでしょうか」

「ええ。もしかすると、事故死なさったほうが……」

「交通事故ですか？」

「そうですねえ」

「いえ、いい考えがあります！　クリスティーナが逃げてしまうんです。私はそれを追いかけて、ベランダから落ちる。ね？　そうしましょ。そうしましょ」と香野さんははしゃぐように、私の腕を揺すぶって言う。

「そうですね」

「わーい」と言ったように聞こえた。香野さんは思わぬスピードで鳥籠を開けてカナリヤを両手に包み、戻ってくる。

「あの、社長のおからだは、関越道の——」

「もういいんです。私は、探しませんから」

「そうですか」香野さんは不思議に晴れやかな顔で、

「じゃあ、約束ですよ」と言いおいて、ベランダに立つ。

「詩野に、幸せになるように言って下さいね」私たちは一瞬視線を結びあう。血の夢。私は何か言おうとするけど、気持ちがうまく追いつかない。追いつく前に香野さんはカナリヤを放す。カナリヤは驚きの余り、飛ぶのを忘れて落ちそうに見えるが、すぐに持ち直してひらりと去っていく。私が一瞬、コウホネの花を思い出すうちに、香野さんは、

「あ、クリスティーナ」と本気とも演技ともつかない声をあげて、ベランダから上体を乗り出し、落下して見えなくなる。はるか下の地上で悲鳴が聞こえる。

今度の沈黙は、悲しみが埋めてくれる。

香野さんが最期をこんなに急いだのは、私に再考の余地を与えないためではなかっただろう。本当に一刻も早く、亡き父親と帆奈美さんのもとへ行きたかったからなのだろう。

午後八時　中野　山崎千鶴弁護士

詩野さんは艶やかな和服姿で泣いている。

「ごめんなさいね。危ないと思ったんだけど、この脚では止めに行けなくて」

詩野さんは黙ってうなずく。

「こうなったら、あなたが姉さんの分まで幸せになってね。応援するから」

すると詩野さんはふと頭を上げ、私を見返す。涙に輝く目で私に何かを尋ね、私から必死に何かを読み取ろうとする。唇が震える。私は耐えられなくて目を逸らす。死者を送るには明る過ぎる病室の、ライトブルーの床を仕方なく見つめている。この床は帆奈美さんが描いた海の色に、少し似ている。

「……あ、ありがとうございます」とかすれた声で詩野さんは言う。今度は私が詩野さんを見やるが、悲しみ以外のものは何も読み取れない。それがただの返礼なのか、何かを見抜いた上での最終的な合意の合図なのか、私にはわからない。わかりたくもない。

「それに、これで私も、探偵ごっこを止める決心がつきました。もうおしまいにしましょう」と私は言う。

詩野さんはかすかにうなずく。詩野さんは強い。

「島村さん」と看護婦が呼ぶ。

詩野さんは立ち、私は香野さんの遺体にもう一度手を合わせ、それから病室を出る。

廊下には竹下警部が立っている。曖昧に会釈しあってから、

「島村さん、転落事故ですって？」

「ええ」

「先生の目の前で？」

「ええ」皮肉なものだ。初めて警部さんに「先生」と呼ばれた気がする。

「……何かお調べだったんですか」

「いえ。それはもう諦めてましたの」

「……そうですか」

これでだいじょうぶだろう。すべては帆奈美さんに帰せられるほかないだろう。帆奈美さんには気の毒だけれど、天国で香野さんがいく度も詫びているだろう。

これは日本の事件だろうか。世紀末の事件だろうか。宮島教授ならそうだと言うかもしれないけど、私にはそうとも思えない。本当はいつでも、どこでも流れ出す、熱くてどろりとした家族の血が、熱いまま流れ出ただけなのではないか。香野さんの経験。宮島教授の経験。土居社長夫妻の経験。それに、私の経験。これらはみんな違うけど、みんな同じだ。業火に焼かれたどろりとしたもの。だから私は、すべきことをしたのだろう。

なのに、どういうわけか涙が出る。

和彦さんと専務と小沢君が廊下を小走りにやって来る。

「ご臨終ですか?」と専務。私は黙って頭を下げる。

「カナリヤが逃げたんですって?」

「はい」

「詩野は?」と和彦さんが訊く。とても素敵な訊き方だ。

「あちらにいらっしゃいますわ」

「じゃ、また後で」と専務が促し、三人は病室へ急ぐ。小沢君がちょっと振り返る。私は小さくさよならの手を振る。試みに小沢君の背中を目で追ってみるけれど、気持ちは案の定よみがえってはこない。通り過ぎてしまうほかの男たちのように、かれもまた世間なるものの中へ沈んでいく。私は取り残され、ふたたびただの車椅子の女になり、朝になって行くところのない白い月のように、ひとりぼっちでたたずんでいる。今はいい。だけど、またどうせ寂しくなると分かり切っている。答えのない問いを引きずる、小学生の生活がまた始まる。

「頑張れよ」と声をかけられ、振り向くと車椅子の仲間が三人私に手を振っている。みんな入院中とみえて寝間着姿だ。

「ありがとう」という声が詰まる。

午後八時三十分　首都高速　山崎千鶴弁護士

帆奈美さんは詩野さんを許していた。お兄さんを信じていたせいかもしれないけど、帆奈美さんは、詩野さんが思っていたよりじつは情けが深かったのだ。そして香野さんも、お母さんとして、あまりにも情けが深かった。だから詩野さんの不安を、どうしても放置することができなかった。二人とも詩野さんが幸せになることをひたすら願っていたのに、一人は被害者になり、一人は加害者になってしまった。詩野さん自身、いつも懸命に自分とお姉さんを、お母さんを支えてきただけなのに、まるで運命の触媒のように、被害者と加害者を結びつけてしまった。

私は去って行くしかない。教訓も反省もない。あるはずがない。人は家族から生まれ、家族を逃れ、家族を作り、家族を失う。何のために？　血の夢を見るために？

「礼さん」

「はい」

「こんな終わり方、お気に召さないでしょうね」

「いいえ。お見事でございました」

「でも、何だかひどい気分なの」

「さようでございますか」

竹下警部たちに対して、世間に対して、私はもう一つ秘密ができた。香野さんと詩野さんの本当のあいだ柄を含めると二つ。でも、私は秘密をいくらでも貯えられる。それが私の取り柄だ。秘密というものは体積のない重さのようなもので、心さえじょうぶならいくらでも貯えられる。悲しいほどいくらでも。

「礼さん」

「はい」

「私、幸せになれるかしら」

「なれますとも」

「ははは、冗談よ」

「はは、さようでございますか」

「だって、いいことをしたはずなのに、とってもひどい気分なんだもの」

「それは困りましたね」

「どこか暗い海でも見に連れてってちょうだい」

「かしこまりました」

——あ、月もないあんな夜空を今、クリスティーナのような黄色い小鳥が飛んで行ったみたい。

了

著者について

平石貴樹（ひらいし・たかき）

一九四八年函館生まれ。

一九八四年、『虹のカマクーラ』（集英社）で第七回すばる賞を受賞。続いて、『誰もがポオを愛していた』（集英社）、『フィリップ・マーロウよりも孤独』（講談社）、『スラムダンク・マーダーその他』（東京創元社）などを発表。翻訳に『おうちにかえろう』（冨山房）がある。現在、東京大学教授。アメリカ文学研究者としても活躍中。

サロメの夢は血の夢

二〇〇二年四月二十五日

著　者　平石　貴樹

発行者　南雲　一範

装丁者　銀月堂／装画　今野さと子

発行所　株式会社南雲堂

東京都新宿区山吹町三六一　郵便番号一六二―〇八〇一

電話東京（〇三）三二六八―二三八四（営業部）

（〇三）三二六八―二三八七（編集部）

振替口座　〇〇一六〇―〇―四六八六三

ファクシミリ　（〇三）三二六〇―五四二五

印刷所　日本ハイコム株式会社

製本所　長山製本

乱丁・乱丁本は、小社通販係宛御送付下さい。
送料小社負担にて御取替いたします。

〈1B-275〉〈検印廃止〉

ISBN4-523-29275-2　C0098

島田荘司の本

御手洗パロディ・サイト事件　上・下

パスティーシュ・ノベルを絡めた本格ミステリー。インターネットに潜む怪事件。石岡、里美がウェブ・サイトの謎に挑む。

新書判　各880円

パロサイ・ホテル　御手洗パロディサイト事件2　上・下

日本海に浮かぶ孤島『飛島』。休業中のホテルの地下に開かずの密室が…。御手洗が解決する事件の数々は、密室を開く鍵になるか？

新書判　各1200円

島田荘司・錦織淳

死刑の遺伝子　対談集

わが国の死刑史の裏面に鋭いメスを入れる作家と、元内閣首相補佐官の高密度の理論展開は本格ミステリーを彷彿とさせる。

46判　1600円

死刑囚・秋好英明との書簡集

獄中から冤罪を叫び続ける死刑囚を救おうと島田荘司が立ち上がった。不可解な事件の真相解明、死刑廃止論、日本人論が描かれている。

46判　2718円

島田荘司・綾辻行人

本格ミステリー館にて

大胆に、芳醇に、魅惑的にミステリーを語る島田荘司と綾辻行人が日本のミステリー界を変える、創る、輝かせる。

46判　1553円

＊定価は本体価格